W0193936

**FRANZ PREITLER**

# Keine Schonzeit für Mörder

HINTERHÄLTIGE FÄHRTEN Jedes Verbrechen hat seine Vorge-schichte. So auch die beiden Morde, die im Jahr 1914 in einem Europa be-gangen werden, das in allen Fugen zu krachen beginnt und dessen bisherige Ordnung rasant in sich zusammenstürzt. Ein Gendarm wird durch einen Wildschützen erschossen. Den ertappten Wilderer wiederum ersticht dar-aufhin ein ebenfalls anwesender Revierjäger. Dessen Freispruch wegen an-geblicher Notwehr sorgt ob der Widersprüche in seiner Aussage für große Zweifel. Zusätzlich für Unruhe sorgen zwei ungeklärte Einbrüche. Die an-fängliche Kriegsbegeisterung nach der Ermordung des Thronfolgerpaares drängt aber bald alles in den Hintergrund. Doch die Realität holt die Be-geisterten, unter ihnen den Revierjäger, der sich freiwillig zum Militär mel-det, rasch ein. Die gute alte Zeit endet mit Schrecken und hinterlässt Tote, schwer verletzte Soldaten und Kriegsgefangene. In den auch in der Heimat immer härter werdenden Zeiten kommt die Wahrheit endlich ans Tageslicht.

© privat

*Franz Preitler, aufgewachsen in der Steiermark, in Langen-wang im Mürztal, publiziert seit 2005 Bücher und ist Heraus-geber und Mitautor von Anthologien. Er organisiert Litera-tur- und Kulturveranstaltungen und ist bekannt als Nach-Er-zähler von Sagen und Legenden rund um seine Heimat. Der Bestsellerautor möchte die Leser mit Erzählungen aus der Geschichte berühren und durch sie die Vergangenheit leben-dig vermitteln und vor dem Vergessen bewahren. Seit März 2019 arbeitet Franz Preitler im Vorstand des renommierten steirischen Literatur- und Kulturvereins Rosegger[bund] Waldheimat. Preitler hält Lesungen sowie Vorträge zu sei-nen Büchern, nutzt erfolgreich Web und Social-Media und ist durch die Presse in der Steiermark bekannt.*

FRANZ PREITLER

# Keine Schonzeit für Mörder

*Historischer Krimi aus der Steiermark*

GMEINER

Immer informiert

Spannung pur – mit unserem Newsletter informieren wir Sie regelmäßig über Wissenswertes aus unserer Bücherwelt.

Gefällt mir!

Facebook: @Gmeiner.Verlag
Instagram: @gmeinerverlag

Besuchen Sie uns im Internet:
www.gmeiner-verlag.de

© 2024 – Gmeiner-Verlag GmbH
Im Ehnried 5, 88605 Meßkirch
Telefon 0 75 75 / 20 95 - 0
info@gmeiner-verlag.de
Alle Rechte vorbehalten
1. Auflage 2024

Lektorat: Claudia Senghaas, Kirchardt
Herstellung: Mirjam Hecht
Umschlaggestaltung: U.O.R.G. Lutz Eberle, Stuttgart
unter Verwendung eines Bildes von: © historische Ansichtskarte,
Sammlung Franz Preitler
Druck: GGP Media GmbH, Pößneck
Printed in Germany
ISBN 978-3-8392-0705-5

Es ist schöner, einen Menschen zu verstehen, als über ihn zu richten.

*Stefan Zweig*

.

# Inhalt

# Prolog

*Mein geliebter Schatz!*

*Ich weiß nicht, was zu Hause die Zeitungen berichten, und du hast am Hof wohl alle Hände voll zu tun. Trotzdem möchte ich dir mit diesen Zeilen offen die Erlebnisse der letzten Zeit erzählen. Es ist nun fast zwei Monate her, dass ich hier mit etlichen Steirern tapfer an der Ostfront diene, und seit 23. August werden wir ganz arg umkämpft. Bis jetzt habe ich trotz der Umstände für keinen Moment den Kopf verloren. Im Gegenteil! Ich hoffe noch immer, mit all meiner Kraft unsere geliebte Heimat verteidigen zu können, um vor Wintereinbruch zu Hause bei dir sein zu können. Daher solltest du nicht die geringste Angst um mich haben, selbst wenn die Situation an der Front unbeschreiblich grausam ist. Zum Glück ändern wir spätestens in ein paar Tagen unseren Standort. Meine Division kommt aus der Kampfzone in eine wohlverdiente Reserve. Das Ziel ist uns noch unbekannt. Es wurde lediglich mitgeteilt, dass wir uns dort für eine Weile in einen Wald zurückziehen dürfen, um am dringend benötigten Holz zu arbeiten. Du kennst mich ja, wie sehr ich den Wald liebe. So wird es also die* nächste Zeit wohl besser werden, um in aller Stille an dich und meine geliebte Heimat denken zu können. Oftmals fällt es mir schwer, mich vor lauter Krachen und Schreien zu konzentrieren. Der kleine Spaten, den du mir zum Abschied in den Rucksack gesteckt hast, hat sich zu meinem besten Freund entwickelt. Denn je tiefer wir den Schützengraben bauen können, desto besser sind wir gegen die Flankierung durch Geschosse aus feindlichen Schulterwehren geschützt.

Vor zwei Tagen hat es den Schützengraben vom älteren Sohn des Mitterhofbauern erwischt. Er hatte sich einem Grazer Schützenregiment im Kampf gegen den Feind auf dem Schlachtfeld angeschlossen. Warum er sich gerade zu den Grazern gemeldet hatte, ist mir unklar. Eine Kugel soll ihn beim Herzen getroffen haben. Die Sanitäter berichteten uns, dass es am Schlachtfeld dort schlimmer als in der Hölle gewesen sein soll. Die schwer Verwundeten stöhnten und lagen in ihrem Blut, und die Toten starrten sie mit ihren großen offenen Augen an. Bei Einbruch der Dunkelheit gruben wir daraufhin unseren Unterstand noch tiefer und füllten Säcke mit Erde und stellten sie vorm Schützengraben auf. Unser Lazarett im Hinterland war bereits nach kurzer Zeit überfüllt. Einige Soldaten wurden angeblich schwer verletzt nach Hause gebracht. Bitte schicke mir weiterhin deine kleinen Pakete mit dem geschnittenen Zeitungspapier und den Trockenfrüchten und vergiss nicht, dazwischen ein paar Sonnenstrahlen vom Kreuzbauerhof einzupacken. Die kann ich gut brauchen.

Das feindliche Feuer ruft große Verluste hervor. Viele Männer sind schon gefallen oder verwundet. Lass uns zum Herrgott beten, dass ein Regenwetter auf sich warten lässt. Vor zwei Wochen hat es so stark geregnet, dass meine Stiefel in der zähen Masse des schweren Lehmbodens stecken geblieben sind. Ich musste sofort an dich und deinen ersten Besuch oben am Forsthaus denken. Mit dir durfte ich dort die schönsten Stunden meines Lebens verbringen. Ich sehne mich so sehr nach dir. Am Sonntag besuchte uns ein Militärpfarrer. Wir haben gemeinsam im Schützengraben gebetet. Du warst in mein Gebet eingeschlossen, denn nur dir allein gehört mein Herz. Es wird doch des Herrgotts Wille sein, dass ich dich bald wiedersehen kann. Ich hoffe, dass mein Rosenstock in deinem Garten die schönsten Blüten trägt und dich in der Zeit meiner Abwesenheit erfreut.

Mein nächster Brief lässt bestimmt nicht lange auf sich warten. So schließe ich für heute mit vielen tausend Grüßen und bestem Dank für alles und verbleibe

dein Benedikt.

# 1 Am Tage des Festes

Erwin Pfandl, der umtriebige Mürzzuschlager Gastwirt, stand, wie so oft in den letzten Wochen, auch heute zeitig auf. Es würde wieder ein langer, anstrengender Tag werden. Der stolze Postwirt wirkte in letzter Zeit trotz seiner erst 51 Jahre ziemlich abgekämpft. Die Anstrengungen rund um die Feierlichkeiten zum 70. Geburtstag des von ihm hoch verehrten Peter Rosegger schienen den Wirt mitzunehmen. Denn der alt gewordene Dichter zeigte sich äußerst ungnädig allen Bemühungen des Wirtes gegenüber, diesen runden Geburtstag zu einem würdevollen Fest zu gestalten. Manchmal kanzelte er seinen eifrigen Verehrer regelrecht ab, wenn dieser eine Idee einbrachte. Niemand konnte es Pfandl verdenken, dass er sich über diesen Undank grämte. Aber schließlich hatte der Dichter doch gnädig seinen Segen gegeben, und so würde heute Nachmittag das einzige Theaterstück Roseggers, *Am Tage des Gerichts*, auf der Freilichtbühne in der Au zu seinen Ehren aufgeführt werden.

Pfandl strich sich vor dem Spiegel durch sein immer noch volles gewelltes Haar und bemerkte, dass ihm erste weiße Strähnen in die von der Sonne gebräunte faltige Stirn fielen. Auch die normalerweise großen hellen Augen wirkten heute klein und trüb. Keine Spur von dem sonstigen euphorischen Glanz. Er fühlte sich müde und erschöpft. Sogar deutlich abgenommen hatte er in letzter Zeit. Seine korpulente Gattin Maria hatte schon angemerkt, dass er wieder an Gewicht zulegen könnte: »Wenn du tatsächlich dein großes Vorhaben dort oben am Berg zu Ende bringen möchtest, brauchst du wieder mehr Fleisch auf den Rippen!« Sie machte sich Sorgen, weil ihn diese Geburtstagsfeier so viel Energie kostete: »Richtig erschöpft siehst du aus, Erwin. Wo ist deine Begeisterung geblieben? Geh doch heute früher zu Bett und erhole dich etwas, ich mach für dich den Schlussdienst und Sperrstunde!«, hatte sie ihm kürzlich angeboten. »Immer Rosegger! Alles dreht sich bei dir nur noch um dieses eine Thema!«, fügte sie murrend hinzu. Ernsthaft besorgt kritisierte sie ihn auch erneut wegen seines großen Lasters, dem vielen Rauchen, und meinte verärgert: »Man könnte geradewegs annehmen, du bist vom weißen Nebel berauscht, Erwin. Du findest ja keine klaren Gedanken mehr!«

Pfandl verschlang dennoch weiter die Zigaretten und zündete sich oft sogar eine an der anderen an. Er fand so einen tiefen Zug einfach beruhigend. Beim Rauchen konnte er am besten Pläne schmieden, wie er sich zugunsten der Region einsetzen könnte. Für viele Mürztaler galt er mit seinen unzähligen Ideen als zu übereifrig. Manche hielten auch sein Getue rund um Rosegger und die *Waldheimat* für leicht übertrieben. Dabei hatte er doch mit seiner *Rosegger-Gesellschaft* nur den Wunsch, den großen Heimatdichter und sein Weltbild zu ehren, außerdem dabei auch für seine Gegend, die *Waldheimat*, alles zu unternehmen, um möglichst viele Gäste anzulocken. Und statt ihn bei seinen Ambitionen zu unterstützen, die *Waldheimat* als begehrtes Ziel für Touristen weiterzuentwickeln, warf ihm der Bürgermeister immer wieder vor, seine ganzen diesbezüglichen Aktivitäten geschähen nur aus Eigennutz.

Einzig der Fotograf und ehemalige Schauspieler Böhm, sein besonnener Freund, hörte ihm stets aufmerksam zu, wenn er von seinem großen Idol Rosegger sprach oder über seine neuen Vorhaben berichtete. Der gibt sich zumindest interessiert, um mich nicht zu verärgern, aber auch das hilft mir, dachte Pfandl dankbar. Zu allem Übel hatte Rosegger selbst ihm vor Kurzem mitgeteilt, dass er keinen Wert auf seine Propaganda lege und nicht mehr erlaube, dass mit seinem Namen die Gegend beworben werde. Diese Worte waren wie ein Schlag in sein Gesicht gewesen. Pfandls Frau Maria ging ohnedies nicht erst seit Beginn der Planung der Geburtstagsfeierlichkeiten dem Heimatdichter großräumig aus dem Weg. Die tüchtige Wirtin hatte anderes zu tun, als sich im Gasthof blicken zu lassen, wenn der prominente Mann im Anmarsch war und wieder etwas zu kritisieren hatte.

Gedankenverloren schaute der Wirt auf seine Taschenuhr. Was, schon gleich 7 Uhr! Über Mürzzuschlag war die Sonne aufgegangen. Unter ihren wärmenden Strahlen begannen die Vögel, ihre Lebensfreude laut in den Tag hinauszuzwitschern. Pfandl, jetzt schon auf dem Weg zur Au, schritt rasch dahin. Er hatte es eilig. Die Zeit drängte. Die letzte Probe zur heutigen Aufführung musste fehlerfrei über die Bühne gehen. Auf keinen Fall durfte etwas schieflaufen: Es muss ein Erfolg werden. Niemand soll diesen Tag so schnell vergessen. Schon gar nicht der Heimatdichter!

Ja, Rosegger würde mit dieser Aufführung hoffentlich zufrieden sein, und auch der Bürgermeister, Anton Hopfer, würde wieder einmal so tun, als wäre alles seine Idee gewesen. Dabei hatte er sich wie immer nach Möglichkeit quergelegt. Das letzte unerfreuliche Gespräch mit dem Bürgermeister zerrte immer noch an seinen Nerven. Denn egal, welch neuen Vorschlag er dem immer dicker werdenden Gemeindeoberhaupt machte, er lehnte ihn ab. Pfandl konnte dem engstirnigen Mann nicht mehr in die Augen sehen, dieser industriegläubige Verhinderer vieler seiner Pläne brachte ihn zur Weißglut. Denn Mürzzuschlags Bürgermeister hatte nicht nur seit jeher einfach kein Gespür für respektvolles Auftreten, mit zunehmendem Alter schien Hopfer auch von immer trägerem Verstand zu werden.

Die beiden Männer waren infolge ihrer unterschiedlichen Interessen selten gut miteinander ausgekommen. Zum Leidwesen Pfandls mussten sie trotzdem immer noch regelmäßig Streitgespräche führen. Wie all die Jahre zuvor ging es um den Fremdenverkehr. Der Hotelwirt kämpfte weiterhin mit aller Kraft verbissen gegen die fortschreitende Industrialisierung, durch die die schöne Gegend immer mehr verschandelt wurde. Allein das *Eisenwerk Bleckmann* zählte inzwischen rund 1.400 Arbeiter. Die Hammerwerke der Mürz entlang waren ausgelastet, mit allem damit verbundenen Lärm und der immer schlechter werdenden Luft.

Mit der Zeit hatten die meisten Menschen im Mürztal aber trotzdem immer mehr Gefallen am industriellen Fortschritt gefunden. Am Anfang allem Neuen gegenüber kritisch eingestellt, ließen sich inzwischen auch die Skeptiker nicht mehr von Roseggers Waldheimatgeschichten leiten. Kaum einer wollte sich den ganzen Tag lang am Bauernhof abrackern, wenn in der Fabrik geregelte Arbeitszeiten und bares Geld für ein scheinbar besseres Leben sorgten.

Als Befürworter des Fremdenverkehrs nahm sich dagegen der Wirt bei seiner Kritik an der Industrie kein

Blatt vor den Mund. Er blieb seiner Linie treu und bezog sich immer wieder auf die Texte Roseggers. Für ihn hatte der weise Dichter in allem recht, sogar mit seiner Meinung, dass das Automobil sich nicht durchsetzen werde. Im Sommer mit der Kutsche und im Winter mit dem Pferdeschlitten – so wollten seiner Meinung nach die Gäste nach einer langen Zugfahrt transportiert werden.

Der Bürgermeister hingegen zog seine unzähligen Ideen, mehr Gäste mit der Eisenbahn in die Region zu locken, ins Lächerliche. »Was interessiert mich der Fremdenverkehr oben am Berg, wenn die Industrie unten im Tal sowieso ausreichend Geld einbringt?«, hatte er vor einem Jahr wieder einmal verächtlich zu Pfandl gesagt, nachdem dieser ihm den Bau eines *Alpenhotels* am Ganzstein vorgeschlagen hatte. Hopfer verhinderte die Umsetzung. So wurde daraus nur ein Aussichtsplatz unter Fichten, ein Fleck im Freien mit Blick auf die Rax und die Schneealpe. Die Bezeichnung »Zur Rosegger-Ruh« – Pfandl erhoffte sich, dass der Platz auch nach Ableben des Dichters noch weiter an seine Spaziergänge in Mürzzuschlag erinnern würde und der Ort davon profitieren sollte – ließ Hopfer ihm gelten.

»Die kleine Lichtung dort oben am Ganzstein kann ich schon so benennen lassen!«, meinte der Bürgermeister. Er grinste hämisch und schüttelte den Kopf. »Wir wollen doch nicht, dass die Krieglacher meinen, der Heimatdichter gehöre ihnen ganz allein und wird nur bei ihnen gewürdigt«, fügte er hinzu. Hopfer lachte übertrieben laut auf, er freute sich über seine boshaften Worte. Pfandl dagegen verging das Lachen. Hopfer wusste schließlich, dass der Wirt in seinem Gasthof eigens für den prominenten Literaten ein *Dichterstüberl* hatte einrichten lassen, um ihn zu ehren und ihm in Mürzzuschlag ein Denkmal zu setzen. Der Wirt hatte die Errichtung des *Rosegger-Stüberl*s mit riesigem Aufwand betrieben und auch keine Kosten für die Werbung gescheut. Mürzzuschlag war ein Ort, in dem Rosegger schon längst geehrt wurde, da konnte man auf Hopfer und seine plumpen Worte gerne verzichten. Pfandl war froh, wenn er das boshafte Gemeindeoberhaupt in seinem *Gasthof zur Post* nicht allzu oft sehen musste.

Das galt gleichfalls für den Gemeindegendarm Fladinger, der seinerseits nichts von der »übertriebenen Roseggerei« des Gastwirtes hielt. Diesen Ausdruck hatte der in Gedanken schon mehr mit seiner baldigen Altersrente als seiner Arbeit beschäftigte übergewichtige Gendarm in einem vor einigen Jahren erschienenen Buch über Mürzzuschlag gelesen. Nun warf Fladinger dem Wirt diese Kritik gerne immer wieder an den Kopf. Bei jeder Gelegenheit beschwerte er sich außerdem über den Mehraufwand für die Gendarmerie aufgrund von Pfandls Veranstaltungen. Der Mann für Ordnung und Sicherheit gab dem übertriebenen Bestreben des Wirtes, Gäste anzulocken, an der steigenden Kriminalität im Mürztal Schuld. Der freche Einbruch vor zwei Wochen in das Jagdschloss Mürzsteg, bei dem Silberbesteck und sogar einige persönliche Gegenstände des Kaisers gestohlen worden waren, sei sicher auch das Werk von irgendwelchen solchen »Touristen« gewesen.

Fladingers dummes Gerede störte Pfandl zwar, aber schlimmer empfand er die Abneigung Hopfers gegen den Fremdenverkehr überhaupt. Er war so gekränkt darüber, dass er sich sogar zu einer wichtigen Planänderung entschlossen hatte. »Dieser Trottel von Bürgermeister ärgert sich hoffentlich inzwischen schon grün und blau darüber, dass mein neues Hotel nicht auf Mürzzuschlager Boden steht!« Bei diesen Gedanken musste Pfandl zum ersten Mal an diesem Tag lachen. Er würde nämlich sein bisher wichtigstes Vorhaben, sein einzigartiges *Alpenhotel* in hoher Lage, auf Gemeindegebiet des Nachbarorts Langenwang betreiben. Von Weitem zu sehen thronte der Neubau jetzt schon ehrfurchtgebietend mit hoch emporragendem Aussichtsturm auf einer Lichtung hoch oben am Bärenkogel. Der beeindruckende Holzbau blickte erhaben hinunter auf das Mürztal. Zwischen dem Kreuzbauer und der Ganzalm lugte das Gebäude durch den Hochwald auch in Richtung Pretulalpe hinüber. Das Hotel war schon fast fertiggestellt. Pfandl plante, es demnächst für Übernachtungen zu öffnen. Inzwischen stand es schon für Tagesausflüge zur Verfügung. In sämtlichen Zeitungen war bereits über sein *Alpenhotel* zu lesen gewesen. Ein eigener Klettersteig den Felsen entlang zum *Alpenhotel* war in Planung. Abermals war Pfandl kein Aufwand zu groß, im Gegenteil. Er würde es allen zeigen!

Dieser Sinneswandel – nämlich sein Hotel in Langenwang und nicht in Mürzzuschlag zu bauen – wäre ihm selbst vor einem Jahr noch undenkbar erschienen. Da er nicht am Ganzsteig bauen durfte, wollte er zunächst auf den Alpsteig ausweichen. Da stellten sich aber die letzten Bauern in der *Waldheimat* quer. Und als sein größter Kritiker in dieser Sache hatte sich der Heimatdichter Rosegger erwiesen. Pfandl, ganz überzeugt von seiner Idee, hatte dem verehrten Freund ein fertiges Konzept, mit dem er beabsichtigte, aus der *Waldheimat* einen Luftkurort zu machen, samt Zeichnungen vorgelegt. Der Dichter hatte darüber nur verärgert den Kopf geschüttelt und ihn dringend aufgefordert, er möge von einem derart sinnlosen Bau Abstand nehmen. Es fehle am Alpl an arbeitsamen

Bauern und nicht an faulen Leuten in nutzlosen Kurein-
richtungen. Pfandl war so enttäuscht gewesen.

Auf Höhe der Lambachbrücke hielt der Wirt kurz inne,
um zu verschnaufen. Heute bei der großen Feier mit der
Aufführung, da würde dem großen Dichter sicher auch
wieder nichts recht sein. Dabei hatten sie sich doch alle so
bemüht, ihm zu Ehren alles so gut wie möglich zu machen.
Wenn nur nichts schiefgeht!, dachte er besorgt.

Die Sonne stieg höher, die Luft erwärmte sich. Während er Atem schöpfte, schweifte sein Blick zu den felsigen Hängen des Kaisersteins und der Hochwand. Von
dort herab genossen die Wanderer eine herrliche Aussicht
auf Mürzzuschlag, die Neuberger-Bahn und die Mürzbrü-
cke. Pfandl, von seinen Gedanken an Rosegger getrieben,
erinnerte sich einer Aussage in einem Buch des Dichters:
*Mürzzuschlag ist der Schlüssel zur Steiermark. Sowohl
für die obere, mittlere, als untere Lade. Die allerschönsten
Sachen sind freilich in der oberen drin …*

Er grübelte kurz darüber und seufzte tief. Sein Herz
wurde ihm bei diesen Zeilen schwer. Als schönste Lade
hatte er immer die Gegend der *Waldheimat* gesehen, und
gerade hoch oben auf den Bergen, da hatte er so manchen Schatz gefunden. Waren sie eigentlich noch da, diese
schönsten Sachen in der oberen Lade? Warum machte
ihm der Bürgermeister das Leben so schwer? Weshalb war
Rosegger so stur und eigenartig geworden?

Roseggers Zurechtweisungen waren für Pfandl nämlich noch mühsamer zu verkraften als die Eigenheiten des
Bürgermeisters. Am hilfreichsten schien es ihm mittlerweile, seine Kritiker überhaupt zu ignorieren. Er wollte
sich nach der heutigen Feier in der Au nur mehr auf sein
*Alpenhotel* am Bärenkogel konzentrieren. Dieser grandiose

Bau zwischen Mürztal und Himmel würde ihm allein die wohlverdiente Ehre erweisen und ein Juwel in der oberen Lade sein. Das stand für ihn fest. Er schluckte seinen Groll hinunter, atmete kurz durch und freute sich auf die Theaterprobe in der Au.

Die werden alle heute am Nachmittag große Augen machen, dachte er jetzt wieder zuversichtlicher. So setzte er sich froheren Mutes wieder in Bewegung und bog weiter in Richtung Au ein. Dort war vor einigen Jahren ein schöner, erholsamer Naturpark an der frisch plätschernden Mürz mit saftigen Wiesen, schattigen Waldplätzen und vielfachen Wegen mit Sitzbänken und Ruheplätzen entstanden. Da die Idee zur Gestaltung der Au vom Verschönungsverein kam, ließ der Bürgermeister die Errichtung der Promenade samt Bankerln an der frischen Quelle rasch umsetzen. Aber in Wirklichkeit war es eine von Pfandls Ideen gewesen, von der er dem Primar der Wasserheilanstalt bei einem Bier erzählt hatte.

Der schönste Platz in der Au war für den Postwirt bei der Mürz-Wehr. Die stürzenden Wasser, die massive Eisenbahnbrücke und ringsum das Waldesgrün taten ihm gut. Er suchte den Platz mehrmals im Monat auf, um von seinen selbstauferlegten Strapazen Abstand zu gewinnen. Heute hatte er zwar keine Zeit dafür, aber sonst hielt er gerne auf der Brücke Ausschau und sortierte seine unzähligen Gedanken. Überall fand er bezaubernde Aussichten. Über grünen Fichtenkronen ragten aus der Ferne die Felsenzinnen der Schneealpe empor. Der Blick zur Pretulalpe ließ ihn jedes Mal wehmütig werden. Die Alpe samt dem Schutzhaus auf 1656 Metern Höhe war trotz des grausamen Mordes vor zehn Jahren an seinem Freund, dem ersten Hüttenwirt Peter Bergner, sein liebstes Ausflugsziel.

Obwohl er vor zwei Jahren die Liegenschaft samt der dem Andenken des »Almpeterl« gewidmeten Peter-Bergner-Aussichtswarte an einen alpinen Verein verkauft hatte, besuchte er die Pretulalpe immer noch regelmäßig. Eine Schneeschuhwanderung zum Stuhleck, wie er sie einst als einer der ersten Skipioniere bewältigt hatte, schien ihm derzeit aber unvorstellbar. Im wahrsten Sinne des Wortes hatte er Angst davor, dass ihm dabei die Luft wegbleiben könnte. Sein schneller Gang zur Freilichtbühne in der Au, wo die Probe zu Roseggers Volksstück gerade angefangen hatte, ließ ihn heute nämlich schon fast außer Atem kommen.

Jetzt vernahm er schon von Weitem die kräftige Stimme eines Mannes und stellte erfreut fest, dass es sich nur um seinen Freund Böhm handeln konnte. Dieser spielte im Stück den Straßl Toni, einen Wilderer und Mörder. »Diese ruhige, tiefe Stimme, das passt ganz großartig für diese Rolle. Es wird alles gut werden!« Sein Herz pochte wie wild, diesmal vor Freude. Am frühen Nachmittag sollte und würde ganz Mürzzuschlag bei der Aufführung des tragischen Volksschauspiels *Am Tage des Gerichts* von Peter Rosegger auf der Bühne in der Au vor Begeisterung eine Gänsehaut bekommen. Die in höchsten Tönen verfassten Zeitungsberichte konnte er schon vor sich sehen. Er wusste, Franz Josef Böhm war der sichere Garant dafür.

Pfandl betrat das Freilufttheater, als Böhm gerade mit von Kohle geschwärztem Gesicht und in zerschlissener Kleidung von der Bühne rief: »Sie mögen sagen, was sie wollen. Ehevor der Mensch zugrunde geht, ehevor probiert er viel. Viel! Not lehrt beten – und schießen. Dem dort unten, dem mag ein Rehbock mehr wert sein als wie eine Menschenbrut, eine jämmerliche. Mir nicht! Hinein mit dem Blei! Wirst nicht lange im Loch bleiben, Kugerl. So lang wie ich schon gewiss nicht. Je fester hineingestopft, desto schärfer heraus. Ist so.«

Der Wirt war selbst einmal in jungen Jahren bei einer Aufführung in die Rolle des mit seiner Familie in größtem Elend lebenden Wilderers Straßl geschlüpft, der, nachdem er bereits einmal wegen Wilderei im Kerker gewesen war, in der nach seiner Entlassung noch größeren Not für die hungernde Familie keinen anderen Ausweg sieht, als wieder wildern zu gehen. Als er dabei erwischt wird, erschießt er den jungen Förster, streitet aber die Tat bis zur Gerichtsverhandlung ab. Erst als des Försters Gattin beim Verhör des Wilderers Verständnis für seine ausweglosen, armseligen Familienverhältnisse zeigt und ihm verzeiht, falls er der Mörder ihres Mannes sein sollte, gesteht er die schreckliche Tat.

Pfandl hatte sein Kostüm von damals aufbewahrt, und so konnte er Böhm eine zerschundene Knielederhose, zerschlissene Strümpfe, ausgeblichene, mit Eisen beschlagene Bundschuhe und ein mehrmals gestopftes bräunliches Hemd für die Rolle borgen. Der zerlumpte Hut und die struppigen Haare, die ihm ins Gesicht fielen, unterstrichen noch den verkommenen und zugleich verwegenen Eindruck.

Der Wirt warf einen prüfenden Blick zur Bühne und empfand ein Gefühl der Zufriedenheit. Die erst vorgestern geschlagene grüne saftige Tanne auf der Bühne und die insgesamt 25 Laienschauspieler, die zum Großteil von angrenzenden Bauernhöfen kamen, boten ein prächtiges Bild. Das Wetter spielte mit, und die Sonnenstrahlen wurden mithilfe von Brettern geschickt ein- und ausgeblendet, was natürliche Schatteneffekte bewirkte. Die Gattin von Straßl wurde von Eva Glück gespielt, der Nichte der Kaffeehausbesitzerin im Ort. Den jungen Oberförster spielte Karl Gruber, der jüngere Kreuzbauersohn, und dessen Frau wurde von der jüngsten Tochter des Franz Josef Böhm dargestellt.

Karl Gruber hatte sich für seine Rolle das Arbeitsgewand von einem jungen Förster der Rabenhofer Forste ausgeliehen. Er machte mit seinen blonden Haaren und den blauen Augen eine gute Figur. Die verliebten Blicke von Böhms Tochter für ihren Gatten im Schauspiel schienen nicht nur gespielt zu sein. Sie war offensichtlich sehr angetan von Karl. Leider beruhte die Schwärmerei nicht auf Gegenseitigkeit, das war sogar Böhm und Pfandl aufgefallen. Der junge Kreuzbauersohn ging so voll Euphorie in seiner Rolle als Förster auf, dass ihn sonst nichts zu interessieren schien.

Nach dem Ende der Probe fragte er Böhm voller Begeisterung: »Werter Herr Böhm, können Sie mir bitte etwas vom Theaterspielen beibringen? Es macht mir so viel Freude.« Der Fotograf freute sich über das Interesse des jungen Mannes, meinte aber: »Mein Junge, ich glaube nicht, dass das deinem Vater recht sein wird. So wie ich den Bauern kenne, wird er dir die Schauspielerei verbieten.« Karl bejahte nickend mit einem traurigen Blick. Er verneinte auch die Frage, ob der Vater zur Nachmittagsvorstellung kommen würde. Böhm bemerkte die Enttäuschung des jungen Mannes. Er erinnerte sich an seine eigene Lage, als er damals nach dem Tode seines Vaters in Wien zu seinem älteren Bruder hatte ziehen müssen, um bei ihm zu arbeiten. Kaum ein halbes Jahr hatte er es ausgehalten. Dann beendete er die Arbeit bei seinem Bruder. Vom Ersparten besuchte er die *1. Wiener Theater-schule*. Sein Traum erfüllte sich tatsächlich. Vier Jahre war er mit einem Wandertheater durch die Gegend gezogen und konnte so seinen Lebensunterhalt bestreiten. Sogar Rosegger zeigte sich bei einer Aufführung in Pettau davon begeistert, wie er in seinem Stück *Am Tage des Gerichts* dem Straßl Toni auf der Bühne Leben einhauchte. Aber das war alles schon länger her.

Was sollte er nun dem jungen Kreuzbauersohn in seiner Situation empfehlen? Er überlegte. Da kam ihm plötzlich eine Idee: »Karl, was hältst du davon, wenn du mir bei meinen Fotoaufnahmen im Atelier zur Hand gehst?« Der junge Mann warf ihm einen fragenden Blick zu. »Du kannst dir ein paar Kronen dazuverdienen, und zwischendurch erzähle ich dir etwas übers Theater«, ergänzte Böhm und lächelte ihn freundlich an. Ohne lange zu überlegen, ja, ohne seinen strengen Vater vorher um Erlaubnis gefragt zu haben, sagte Karl auf der Stelle zu. Er streckte ihm voll Freude die Hand entgegen und meinte zufrieden: »Abgemacht!«

Pfandl, der überall Augen und Ohren offenhielt, bekam das Gespräch der beiden mit. Sogleich erinnerte er Böhm an ein Versprechen: »Das freut mich. Somit könnt ihr gemeinsam zu mir auf den Bärenkogel kommen, um mein *Alpenhotel* abzulichten.« Böhm lachte laut auf. Natürlich hatte er den Auftrag des Wirtes nicht vergessen. Er hatte nur keine Freude damit, die schwere Ausrüstung allein auf den Bärenkogel zu schleppen. »Ja, das können wir demnächst machen. Soeben habe ich einen Gehilfen gefunden.« Dann zog er Karl auf die Seite und flüsterte ihm ins Ohr: »Komm nächste Woche zu mir ins Atelier in der Wiener Straße.« Der junge Mann blickte ihn fragend an. Er hatte offensichtlich keine Ahnung, wo Böhm sein Atelier eingerichtet hatte.

»Frag einfach deine Schwester um den Weg. Erst vorigen Monat war die Resi nämlich bei mir«, fügte Böhm hinzu. Karl lächelte verlegen. Er ließ sich seine Verwunderung nicht anmerken. Seine Schwester hatte nämlich kein Wort darüber gesagt, dass sie beim Fotografen Böhm im Atelier gewesen war. Sehr eigenartig, er musste sie fragen, weshalb sie das verschwiegen hatte. Aber erst, nachdem die große Feierlichkeit vorüber und wieder Ruhe eingekehrt war.

Pfandl war über die Maßen zufrieden mit der Generalprobe in der Au und lud nun alle Akteure zu sich in den Gasthof auf ein Mittagessen mit Gulasch und Bier ein, bevor es dann am Nachmittag mit der Aufführung weitergehen würde. Er hatte sich von der hervorragenden Leistung der Schauspielgruppe und der perfekt in Szene gesetzten Bühne überzeugen können. Mehr als zuversichtlich blickte er der Aufführung entgegen. Gemeinsam verteilten Böhm und er die Programmhefte und Platzkarten für die Ehrengäste in den ersten Reihen. Dem Bürgermeister Hopfer samt seinem Kollegen vom Semmering teilte er einen Platz in der zweiten Reihe zu. Für Rosegger mit Gattin und den beiden Töchtern reservierte er den Platz direkt neben ihm. Für die Jägerschaft und das Forstpersonal sowie die Gendarmen, die alle bis auf einen Notdienst die Teilnahme an der Feier zugesagt hatten, gab es eigene Plätze neben der Bühne.

Die Planung der Feierlichkeiten hatte insgesamt sehr viel Zeit in Anspruch genommen, und der Termin musste einige Male verschoben werden, weil es auch an anderen Orten Festivitäten rund um des Dichters Geburtstag gab. Um diese zu übertrumpfen, hatte Pfandl die ein wenig in

Vergessenheit geratene und verwilderte Freilichtbühne in der Au aus dem Schlaf geholt. Wer den Postwirt kannte, wusste, dass er den Anspruch hatte, die beste Jubiläumsfeier von allen auf die Beine zu stellen. Nach wochenlangen Arbeiten erstrahlte die Bühne in der Au in neuem Glanz. Und heute, am 2. Mai 1914, war endlich der große Tag des Festes. Und es würde ein großartiges Fest werden, dessen war sich Pfandl inzwischen ganz sicher.

Für rund 200 Besucher hatte man ausreichend Reihen mit Sitzbänken vorbereitet. Um 15 Uhr am Nachmittag waren diese Reihen dann tatsächlich voll besetzt. Fast niemand wollte sich die große Feier für Rosegger entgehen lassen. Sogar die einflussreichen Gewerke Bleckmann und Nierhaus gaben dem Fest mit ihren eleganten Gattinnen die Ehre. Vinzenz Rabenhofer, als Nachfolger seines Vaters nicht nur Hammerherr und Werksbesitzer, sondern auch der größte Wald- und Forstherr der Gegend, war in Begleitung seiner Tochter Lisl gekommen. Pfandl fiel auf, dass die sonst immer aufmerksame und muntere junge Frau heute nervös und zerstreut, ja beinahe abwesend wirkte.

Die Feierlichkeit startete mit einer ausführlichen Lobeshymne des Gastwirtes für den Jubilar, dann begann das Schauspiel. Alles lief großartig. Tosender Applaus war nach der letzten Szene zu hören. Pfandl war glücklich, der enorme Aufwand hatte sich mehr als gelohnt. Wie von ihm erhofft, war die Aufführung von Roseggers Volksschauspiel *Am Tage des Gerichts* zu Ehren seines 70. Geburtstages in der Au ein grandioser Erfolg.

Die Schauspieler hatten sich mit ihrer Rolle noch intensiver als bei den Proben identifiziert, sie waren zum Teil über sich hinausgewachsen. Der soziale Aspekt des Stückes, den der Dichter vor mehr als 20 Jahren damit vermitteln wollte, war auch jetzt noch nachvollziehbar. Die ausweglose Not der Familie des Wilderers Straßl – Böhm spielte den verzweifelten Mann einfach hervorragend – wie auch die Armut und das Elend der Ameisengräber, Wurzelsammler und Kohlenbrenner spiegelte sich in den erschrockenen Gesichtern der Zuseher wider. Während der Aufführung hätte man eine Stecknadel fallen hören können, so gepackt vom Bühnengeschehen waren die Anwesenden.

Da auch in der Gegend um Mürzzuschlag in den letzten Jahren die Anzahl der Wildschützen zugenommen hatte, erregte das heikle Thema nicht nur die Gemüter der anwesenden Jäger und Förster. Auch die Gendarmen lauschten besonders aufmerksam. Pfandl hatte in dieser Inszenierung das Ende des Mörders offen gelassen, obwohl er anfangs damit geliebäugelt hatte, ihn vor Gericht wegen Notwehr freisprechen zu lassen. Aber er wollte den Verfasser des Dramas durch diese Veränderung nicht unnötig provozieren.

Rosegger bedankte sich zwar für die gelungene Veranstaltung, lehnte jedoch das anschließende Wildessen im *Gasthof zur Post* ab. Die in seinen Augen unnötig gefällte Tanne war nicht sein einziger Kritikpunkt. Er zeigte sich bei der Verabschiedung von Pfandl verärgert über dessen in überschwänglichen Worten verfasste Festrede. Diese Rede hätte fast so viel Zeit wie das Schauspiel selbst in Anspruch genommen. Lobend dagegen äußerte er sich darüber, Böhm nach so vielen Jahren erneut in der Rolle des Straßl Toni gesehen zu haben. Vom Talent des jungen Kreuzbauersohns als Förster zeigte er sich beeindruckt. Er meinte zu Böhm, dass der junge Mann unbedingt gefördert werden müsse.

Die Zuschauer warteten geduldig auf ihren Plätzen, bis Pfandls prominenter Gast, gestützt auf die Arme seiner beiden Töchter, die Freilichtbühne verlassen hatte. Rosegger wirkte alt und gebrechlich. Die Besucher gaben ihm zum Abschied durch lang anhaltenden lauten Applaus noch einmal die Ehre. Erst als der Gemeindegendarm Fladinger unerwartet am Gelände auftauchte, verstummten die Jubelschreie allmählich. In seiner bekannt schwerfälligen Art schaute er sich zuerst kurz um, dann ging er zum Platz neben der Bühne, wo der Kommandant Birnstingl saß. Schwer atmend stand er dort, verschwitzt und mit hochrotem Kopf. Schließlich beugte er sich zu seinem Vorgesetzten hinunter, flüsterte ihm etwas zu und zeigte dabei mit den Händen in Richtung Wald. Birnstingl starrte ihn mit großen Augen an, er schien über das Gehörte nachzudenken. Dann stand er auf, warf einen Blick in die Runde zur Jägerschaft und zu den Kollegen, denen er mit einem Handzeichen bedeutete, sitzen zu bleiben. Gemeinsam mit Fladinger verließ er vor dem Rest der Besucher eilig die Veranstaltung in Richtung Ortsmitte. Die beiden tauchten auch später nicht mehr auf, was für einiges Gerede beim anschließenden Wildessen im *Gasthof zur Post* sorgte.

Pfandl, der überall seine Informanten hatte, wusste natürlich bald den Grund des vorzeitigen Aufbruches. Aber er ließ sich nichts anmerken, um die gute Stimmung unter den Gästen nicht zu verderben. Aus Sensationsgier hätten nämlich sicher nicht wenige daraufhin seinen Gasthof verlassen. Daher erzählte er nur seiner neugierigen Gattin, dass der diensthabende Revierjäger vom Gut Rabenhofer zum Zeitpunkt der Aufführung in der Au einen Wilderer am Kaisersteig auf frischer Tat mit einem gerade erlegten Rehkitz ertappt hatte. Als er ihn zur Rede stellte, nahm ihm der freche Wildschütz sein Gewehr ab. Nicht nur das, er jagte ihn damit sogar in die Flucht. Der Jäger, erzürnt über diese Schande, verständigte sofort den an diesem Tag einzig Diensthabenden, den Gendarmen Fladinger, über den Vorfall und bat um diskrete Behandlung und um Unterstützung bei der Suche nach dem Wilderer. Fladinger, der sich davon überfordert fühlte, war deshalb in der Au aufgetaucht, um seinen Vorgesetzten Birnstingl in Kenntnis zu setzen. Dieser entschied, dass dem Wildschütz schnellstmöglich und ohne Aufsehen das Handwerk gelegt werden sollte, um den Ruf des Jägers nicht zu gefährden. Daher wollte sich der Kommandant gemeinsam mit dem inzwischen beim Ganzsteig wartenden Jäger auf die Suche nach dem Wilderer machen. »Sollte der Gutsherr davon erfahren, dass einem seiner Revierjäger das Dienstgewehr von einem Wilderer abgenommen wurde, wäre das sein letzter Arbeitstag«, vermutete Pfandl. »Stell dir nur das Gespött in der Wirtsstube vor!«, kicherte seine Frau Maria.

Dass es sich bei dem Wilderer womöglich um Sepp, den älteren Sohn des Kreuzbauern handeln könnte, behielt Pfandl lieber für sich. Ein Teil des Wildes für das Fest kam nämlich von ihm, der übrige Teil ganz legal von der Forstwirtschaft des Rabenhofer Gutes. Aus Vorsicht informierte er seine Gattin lieber nicht darüber, woher er das Wildfleisch bezog, das er seinen Gästen servierte. Sie brauchte nicht alles zu wissen. Zufrieden zapfte er sich ein kleines Bier und trank es in einem Zug aus. Das war doch eine gelungene Aufführung gewesen. Und nichts sollte den Erfolg dieser geglückten Jubiläumsfeier schmälern. Das würde großartige Berichte in den Zeitungen geben.

Pfandl ahnte zu diesem Zeitpunkt noch nicht, dass stattdessen fast zehn Jahre nach dem Mord auf der Pretul zwei mysteriöse Morde im Wald am Kaisersteig für Aufregung sorgen würden. Leider waren es diese, die sogar mitsamt einer Zeichnung ihren Platz am Titelblatt einer regionalen Zeitung fanden. Weder ein Wort über die großartige Aufführung in der Au noch die wohl gesetzten Grußworte an den Jubilar wurden dieses Mal abgedruckt.

Denn während sich die Festgäste in Pfandls Gasthof bei Bier und Wildbraten weiter köstlich amüsierten, verließen die Jäger und Gendarmen bereits nach einer Weile still und unauffällig den Wirtshaustisch. Es war nämlich auch zu ihnen durchgesickert, dass es einen Zwischenfall mit einem Wilderer gegeben hatte. Daher machten sie sich alle gemeinsam auf den Weg in Richtung Ganzstein, um Birnstingl und den Jäger bei der Suche nach dem Wilderer zu unterstützen. Sie waren noch nicht lange unterwegs, als ihnen der Jäger – es war der junge Revierjäger Johann Freidl – entgegenkam und angab, gerade auf dem Weg zur Gendarmerie zu sein, um einen weiteren schrecklichen Vorfall zu melden.

Er führte die Gruppe zum Ort des Geschehens. Auf einer Lichtung fanden die Männer zu ihrem Entsetzen sowohl den Kommandanten Birnstingl als auch den Wilderer regungslos am Waldboden liegend vor. Alois Birnstingl lag erschossen vor einem Baum, neben ihm sein Dienstgewehr. Der Wilderer war an zwei Stichverletzungen in der Brust verblutet. Neben ihm sah man die Tatwaffe, ein Jagdmesser. Unweit davon lag das Gewehr des Jägers Freidl, welches seinen Angaben nach der Wilderer ihm vor ein paar Stunden abgenommen hatte.

Der Jäger sagte aus, dass er und Birnstingl den Wilderer gestellt hätten, dieser aber ohne Warnung den Kommandanten mit dem Gewehr erschossen habe. Daraufhin habe er den Wilderer in Notwehr mit seinem Hirschfänger erstochen. Da es inzwischen bereits dunkel geworden war, entschied man, dass der Revierjäger Freidl am Gendarmerieposten seine Aussage beim dort noch immer diensthabenden Gendarmen Fladinger machen sollte. Die beiden Leichen sollten bis zum Morgen unter Bewachung zweier junger Gendarmen an Ort und Stelle verbleiben, damit man bei Tageslicht eventuell vorhandene Spuren sichern und alles aufnehmen könne.

Als Pfandl dann noch spät in der Nacht Kenntnis von diesen schrecklichen Ereignissen erhielt, war er mehr als entsetzt und sehr verwirrt. Er konnte sich nicht vorstellen, dass sich das Drama im Wald tatsächlich so zugetragen hatte. Ein mehr als ungutes Gefühl breitete sich in ihm aus. Er hegte den schlimmen Verdacht, dass an der tragischen Sache irgendetwas faul war.

Er wusste, dass Fladinger den Revierjäger Freidl zum Tathergang befragt hatte. In Erinnerung an den Mord auf der Pretul bereitete Pfandl die ungeschickte Art des Gendarmen, Untersuchungen und Befragungen durchzuführen, Kopfschmerzen. Er befürchtete, dass dieser wieder einmal die Tatsachen verdrehen und damit für Verwirrung im Ort sorgen würde.

»Denn da stimmt doch etwas nicht an dieser Geschichte. Ein Wilderer hat dem Jäger im Kampf das Gewehr abgenommen und ihn damit davongejagt? Wie soll das zugegangen sein?«, fragte er sich und schüttelte verwundert den Kopf. »Der alte Gemeindegendarm sollte besser in Rente gehen«, murmelte er vor sich hin.

## 2 Unbeugsame Härte

Ein bedrücktes Schweigen umfing die drei Menschen vom Kreuzbauerhof, die zeitig in der Früh am großen Holztisch beim Frühstück saßen und gerade ein Dankgebet für das Essen gemurmelt hatten. Die Gesichter nach unten gerichtet, zeigte keiner von ihnen eine rechte Freude an diesem Beisammensein. Schon gestern beim Nachtmahl war der Vater grantig gewesen. Dabei waren Karl und Resi nach der Theateraufführung bewusst nicht mit ins Wirtshaus gegangen, sondern gleich nach Hause. Aber der Vater war verärgert, weil der ältere Sohn Sepp nicht zum Essen heimgekommen war. Und inzwischen hatte sich seine Laune kein Bisschen gebessert. Dabei war ein längst notwendiger Regen in aller Früh niedergegangen. Während die Sonne versuchte, sich zaghaft durch das gerade etwas lichter werdende Gewölk über dem Wald durchzukämpfen, erhoffte sich Resi Gruber, dass sich die gereizte Stimmung ihres Vaters ebenso aufhellen würde. Alle nahmen sich von Sterz und Kaffee, aber die gedrückte Stimmung und das Schweigen blieben.

»Was für ein starrköpfiger Mensch«, murmelte Resi vor sich hin, während sie sich nach dem Essen vom Tisch erhob und den übrig gebliebenen Sterz hinaustrug. Der Vater warf ihr einen strengen Blick zu. Dann streckte er die Hand nach dem großen Steinkrug aus, der kühlen Most enthielt. Es war die Gewohnheit ihres Vaters, dass er nach jedem Essen noch einen kräftigen Schluck Most trank, bevor er wieder an die Arbeit ging. Der Kreuzbauer-Hias, wie den Mathias Gruber jeder im Dorf nannte, war kein armer Bauer. Er führte einen der wenigen größeren Bauernhöfe in der Gegend. Im Ort war er als eigenwilliger, kluger Kopf, aber auch als sturer, unnachgiebiger Mensch bekannt. Die alten Leute erzählten sich, dass sein Großvater – ebenfalls ein großer, starker Mann – sogar noch sturer gewesen sei. Und von seinem auch schon vor Jahren verstorbenen Vater wurde erzählt, dass praktisch keine Wirtshausrauferei im Ort ohne seine handfeste Beteiligung stattgefunden habe. Der jetzige Kreuzbauer dagegen hatte in seinen jungen Jahren einen anderen Weg gefunden, um seine Wut gegen die Ungerechtigkeiten der Welt und die Überheblichkeit der reichen Großgrundbesitzer abzureagieren.

Diese Wut auf die Reichen hatte ihm sein Vater mitgegeben. Der hatte über die Bauernbefreiung kein gutes Wort zu sagen gewusst. Die Kreuzbauern, so hatte er gerne betont, waren schon seit vielen Generationen als Besitzer ihrer Landwirtschaft und somit als Freibauern unabhängig. Das war ihr großes Glück damals gewesen. Die meisten im Mürztal ansässigen Bauern und Kleinhäusler durften nämlich den zu bewirtschaftenden Grund nicht ihr Eigentum nennen. Sie hatten lediglich ein Nutzungsrecht und mussten Abgaben an die Grundherren leisten. Durch die Grundentlastung von 1848 waren die Bauern jedoch regelrecht gezwungen, die von ihnen bewirtschafteten Höfe teuer zu erwerben. Für die Ablöse, die sie an ihre Grundherren zu zahlen hatten, mussten aber Kredite aufgenommen werden. Durch die Besitzänderung verschlechterte sich entgegen den hoffnungsfrohen Erwartungen die Situation für viele Mürztaler Bauern sogar. Zuvor belieferten sie nur ihre Grundherren, nun mussten sie selbst die Produkte vermarkten und Abnehmer finden. Das und damit ein erfolgreiches Wirtschaften gelang nur wenigen.

Ein weiteres Problem, das die Bauern im Mürztal ebenfalls direkt betraf, war der Preisdruck, der durch Waren entstand, die aus anderen Teilen der Monarchie kamen. Zu dieser Veränderung trug vor allem der praktisch zeitgleich mit der Änderung der Besitzverhältnisse stattfindende Ausbau der Eisenbahn bei, wodurch billigeres Getreide und Schlachtvieh einfacher transportiert werden konnten. Daher mussten sehr viele der kleineren Bauern aus wirtschaftlichen Gründen Haus und Grund um wenig Geld verkaufen und schlitterten in die Armut. Und mancher vormalige Bauer musste als Bettler herumziehen oder suchte bei größeren Bauern als Knecht Arbeit, um seine Familie ernähren zu können.

All das hatte der alte Kreuzbauer mit wachem Geist beobachtet und seine kritischen Gedanken dazu an seinen einzigen Sohn Hias, den jetzigen Kreuzbauern, weitergegeben. Und dieser reagierte darauf, indem er selbst durch den Zukauf einer angrenzenden Landwirtschaft seine Betriebsfläche vergrößerte und sich auf die Zugvieh- und Milchviehzucht konzentrierte. Somit zählte der Besitz des Kreuzbauern, der in uralter Familientradition von Generation zu Generation bewirtschaftet worden war, zu einem der größeren Höfe im Mürztal.

Neben einem Wohnhaus, einem Ausgedinge, einem Wirtschaftsgebäude und einem kleinen Sägeschuppen drängten sich Felder, Wiesen und Kuppen. Dicht dahinter strebten ein Steingraben sowie ein Nadelwald gegen den Berghang zu, aus dem eine ergiebige Wasserquelle entsprang. Auf der Bergkuppe vor dem Waldbesitz des angrenzenden Gutes der Rabenhofer standen seit ewigen

Zeiten drei Wetterkreuze. Von diesen leitete sich der Vulgoname Kreuzbauer ab.

Der Jagd- und Forstwirtschaft – es gehörte auch ein Stück Wald zum Hof – schenkte Hias weniger Beachtung, im Gegensatz zu dem immer reicher werdenden Gutsherrn Rabenhofer. Wie sein Vater schon zuvor kaufte dieser im Mürztal einen Hof nach dem anderen zu einem Spottpreis auf, ließ statt der Wiesen und Felder große Wälder für die Produktion von Holzkohle und für die Jagd aufforsten, während die übernommenen Bauernhäuser kläglich verfielen. Dass das Land des Kreuzbauern nicht auch längst der Familie Rabenhofer gehörte, erfüllte Vinzenz Rabenhofer immer wieder mit Groll. Der Großvater vom Rabenhofer hatte bereits zu Beginn des großen Bauernsterbens im Mürztal großes Interesse am Kreuzbauerhof gezeigt, der ja direkt an seinen Forst angrenzte, und mit allerlei Machenschaften versucht, den damaligen Bauern zum Verkauf zu bewegen. Dies war allerdings nicht gelungen, die Kreuzbauern waren ein zäher und tüchtiger Menschenschlag und wussten Angriffen standzuhalten. Schon seit Generationen hatten sie gelernt, sich gegen die reichen Grundherrn Rabenhofer zu behaupten. Inzwischen war der gut florierende Kreuzbauerhof längst kein mögliches Übernahmeobjekt mehr, Feindschaft, Groll und Misstrauen zwischen den beiden Familien hielten sich aber aus alter Tradition.

In seiner Jugend hatte Hias wie mancher andere Bauernsohn in den Rabenhofer Gründen gewildert, um hin und wieder eine Gams zu schießen. Nicht aus Not, sondern aus Trotz und um sich selbst zu beweisen, dass er viel raffinierter war als der große Gutsherr und seine Jäger. Und einer davon, der damals ebenfalls noch junge Oberjäger

Alois Freidl, machte es sich zur Aufgabe, den der Wilderei zwar verdächtigen, aber bisher immer geschickt eine Entdeckung vermeidenden jungen Kreuzbauer als Wilderer zu erwischen. Er wollte dadurch beim Gutsherrn gut dastehen. Hias und Alois waren im gleichen Alter und seit der Schulzeit gute Freunde. Als der Oberjäger Freidl tatsächlich gemeinsam mit seinem Jagdgehilfen eines Nachts einen Wilderer stellte, der Mann aber mit knapper Not entkommen konnte, war er sich sicher, dass es nur der Kreuzbauer gewesen sein konnte, und brachte die Sache zur Anzeige. Er schwor unter Eid, dass er den Hias Gruber mit Sicherheit erkannt habe. Der Jagdgehilfe sagte dagegen aus, dass es wegen des geschwärzten Gesichts unmöglich gewesen sei, den entkommenen Wilderer zu erkennen. Mangels an Beweisen wurde Hias, der ebenfalls eidlich beteuert hatte, es nicht gewesen zu sein, zwar freigesprochen, doch sein bisher guter Ruf war von da an angekratzt. Es war übrigens tatsächlich ein anderer Wilderer gewesen. Seit damals herrschte zwischen der Jägerfamilie Freidl und dem Kreuzbauer eine tiefe gegenseitige Feindschaft. »Ich habe zum Glück nur wenige Feinde«, hatte der Hias einmal nachdenklich gesagt. »Nämlich die beiden Jäger Freidl und den Gutsherrn Rabenhofer. Aber die reichen mir vollkommen!«

Hias ging zum Trotz gelegentlich noch eine Weile mit größter Vorsicht wildern und brachte auch seinem Sohn Sepp die nötigen Kenntnisse dafür bei. Wie bei vielen ortsansässigen Bauern war auch bei ihm der Zorn darüber groß, dass die Jagd auf Gams und Hirsch immer noch nur den großen Gutsherren vorbehalten war. Und Hias wollte sich diese Ungerechtigkeit einfach nicht gefallen lassen.

Die seit langer Zeit schwelende Auseinandersetzung

mit den Gutsherren Rabenhofer schien erst vor drei Jahren allmählich zu verglimmen, als Sepp, der älteste Sohn des Kreuzbauern, im Gut als Forstadjunkt aufgenommen worden war. Da der Vater noch jung war und sicher länger nicht übergeben würde, wollte Sepp inzwischen Erfahrungen in der Forstwirtschaft machen, um später auch den eigenen Wald besser zu bewirtschaften. Er machte seine Sache gut, und das Eis zwischen den Familien schien zu schmelzen. Allerdings nur solange bis er vor einem halben Jahr plötzlich von einem Tag auf den anderen entlassen worden war.

Resi kam in die Stube zurück. Der Bauer trank mit einem Zug seinen Mostkrug leer und fragte mit hörbarem Groll in der Stimme: »Ist der Sepp noch immer unterwegs? Treibt der sich womöglich wieder im Wald herum, anstatt mit uns am Tisch zu sitzen? Dabei hab ich ihm schon gesagt, er soll Obacht geben, weil der widerliche Rabenhofer Oberjäger ihm schon seit einer Weile nachstellt und ihn unbedingt beim Wildern erwischen will.«

»Unseren schlauen Sepp doch nicht, Vater!«, antwortete Resi knapp und warf einen suchenden Blick zum Fenster hinaus. »Doch, schon«, entgegnete Hias. »Der alte Oberjäger Freidl lauert geradezu darauf, unseren Sepp im Wald zu stellen, damit er ihn hinter Gitter bringen und seinem Gutsherrn einen großen Gefallen tun kann. Und sein Sohn erst, der hinterhältige Johann, der tut's ihm gerade nach!« Resi erschrak richtiggehend. Hatte ihr Vater »hinterhältig« gesagt? Sie warf ihrem Bruder einen ängstlichen Blick zu. Der Vater bemerkte es: »Schau nicht so, Resi! Du kannst mir ruhig glauben! Das hat mir nämlich erst vorigen Sonntag ein anderer Jäger im Wirtshaus unten beim Pfandl erzählt.«

Ärgerlich schlug jetzt der Bauer mit der Faust auf den Tisch: »Wo bleibt er denn, der Sepp? Kreuzkruzitürken noch einmal! Der dumme Bub weiß schließlich, dass ich das Wildern nicht mehr dulde.« Resi schwieg für einen Moment und meinte dann: »Ja, Vater, du hast ja recht. Ich werde mit dem Sepp deswegen reden. Lass ihn nur!«

»Er sollte sich doch um die Säge kümmern, die muss dringend repariert werden. Überall liegt Holz herum, das geschnitten werden muss. Der Bub taugt auch für nichts am Hof.«

»So darfst du nicht daherreden«, meinte Resi beruhigend. »Wir wissen ja, wie schwierig es für den Sepp ist, seitdem er die Arbeit unten im Gut verloren hat.« Ihre Hand zitterte ein wenig, und sie legte sie besänftigend auf den Arm ihres Vaters.

Ihrem jüngeren Bruder, dessen Gesicht ganz weiß geworden war, zwinkerte sie mit einem Auge zu. Bei der schlechten Laune des Vaters wagte Karl kein Wort wegen Böhms Vorschlag zu sagen. Als er sich an den Tisch gesetzt hatte, war er noch voller Vorfreude gewesen. Doch jetzt, wo der Vater auf den Sepp so wütend war, wollte er ihn nicht noch mehr verärgern. Es wird besser sein, zuvor mit Resi zu sprechen, dachte er verunsichert. Auf jeden Fall würde er Böhms Angebot annehmen, auch wenn der Vater sich dagegen aussprach. Aber vielleicht konnte seine Schwester ein gutes Wort bei ihm einlegen?

Resi hatte vor Kurzem ihren 22. Geburtstag und war im besten Alter, um eine eigene Familie zu gründen. Sie war sehr hübsch. Groß wie ihr Vater, schlank, mit dunklen Augen und blonden Haaren, die sie zu einem Kranz geflochten hatte. Es war eine Freude, die arbeitsfrohe junge Frau anzusehen. Ihre Hände waren braun gebrannt und leicht schwielig von der schweren Arbeit. Sie war der Liebling des Vaters, tüchtig und pflichtbewusst. Ihr Leben drehte sich vor allem um den großen Bauernhof. Die Knechte und Mägde am Hof schätzten sie. Sie war die Erste, die früh morgens aufstand, und die Letzte, die nachts zu Bett ging.

Da ihre Mutter bei der Geburt des jüngsten Bruders verstorben war und der Vater kaum Zeit für sie hatte, wurden die Kinder von Luise, der Magd, großgezogen. Der ältere Bruder Sepp wurde Resis enger Verbündeter. Karl, der Jüngste, war nach Aussagen der Magd ganz so, wie es die Mutter gewesen war, herzlich und gut. Resi meinte immer, die Magd hätte Karl ein wenig zu einem Weichling gemacht, weil sie in ihm seine herzensgute Mutter sah, die fast zu zart für den strengen Bauern schien. Bereits mit sechs Jahren war Resi in der Lage, sich und die Brüder in der Früh selbstständig zu versorgen und vor dem Weg zur Schule noch die Hühner zu füttern. Mit zunehmendem Alter wurde das Mädchen anstatt der Magd immer mehr zum Mutterersatz für die Brüder.

Im Laufe der Jahre wuchs Resi zum ganzen Stolz des Vaters heran. Sie schaffte es sogar manchmal, ihren Willen bei ihm durchzusetzen, war draufgängerisch und hatte großen Mut. Der Vater sah in ihr eher einen Sohn, wie er ihn haben wollte, und nicht ein Mädchen, das sie war. Darunter hatten Sepp und Karl von klein an zu leiden. Dem Jüngsten gab er im Geheimen die Mitschuld am Tode seiner Frau und beachtete ihn oft tagelang nicht. Sepp gegenüber verhielt er sich vor allem in letzter Zeit uneinsichtig und jähzornig. Keine Arbeit konnte ihm sein älterer Sohn recht machen. Es gab oft Streitereien am Hof zwischen dem ältesten Sohn und dem Vater.

Jetzt, wo ihre Brüder erwachsene Männer waren, wollte Resi gerne auch mehr auf sich schauen und heiraten. Sie träumte heimlich davon, die Frau vom feschen jungen Revierjäger Johann Freidl zu werden, nach dem sich viele Mädchen im Ort umdrehten. Sogar der Rabenhofer sollte vor Kurzem im Wirtshaus unten im Suff gesagt haben, dass so ein tüchtiger Mann auch etwas für seine Tochter wäre. Dabei hätte er ganz höhnisch zu ihm hergeschaut, hatte der Vater ihnen empört erzählt und gemeint, es schaue dem hirnlosen Rabenhofer ähnlich, einem einfachen Jäger solche Flausen in den Kopf zu setzen.

Der Revierjäger Johann Freidl, der älteste Sohn des Oberjägers vom Gut Rabenhofer, hatte die Jagdaufsicht über das nach Langenwang angrenzende Revier, in dem sich auch der Bärenkogel befand. Es gehörte zur Freidl-Familientradition, die Jäger für die Rabenhofer zu stellen. Johanns Vater erwartete von seinem Sohn, ihm als Oberjäger nachzufolgen oder sogar etwas noch Besseres zu werden. Bereits der Großvater hatte sich um die kaiserlichen Hofjagden einen Namen gemacht und lebte, noch immer rüstig, bei der Familie.

Seitdem Johann ausgerechnet ihr beim Tanz zum Faschingskehraus schöne Augen gemacht und ein Lebkuchenherz geschenkt hatte, dachte sie nur noch an ihn. »Heut schenk ich dir mein Herz Resi, und morgen noch viel mehr«, hatte er ihr am Nachhauseweg ins Ohr geflüstert. Dann hatte er sie fest an sich gezogen, ja fast an sich gerissen und sie heftig geküsst. Und Resi war gerne in seine Arme gesunken. Seitdem hatten sie meist im Wald, in dem Resi sich genauso gut auskannte wie ihre Brüder, ab und zu ein verstohlenes Stelldichein gehabt. Er hatte sich interessiert auch nach ihren Brüdern und ihrem Vater erkundigt. Gemeinsam suchten sie seinen Lieblingsplatz bei einer großen Buche auf, und sie hatte ihm auch ihren und Sepps Lieblingsplatz in der Nähe der kleinen Waldhütte vom Kreuzbauer gezeigt.

Vor einem Monat hatte er ihr sogar ein Foto von sich geschenkt und dazu gemeint: »Damit du mich immer bei dir haben kannst in der Nacht.« Er wünschte sich auch ein Foto von ihr, das sie schon beim Fotografen Böhm hatte machen lassen. Aber sie hatte es ihm noch nicht geben können, denn seit einiger Zeit war leider gar keine heimliche Nachricht mehr von Johann gekommen. Der junge Jäger hatte wohl zu viel zu tun. Das schöne Bild von ihm war aber jetzt der größte Schatz in ihrer Truhe in der Kammer, und sie träumte davon, mit dem Jäger gemeinsam in einem eigenen kleinen Häuschen mit Garten oben am Waldrand zu wohnen.

Natürlich wusste sie, dass der Bauer eine Verbindung mit dem Sohn des Oberjägers vom Gut Rabenhofer sicher verbieten würde. Erstens waren die beiden Väter wegen dieser alten Familiengeschichte in Feindschaft, und zweitens gab es das Gerücht, dass ihr Vater gerade vor Kurzem mit dem alten Mitterhofbauern wegen einer Heirat zwischen ihr und Fritz, dem Hoferben, handelseins geworden sei. Durch diese Ehe erwartete sich der Vater wohl eine Zusammenlegung der beiden Höfe. Sie hoffte aber, dass das nicht stimmte, denn zu ihr hatte er davon noch nichts gesagt. Auf keinen Fall würde sie den unangenehmen Menschen nämlich als Gatten akzeptieren. Da konnte der Vater schimpfen und toben, wie er wollte. Sie war sich sicher, wenn sie genug Geduld hatte, würde auch der sture Bauer irgendwann den jungen Jäger Freidl als Schwiegersohn akzeptieren.

Doch bis zur Heirat würde sie auf jeden Fall den Haushalt weiterführen. Es gab ja so viel Arbeit am Hof. Hinter dem Wohnhaus lag der große Garten mit Gemüse. Neben dem Stall befand sich ein Obstgarten mit Ribisel- und Brombeersträuchern sowie Apfel-, Zwetschken- und Birnbäumen. Doch die Arbeit dort hatte Resi inzwischen schon fast ganz zur Gänze an ihren jüngeren Bruder Karl abgetreten. Ihm bereitete die Gartenarbeit eine große Freude. Viel mehr, als im Stall zu arbeiten. Karl verstand es gut, die Gemüsebeete zu bewirtschaften, und er pflanzte auch verschiedene Kräuter an. Rund um den Hof blühten die schönsten Blumen. Die Magd Luise, die sah, dass er diese Vorliebe von seiner Mutter geerbt hatte, unterstützte ihn dabei.

Dem Vater fiel es nicht auf, er hatte wenig Sinn für Schönes. Für Hias zählte nur, dass für ihn und die arbeitenden Hände pünktlich und ausreichend Essen am Tisch stand. Zur Verwunderung aller am Hof hatte der Kreuzbauer nie Interesse daran gezeigt, eine neue Bäuerin auf den Hof zu holen. Die Magd Luise vermutete, dass es wahrscheinlich das schlechte Gewissen seiner verstorbenen Frau gegenüber war. »Wisst ihr, euer Vater hat halt erst zu spät eingesehen, dass er der Bäuerin gegenüber viel zu grob war«, hatte sie vor Kurzem gemeint und damit den Nagel wohl auf den Kopf getroffen.

Karl, der jüngste Sohn, hatte es mit dem strengen Vater nicht leicht. Er war ein feinfühliger junger Mann und hatte das Herz am rechten Fleck. Er litt nicht nur unter seinem groben Vater, auch sein Bruder Sepp, den er von Herzen liebte, konnte ihm gegenüber manchmal ungerecht werden. Vor allem dann, wenn der zuvor vom Bauer gerade selbst abgekanzelt worden war. Aber seine Schwester glich hier zum Glück vieles aus. Sie und Luise waren seine großen Stützen und hatten dazu beigetragen, dass er trotz aller Probleme am Hof zu einem lebensfrohen jungen Mann geworden war.

Karl freute sich auch immer, wenn der junge Revierförster Benedikt Schöggl auf seinem Weg in die Rabenhofer Wälder vorbeischaute. Meistens fragte er nach dem Bauern, mit dem er manchmal sonntags im Wirtshaus über neue Ideen zu Land- und Forstwirtschaft diskutierte. Er hatte die Forstverwaltung in demselben Revier über, in dem der junge Freidl Jäger war. Benedikt war zuständig für die Schlägerung und Aufforstung des Waldes und wohnte im Forsthaus auf der Ganzalm. Der Rabenhofer Gutsherr legte Wert auf die fachkundige Meinung seines jungen Försters, der die *Höhere Forstlehranstalt* in Bruck absolviert hatte. Er schien nach Benedikts Erklärungen sogar einzusehen, dass sein eigener Vater einst viel zu viel und wahllos schlägern hatte lassen, um mit Holzkohle, die für die Eisenbahn in großen Mengen gebraucht wurde, Geld anzuhäufen. Inzwischen wurde etwas maßvoller gewirtschaftet, um den Wald der nächsten Generation in gutem Zustand übergeben zu können.

Allerdings gab es im Geheimen noch einen wichtigen Grund für die häufigen Kurzbesuche: Der junge Revierförster hatte seit längerer Zeit ein Auge auf Resi geworfen und hoffte immer darauf, mit ihr ein paar Worte wechseln zu können. Sobald er jedoch Resi tatsächlich Auge in Auge gegenüberstand, stieg es ihm jedes Mal heiß auf. Sein Herz begann bis zum Hals zu klopfen, und er stotterte ein wenig. Benedikt bemerkte, dass auch Resi manchmal errötete, wenn sie alleine miteinander redeten, und freute sich darüber. Als sie ihn aber eines Tages verlegen

bat, doch für ihren Bruder ein gutes Wort beim Rabenhofer Forstmeister einzulegen, damit er die Stellung wieder antreten konnte, musste er ihre Bitte zu seinem tiefen
Bedauern ablehnen. Benedikt konnte ihr nur erklären, dass
dies sinnlos sei. Denn der Gutsherr sei dem Sepp offenbar auf eine schlimme Sache draufgekommen – der junge
Förster konnte den Grund dafür nicht nennen – er hatte
ihn fristlos entlassen und vom Gut gejagt und ihm sogar
verboten, es jemals wieder zu betreten. Da gab es einfach
keine Chance auf Wiedereinstellung, und sein gutes Wort
hätte keinen Sinn. Resi war enttäuscht – eine »schlimme
Sache« unterstellte er ihrem Bruder, anstatt ihm zu helfen – und versuchte seither, dem jungen Förster lieber aus
dem Weg zu gehen.

Sie wusste nämlich, was der Grund für den Hinauswurf
gewesen war. Ihr Bruder hatte sich nichts zuschulden kommen lassen, außer dass Lisl, die hübsche 23-jährige Tochter des Gutsbesitzers, die selbst auch immer wieder gerne
mit zur Jagd ging, sich unsterblich in den Forstadjunkten
Sepp verliebt hatte. Und der sich in sie. Das ging eine ganze
Weile gut, und die beiden Turteltauben konnten sich immer
wieder heimlich treffen. Aber dann musste irgendjemand
vom Gutshof es Lisls Vater zugetragen haben. Der verbot
seiner Tochter sofort streng jeden weiteren Umgang mit
dem Sohn des Kreuzbauern. Damit sich die beiden Verliebten nicht mehr am Gut über den Weg laufen konnten, entließ er den Sepp, der seine Arbeit als Forstadjunkt
bisher zur Zufriedenheit verrichtet hatte, fristlos. Rabenhofer warf Sepp noch an den Kopf, er wisse aus sicherer
Quelle, dass er in seinen Wäldern wildere, und drohte, dass
seine Jäger ihn schon erwischen und wegsperren lassen
würden. Natürlich hatte der geschäftstüchtige Gutsherr

andere Zukunftspläne mit seiner einzigen Tochter. Und da kam kein Bauernsohn als Gatte vor, auch wenn dessen Vater nicht arm war.

Aber Lisl war willensstark und eigensinnig und hatte ihre eigenen Vorstellungen. Verliebt und entschlossen hatte sie weiterhin nur ihren Sepp im Kopf. Ihr gefiel der junge, naturverbundene Mann, der ihr so schöne Worte zuflüstern konnte und es immer wieder schaffte, ihr heimlich kleine Liebesbriefe und Botschaften zukommen zu lassen. Wenn er ihr entgegenkam, braun gebrannt von der Sonne, blond mit strengen, scharfen Augen, blitzten ihre Augen vor Freude auf. Und er würde sie ihr ganzes Leben lang auf Händen tragen, so wie damals, als er sie nach ihrem Sturz vom Pferd bewusstlos im Wald gefunden hatte. Es war Liebe auf den ersten Blick gewesen, als sie in seinen Armen die Augen aufgeschlagen hatte. Da ihn ihr Vater vom Gut verbannt hatte, mussten sie und Sepp jetzt andere Wege finden, um sich zu treffen. Ihre verbotene Liebe wurde von Tag zu Tag stärker, und die beiden waren sehr findig darin, sich Nachrichten zukommen zu lassen. Zum Lieblingstreffpunkt des jungen Paares wurde eine kleine Lichtung etwas oberhalb von Sepps Holzhütte am Kaisersteig, knapp an der Grenze zwischen dem Kreuzbauerwald und dem Jagdrevier von Lisls Vaters.

Aber von all dem hatte Benedikt keine Ahnung, auch nicht davon, dass er Resi mit seinen Worten arg enttäuscht hatte. Und außerdem: Inzwischen war sie in den Revierjäger Johann Freidl verliebt. Wenn also Benedikt wieder einmal dem Kreuzbauerhof zusteuerte, um mit dem Vater zu reden, ahnte Resi zwar, dass er auch wegen ihr auf dem Weg in den angrenzenden Wald am Hof vorbeikommen wollte. Klug wie sie war, schickte sie daher ihren jüngeren Bruder vor, er möge sich doch kurz mit dem Förster im Garten vor dem Haus unterhalten. Sie selbst hätte keine Zeit, und der Vater war ja meist ohnedies am Feld oder bei den Tieren unterwegs. Und Karl mit seinen 18 Jahren fand sehr großen Gefallen am Förster Benedikt, an seiner ganzen Art und Weise ebenso wie an dem frischen Aussehen.

Mit Freude nahm er daher seiner Schwester die Gespräche mit dem Förster ab, und der hatte ihn sogar neulich eingeladen, ihn einmal im Forsthaus oben am Berg zu besuchen. Resi sah zwar am Strahlen seines Gesichtes, dass ihr Bruder den Förster ein wenig anhimmelte, ahnte jedoch nichts von seinen unruhigen Gedanken. Karls Gefühle dem Förster gegenüber bereiteten ihm nämlich inzwischen sogar schlaflose Nächte. Sie wurden von Treffen zu Treffen stärker, und er bekam es deswegen mit der Angst zu tun. Oft wartete der junge Bauernsohn geradezu sehnsüchtig im Garten darauf, ob der Förster nicht zufällig des Weges kommen würde. Natürlich, sie teilten eine Leidenschaft: die Natur. Darüber war sich der junge Sohn des Kreuzbauern im Klaren, doch er spürte im Herzen, dass es auch noch eine andere Art von Leidenschaft war, die ihn zum Förster hinzog. Diese Regung war es, die den jungen Mann belastete. Ging es auch anderen jungen Männern so? Durfte das überhaupt sein? Das war doch nicht normal. Doch was sollte er dagegen machen?

Bei all dieser inneren Unsicherheit suchte er gerne Ruhe und Frieden im Wald, der zum Kreuzbauerhof gehörte. Sobald es seine Arbeit am Hof zuließ, ging er seiner großen Leidenschaft, der Vogelbeobachtung, nach. Er wusste über die Vögel Bescheid und wo ihre Nester lagen, verstand ihren Gesang und antwortete ihnen oder lockte die kleinen Sänger mit verschiedenen Zurufen. Karl beobachtete mit Vergnügen das Wild und war vertraut mit den Plätzen, wo es sich gerne auf den grünen, saftigen Wiesen aufhielt, um zu fressen und auszuruhen.

Er kannte den Kreuzbauerwald wie seine eigene Westentasche. Auf der einen Seite befand sich ein kleiner Bach, und auf der anderen waren die großen Rabenhofer Wälder. In weiter Ferne sah man hoch oben über dem Felsen das schöne Forsthaus stehen, in dem Benedikt wohnte. Eines Tages wollte er auf jeden Fall mit ihm dort hinauf, um vielleicht mehr über seine Gefühle zu erfahren, die ihm solches Kopfzerbrechen machten. Karl dachte viel zu oft an den jungen Förster in seiner grünen Uniform. Diese Gedanken tief im Herzen blieben Karls Geheimnis vor seiner Schwester. Wie hätte er ihr auch die Zuneigung zu einem jungen Mann erklären sollen, wenn er sie selbst nicht begreifen konnte? Noch dazu einem Mann gegenüber, der es doch auf seine Schwester abgesehen hatte!

Resi warf ihrem Bruder, der wieder einmal vor sich hinzuträumen schien, einen aufmunternden Blick zu. »Wir sollten den Sepp oben im Wald suchen gehen«, forderte sie Karl auf. Ein lauter Schlag des Vaters auf die Tischplatte erschreckte die Geschwister. »Wehe, einer von euch verlässt mir heute den Hof«, fuhr der Vater sie mit hochrotem Kopf an. Resi zuckte nervös mit den Augen. Karl fasste unter dem Tisch Hilfe suchend nach ihrer Hand. Sie war doch die Stärkere von ihnen, und wenn der Vater jemanden etwas gelten ließ, war sie es. Warum ist er heute sogar zur Resi so grob?, fragte er sich.

Mit seiner fleißigen Tochter Resi hatte der Vater von klein auf die größte Freude. Das wusste Karl. Wenngleich der Vater zwar ihr selbst seine Gefühle für sie nicht zeigen konnte, erzählte er sehr gerne und stolz unten im Wirtshaus, wie tüchtig seine Tochter am Hof sei und alles im Griff habe. Über seine beiden Söhne verlor er dagegen selten ein Wort. »Aber Vater, sei nicht so streng zum Sepp! Du hast doch früher auch …«, meinte Resi jetzt. Sie kam nicht weiter, weil der Bauer daraufhin wütend vom Tisch aufsprang. Sein Gesicht war noch röter geworden, und er warf Resi einen zornigen Blick zu. »Es ist mein Hof, und noch bin ich der Kreuzbauer! Wenn ich euch sage, dass ich das Wildern nicht mehr erlaube, dann ist das so. Jeder von euch hat sich dran zu halten«, war seine lautstarke Antwort, die in erster Linie seiner Tochter galt.

»Er wird wohl nicht Bescheid wissen?«, fragte Resi ihren Bruder, nachdem der Vater die Haustür lautstark zugeschlagen und schweren Schrittes mit gesenktem Kopf über den Hof gegangen war. Resi hatte ihren Bruder Sepp vorige Woche nämlich sogar in seiner kleinen Hütte im Kreuzbauerwald nahe dem Kaisersteig unterstützt, weil er für den Wirt Pfandl wegen dem Fest in der Au mit anschließendem Wildessen zwei Gamsböcke liefern sollte. Sepp hatte die schönen Tiere schon vor ein paar Tagen frühmorgens erlegt, noch im Wald aufgebrochen und unter Ästen versteckt. Erst im Schutz der Nacht hatte er sie dann in seine schattige Hütte gebracht. Dort hingen sie seither im Balg zum Nachreifen. Gemeinsam zerwirkten sie die Gämsen geschickt auf dem Holztisch und packten das edle Fleisch in zwei alte Rucksäcke. Und als wäre es nur die übliche Lieferung, die sie dem Postwirt jede Woche mit der Magd gemeinsam brachten, trugen Luise und sie dann das Fleisch versteckt unter Brotlaiben in den Gasthof. Pfandl hatte sich sogar an den Gamsdecken interessiert gezeigt, daher brachte Resi sie zum Kürschner, der das Fell gerben würde. Sepp hatte gemeint, sie könne den Erlös gerne in ihre eigene Geldbörse stecken.

Karl bemerkte, dass seiner geliebten Schwester ein paar Tränen langsam über die Wangen rollten. Mit sanfter Bewegung legte er ihr den Arm über die Schulter und versuchte, sie zu trösten. »Unser Wort hat heute keinen Wert beim Vater. Aber so kann es nicht bleiben, dass er den armen Sepp so schlecht behandelt«, meinte Karl zu ihr. »Lassen wir es jetzt mal gut sein. Am Abend will ich nochmals mit ihm in Ruhe über die Sache reden«, schluchzte Resi. »Hätte uns der Herrgott die gute Mutter nicht genommen, wäre alles einfacher hier am Hof«, fügte sie traurig hinzu und bekreuzigte sich.

Daraufhin brach auch ihr Bruder in Tränen aus. Dabei hätte er Resi so gern vom Angebot Böhms, ihm als Gehilfen im Atelier zu helfen, berichten und sie nach ihrer Meinung fragen wollen. Ursprünglich hatte er auch darüber reden wollen, was für eine Freude es gewesen war, gestern zum ersten Mal als Laienschauspieler auftreten zu dürfen. Aber darüber, dass das Gewand für seine Rolle als Förster von Benedikt geliehen war, darüber war es wohl besser zu schweigen, genauso wie über seine starke Zuneigung zum Theaterspielen. Dafür hätte seine Schwester bestimmt kein Verständnis. Als Pfandl nämlich Resi vor Beginn der Proben einmal fragte, ob sie auch in der Au mitspielen würde, hatte sie laut aufgelacht und schlagfertig gemeint: »Nein danke, wir haben sowieso jeden Tag ein Theater am Bauernhof.«

Vor lauter Arbeit am Hof bekam sie weder etwas von seinen nächtlichen Proben im Zimmer mit noch, dass er sich in letzter Zeit besonders oft und lange im Wald aufgehalten hatte. Sie schien mit ihren Gedanken ohnedies in den letzten Wochen ganz woanders zu sein. Sicher bei einem jungen Mann. Der Förster Benedikt konnte es auf keinen Fall sein, für den zeigte sie offensichtlich kein Interesse.

Sicher war es der Jäger Johann Freidl, an den sie dachte. Karl hatte beim Tanz zum Faschingskehraus nämlich beobachtet, dass der den ganzen Abend mit Resi getanzt und die beiden das Wirtshaus auch gemeinsam verlassen hatten. Und einmal hatte er im Wald zuerst Resi mit auffallend geröteten Wangen angetroffen und kurz darauf den Revierjäger gesehen, der eilends Richtung Ganzstein davonging. Aber er wollte sie heute lieber nicht darauf ansprechen. Er nahm sich jedoch ernsthaft vor, Resi bei nächster Gelegenheit vor Vater und Sohn Freidl zu warnen. Die beiden hatten nichts Gutes im Sinn und trieben ein falsches Spiel, womöglich auch mit Resi.

Wegen der beiden Männer war der Bruder nämlich damals bei seiner Entlassung – aber die war mit Sicherheit der Liebschaft mit Lisl geschuldet – auch noch als enttarnter Wilderer dagestanden. Sie hatten ihn ohne jeden Beweis beim Gutsherrn angeschwärzt und behauptet, ihn ertappt und sicher erkannt zu haben. Das hatte Sepp zwar schon von Anfang an vermutet, es war ihm aber erst vor Kurzem von einem ehemaligen Kollegen bestätigt worden. Sein Bruder hatte ihm vor ein paar Tagen auch erzählt, dass er noch ganz andere Sachen über den Revierjäger herausgefunden hatte. Dieser Johann Freidl ist wirklich kein Mann für Resi!, dachte der junge Kreuzbauersohn.

Während Karl als Kind häufig krank und daher nicht kräftig genug für die harte Arbeit am Bauernhof war, musste sein starker Bruder Sepp mit den breiten Schultern und den kräftigen Händen von klein auf bereits hart am Hof mitarbeiten. »Ganz der Alte, genau wie der damals, als er noch jung war«, erzählten die Leute im Ort. »Das wird einmal ein tüchtiger Bauer. Und die resolute Resi, die führt mit fester Hand das Regiment am Hof. Da kann sich der Bauer, der sie einmal zur Frau kriegt, alle zehn Finger abschlecken. Karl dagegen, der sich beim Lernen immer leichttat, für den wäre wohl eine Stelle als Schreiber besser geeignet«, fügten sie hinzu.

Draußen war es ruhig, vom Vater war nichts mehr zu sehen, auch im Stall und bei der Säge nicht. Nur die Hühner scharrten im Sandboden und suchten emsig nach Körnern und Würmern. Und noch immer keine Spur von Sepp! Resi und Karl hatten schon jeden Winkel abgesucht. Vom Stall hörte man nur die Kühe und Pferde. Der Hof lag verlassen da, merkwürdig einsam und traurig. Die Gebäude waren durch einen großen Acker vom Waldrand getrennt. Das Wasser des Hofbrunnens plätscherte kühl und mit leisem, gleichmäßigem Geräusch in den großen hölzernen Trog. Resi schaute noch einmal suchend über den Hof, dann kehrte sie allein in die Stube zurück.

Karl ging in den Garten, Resi hatte ihm aufgetragen, einige Kräuter für die Küche zu holen. Seine Gedanken waren diesmal nicht beim Förster. Er dachte nur an seinen Bruder, der ihm schrecklich leidtat und um den er sich inzwischen große Sorgen machte. Voll trüber Gedanken brachte er seiner Schwester die Kräuter in die Küche. Resi hatte schon mit den Vorbereitungen für das Mittagessen begonnen und spähte mit gespanntem Blick immer wieder durch eines der Fenster auf den Hof hinaus. Ihr Blick schweifte dabei zum Waldesrand. Langsam begann es erneut zu regnen. Wie dichte Wogen schwamm der Nebel vom Wald her über den Bauernhof herab und schmiegte sich feucht und kalt an die Hauswand. Der Vater ließ sich noch immer nicht blicken, aber Resi hatte beobachtet, dass der Bauer inzwischen über den Hof gegangen und im Stall verschwunden war.

Da, was war das? Da kam doch jemand auf das Haus zu! War das der Sepp? Nein, es war der Gendarm Fladinger, der mit finsterem Blick näher kam. Sie erstarrte, und auch als er kräftig an die Haustür klopfte, blieb sie wie versteinert stehen. Es war auf einmal eine Angst in ihr, die sie nicht benennen konnte. Sie spürte sie wie einen eisernen Reifen, der sich um ihre Brust legte, und dessen Druck immer beklemmender wurde. Ihre Gedanken rasten: Womöglich hat der Oberjäger gestern tatsächlich den Sepp beim Wildern erwischt und ihn bereits einsperren lassen. Doch es war viel schlimmer. Noch ahnte Resi nicht, dass sie ihren Bruder Sepp nie mehr lebend sehen würde. Mühsam löste sie sich aus ihrer Erstarrung, wischte sich an der Küchenschürze die Hände ab und rief laut aus dem Fenster nach dem Vater.

Fladinger fluchte auf den Nebel, der ihn am Weg zum Kreuzbauerhof überrascht hatte. Er meinte, sogar zweimal fast vom Weg abgekommen zu sein, obwohl er in der Gegend jeden Stein kannte. »Jetzt lass mich schon ins Haus, oder soll ich bei diesem Dreckswetter noch länger draußen stehen bleiben«, fuhr er Resi mürrisch an, als sie ihm die Haustür aufmachte und mit fragendem Blick in der Tür stehen blieb.

Karl saß verschreckt und kreidebleich da, als Fladinger die Stube betrat. Das wird wieder großen Ärger mit dem Vater geben, schoss es ihm durch den Kopf, als er dessen düsteren Gesichtsausdruck sah. Fladinger stellte sein Gewehr ab und stand wie ein großer Fels schwer atmend in der Stube. Bei diesem Anblick fiel Karl ein, dass er den Gendarmen erst unlängst in derselben Verfassung gesehen hatte: aufgebracht, hochroter Kopf, ohne Atem und planlos. Er überlegte scharf und da fiel es ihm ein: Es war nach der Aufführung in der Au gewesen, als er vor dem Kommandanten Birnstingl gestanden war. Das wird ganz sicher großen Ärger mit dem Bauern geben, dachte er abermals.

Es herrschte eine gespannte Stille in der Stube, als der Vater hereinkam. Er war sichtlich erregt über den morgendlichen Besuch des Gendarmen am Hof. »Was ist los, Fladinger?«, fragte er mit rauer Stimme. Stockend setzte der Gendarm zu sprechen an. Er atmete tief durch, bevor er mit der schrecklichen Nachricht herausrückte: »Euer Sepp ist tot, der dumme Kerl!«

»Wie? Er ist tot?«, fuhr ihn Resi entsetzt an. »Beim Wildern hat es ihn erwischt«, antwortete der Gemeindegendarm. Resi zuckte zusammen, ihre Augen blickten ins Leere. Sie schwieg für einen Moment. »Wer war es?«, fragte sie Fladinger dann scheinbar gefasst. Für einen kurzen Moment herrschte Stille in der Stube. Fladinger holte sein Taschentuch hervor und wischte sich über die nasse hochrote Stirn. »Der Revierjäger Freidl war es, nachdem der Sepp den Birnstingl oben im Wald erschossen hat«, antwortete ihr Fladinger schließlich. Dabei stand er so teilnahmslos da, als wäre er nur der Postbote, der ein schweres Paket am Hof vorbeizubringen hatte.

Für Resi, Karl und den Vater aber war es ein sehr schweres Paket, das man ihnen in den Hof gestellt hatte und mit dem sie fertig werden mussten. Resi hatte nach der geliebten Mutter nun auch den Bruder verloren, den sie an ihrer Mutter Stelle großgezogen hatte. Ein großer Schmerz war in ihr, aber sie wusste sofort mit aller Sicherheit, dass ihr

Bruder kein Mörder war. Er hatte ihr nämlich hoch und heilig versprochen, niemals einen Menschen beim Wildern zu töten. Sie vertraute seinen Worten. Sepp war ein Wildschütz und kein Raubschütz. Von nun an verspürte sie eine ebenso große Wut auf die Freidl-Jäger wie schon ihr Vater zuvor. Ihre Liebe zu Johann wandelte sich in Hass, denn er hätte wissen müssen, was er ihr damit antun würde. Der junge Jäger Johann Freidl, an den sie beim Aufstehen und vor dem Schlafengehen gedacht und der ihr sein Herz versprochen hatte, war zum Mörder ihres geliebten Bruders geworden.

# 3 Verbotene Liebe

Benedikt Schöggl, der schneidige Revierförster vom Gut Rabenhofer, warf einen Blick in den Garten am Kreuzbauerhof. Er freute sich, als er den jungen Karl entdeckte, der am Boden kniete. Der Sohn des Bauern band liebevoll kleine weißblühende Sträußchen mit Maiglöckchen in einen aus saftigen Tannenzweigen frisch gebundenen Kranz. Die Zweige stammten von seinem Lieblingsbaum neben der Futterstelle am Waldrand. Dort, wo sein Bruder für ihn vor Jahren eine Holzbank errichtet hatte und er gerne stundenlang die Vögel beobachtete, wie sie sich das Korn aus dem kleinen Holztrog pickten. Karl hatte die Zweige unter Tränen abgeschnitten.

Benedikt wusste um den Schmerz des jungen Mannes durch den Verlust seines Bruders. Obwohl der Sepp und sein Vater nie ein so gutes Verhältnis gehabt hatten, wie es für alle am besten gewesen wäre, so war es doch immer außer Frage gestanden, dass sein älterer Bruder den Fortbestand des Kreuzbauerhofes sichern würde. Aber das Schicksal wollte es anders und schlug erneut hart zu. Hatte der Bauer den Verlust seiner Gattin damals als eine Prüfung des Herrgotts angesehen, so meinte er dieses Mal: »Der Herrgott ist unbarmherzig zu jenen, die es selbst sind.« Der verzweifelte Mann gab sich selbst Mitschuld am tragischen Tod seines Sohnes.

Die beiden Toten am Kaisersteig hatten für großes Aufsehen gesorgt. Die Meinung unter der Bevölkerung dazu war sehr gespalten. »Warum mussten hier zwei Menschen unnötig sterben?«, oder »Wie im Wilden Westen geht es in der Steiermark zu«, lauteten die Reaktionen. Es gab auch viele Unklarheiten. Wie konnte denn der Wilderer den ebenfalls bewaffneten erfahrenen Kommandanten Birnstingl so einfach erschießen? Einige bezeichneten auch den Jäger Freidl als rücksichtslosen Mörder, der sich feige vom Tatort davongemacht und den verblutenden Wilderer der Gendarmerie gemeldet hatte.

Johann Freidl musste bereits am Tag nach dem Mord unter Eid vor einer Gerichtskommission am Tatort aussagen. Er gab an, dass der von ihm und dem Gendarmerie-Kommandanten Birnstingl auf frischer Tat ertappte Wilderer Josef Gruber nicht der Aufforderung nachgekommen war, sich zu ergeben. »Der Sepp richtete uneinsichtig das Gewehr auf den Gendarmen. Dann drückte er schonungslos ab!«, berichtete der Jäger. Freidl führte weiter aus: »Nach dem Schuss auf Birnstingl ist der Sepp dann mit dem Gewehr auf mich losgegangen. Ich versetzte ihm zur Abwehr mit meinem Jagdmesser zwei Stöße in die Brust, worauf er zu Boden ging. Erst als ich den Birnstingl regungslos neben dem Baumstamm liegen sah, wurde mir bewusst, dass der Wildschütz zu allem fähig war. Es ging alles sehr schnell. Ich hatte kaum Zeit zum Nachdenken und bin sofort in den Ort gelaufen, um Hilfe zu holen. Als wir an die Unglücksstelle zurückgekommen sind, lagen beide Männer tot vor uns.«

Bei der Anhörung durch die Gerichtskommission blieb die Vorgeschichte, nämlich dass der Wilderer bereits am frühen Nachmittag im selben Wald dem Jäger im Kampf sein Gewehr abgenommen und ihn mit der eigenen Waffe in die Flucht geschlagen hatte, unerwähnt. Der Ruf der

Jäger vom Gutshof durfte aufgrund des Vorfalles auf keinen Fall ins schiefe Licht geraten. Darum hatte Vinzenz Rabenhofer, der einflussreiche Gutsherr, dringend ersucht.

Zum Gut Rabenhofer und in erster Linie zu der vom Gutsherrn organisierten kaiserlichen Hofjagd samt hohen Gästen hatte die Bevölkerung im Mürztal ohnehin ein zwiespältiges Verhältnis. Die Bauern hatten nämlich lediglich Arbeit und Ärger damit. Vor der Jagd war für ausreichend Futter zu sorgen, um den Wildbestand hoch zu halten. Während der Jagd liefen sie als Treiber sinnlos umher, und nach der Jagd blieb ihnen nichts anderes übrig, als den entstandenen Flurschaden zu beheben. Abgesehen davon richtete das Wild auch unterm Jahr große Schäden auf Wiesen und Äckern an, für die sich niemand verantwortlich fühlte.

Nicht nur wegen der zunehmenden Verelendung und Nahrungsmittelnot hatte also das Wildern in der Steiermark wieder stark zugenommen, sondern die Schützen kamen auch aus der bäuerlichen Kultur. Die Bauern litten unter dem Jagdvergnügen der hohen Herrschaften, von dem sie selbst aber bei Strafe ausgeschlossen waren. Wildschützen, die dem feinen Jagdherrn eine Gams oder einen Hirsch wegschossen, wurden von den »kleinen Leuten« daher gerne als Rebellen gesehen und im Gasthof gefeiert. Auch manche Gastwirte kauften einen Teil ihres Wildfleisches statt beim Jäger natürlich günstiger bei einem Wilderer ihres Vertrauens. Dieser Umstand wurde stillschweigend als gegeben hingenommen.

Sogar Peter Rosegger hatte über die Wilddiebe im Gebirge geschrieben: »Diese wollen nur ihr Recht, nämlich in den Wäldern zu jagen, in deren Nähe sie leben.« Außerdem war nicht unbekannt, dass die aristokratischen

Jäger oft grausam mit dem Wild umgingen. Sie ließen die verschreckten Tiere durch Hunde hetzen und schossen alles nieder, was ihnen vor die Flinte kam. Bei dieser Art von Jagd ging es nur um den Jagderfolg, der an der Stückzahl gemessen wurde. Wohin das Fleisch gebracht wurde, konnte nur vermutet werden. Höchstwahrscheinlich nach Wien oder zu beliebten Kurorten, wo sich Aristokratie und Geldadel trafen, um das glanzvolle Leben in vollen Zügen zu genießen.

Lediglich in einer Zeitung war kurz darüber berichtet worden, dass dem Mord am Kaisersteig ein verlorener Kampf des Jägers mit dem Wilderer vorausgegangen war. Allerdings wurde dieser Vorfall dort entgegen der bei der Anhörung getätigten Aussage des Johann Freidl irrtümlich so dargestellt, als hätte der Wildschütz mit seinem Gewehr auf den Jäger geschossen, der daraufhin geflüchtet sei. Dass es sich dabei um einen Jäger vom Gut Rabenhofer handelte, blieb unerwähnt.

Jedoch die an Skandalen und Intrigen interessierte Bevölkerung im Mürztal fand sehr schnell heraus, um welchen Jäger es sich oben im Revier von Vinzenz Rabenhofer gehandelt hatte und wie die Sache tatsächlich abgelaufen sein sollte. Der Wilderer – anscheinend ohne Schusswaffe, denn es waren am Tatort nur die beiden Gewehre von Birnstingl und Freidl gefunden worden – hatte also einem Revierjäger einfach so seine Waffe abgenommen und ihn dann damit verjagt. Wie sollte das denn möglich sein? Es entstanden im Ort immer mehr Zweifel wegen des von Freidl zu Protokoll gegebenen verwirrenden Tathergangs.

Der ältere Sohn des Kreuzbauern war im Ort sehr beliebt gewesen ebenso wie der Gendarm Birnstingl. Im Gegensatz zum Revierjäger Johann Freidl und dessen Vater

Alois, die weniger geschätzt wurden. Die beiden Männer galten als arrogant und unnahbar, sie waren damit ganz das Gegenteil des von allen geachteten hochbetagten Lorenz Freidl, dem Großvater von Johann, der ebenfalls lange Jahre dem Gutsherrn Rabenhofer gedient hatte.

Obwohl festgestellt wurde, dass Johann Freidl mit seinem Tun die Grenze einer noch erlaubten nötigen Verteidigung überschritten hatte, sprach ihn die Kommission nach der Begehung am Tatort und einer Anhörung im Bezirksgericht frei. Die Anhörung Freidls war nicht öffentlich, und neben den als Zeugen geladenen Gendarmen und Jägern durften außer der Familie Rabenhofer sowie dem Bürgermeister Hopfer als Vertreter der Stadt Mürzzuschlag nur Personen teilnehmen, die mit den Beteiligten verwandt waren. Die Gattin des Gendarmen lehnte aus Gesundheitsgründen ihre Teilnahme ab, ebenso blieben Resi und Karl Gruber der Anhörung fern.

Der Richter begründete den Freispruch damit, dass Freidl nicht nur als Aufsichtsperson, sondern auch in Ausübung gerechter Notwehr gehandelt hatte. Somit konnte er weder für die weiteren oder indirekten Folgen derselben verantwortlich gemacht werden. Freidl gab an, dass es kein Leichtes gewesen wäre, den schießwütigen Wilderer unschädlich zu machen. Den kritischen Moment erkennend sah er als letzten Ausweg, den an Größe, Kraft und Geschicklichkeit überlegenen Sohn des Kreuzbauern mit seinem Hirschfänger abzuwehren. Dass dieser aufgrund der Stichverletzungen verbluten musste, konnte er nicht vorhersehen und es täte ihm leid.

Direkt neben dem Gutsherrn Rabenhofer saß mit versteinerter Miene seine Tochter Lisl. Wort für Wort hörte sie sich den Bericht von Johann Freidl an und sah ihm dabei unverwandt in die Augen. Immer wieder versuchte er, ihrem scharfen Blick auszuweichen, und senkte seinen Blick zu Boden. »Schau dir diesen elenden Mörder an, das kann doch alles so gar nicht stimmen«, murmelte sie ihrem Vater zu. Dieser erwiderte ihr mit strenger Miene: »Sei still! Du solltest ihm dankbar sein, er hat nur unser Recht verteidigt.«

»Er verteidigt nur seine Schuld«, zischte sie zurück und versuchte, sich ihren Schmerz nicht anmerken zu lassen.

Rabenhofer selbst berichtete als Zeuge, dass Josef Gruber in der ganzen Zeit, in der er am Gutshof als Adjunkt tätig gewesen war, ein auffällig eigenwilliges Verhalten gezeigt hatte. »Herr Richter! Der Sepp war einfach ein geborener Rebell. Er nahm sich immer, was er wollte. Egal, ob es standesgemäß oder gerechtfertigt war. Der ließ sich von nichts aufhalten und ging mit dem Kopf durch die Wand.« Ein Raunen ging durch den Raum, als der Oberjäger Alois Freidl den Worten des Gutsherrn hinzugefügte »Ganz nach dem Vorbild seines Vaters in jungen Jahren«, und dabei einen zornigen Blick auf den Kreuzbauern warf. Die Anwesenden drehten ihre Köpfe in Richtung des Hias Gruber. Dieser zeigte ihm wütend die Faust. Es war unübersehbar, dass sich hier zwei Erzfeinde im selben Raum befanden. Die Leute atmeten auf, als das Ganze ein Ende hatte und die Verhandlung geschlossen wurde.

Da die Presse von der Anhörung ausgeschlossen war, gab es nur eine knappe Berichterstattung mit dem Ergebnis der Anhörung. Dass es außer einem ersten, im Detail nicht ganz nachvollziehbaren Bericht knapp nach dem Mord nichts Genaueres mehr über das Geschehen in der Zeitung zu lesen gab, befeuerte die Gerüchte im Ort noch.

Da konnte doch etwas an der Geschichte nicht stimmen! Wie sollte der Sepp, den man als freundlichen, leutseligen jungen Mann kannte, ohne Warnung einen Menschen erschießen, und wie konnte er sich dann – mit einem Stutzen in der Hand, der sich auch gut zur Abwehr oder als Schlagwaffe eignen würde – vom Jäger mit einem Hirschfänger überwältigen lassen? Auch die zwei Stiche direkt ins Herz sorgten für Gesprächsstoff. Wäre da nicht einer genug gewesen, wenn man sich nur verteidigen wollte?

Zwei Tage später, um 16 Uhr nachmittags, wurde Sepps Leichnam hinter der Kapelle am Hof des Kreuzbauern begraben. Dem vermeintlichen Mörder des Kommandanten Birnstingl verwehrte man aus moralischen Gründen eine Bestattung am Dorffriedhof. Der Kreuzbauer war über allen Maßen erzürnt darüber und tobte im Pfarrhaus. Er entschied sich dann wutschnaubend dafür, seinen ältesten Sohn am eigenen Grund zu beerdigen. Nachdem ihn Resi dazu überredet hatte, eine höhere Summe an die Pfarre zu spenden, erklärte sich der Dorfpfarrer bereit, an der Beerdigung teilzunehmen. Die Tötung des jungen Kreuzbauersohnes unter eigenartigen Umständen hatte etliche Bauern, aber auch nicht wenige Arbeiter aufgebracht. So wurde die Beisetzung am Hof zu einer regelrechten Demonstration. Einige Männer kleideten sich in Jagdtracht und trugen einen Gamsbart auf dem Hut. Dieser sollte deutlich machen, dass jemand, dessen Hut ein solcher Gamsbart schmückt, ein Waidmann ist, der das Tier waidgerecht und eigenhändig erlegt hat. Auch wenn er kein Gutsherr war!

Nach einem Musikstück gab es eine berührende Ansprache seiner Schwester Resi, die mit einem Gedicht endete:

*»Unser Sepp war ein Mensch, so frei und mutig.*
*Jedoch sein Ende war grausam und blutig.*
*Knapp überm eignen Waldesrand*
*traf ihn der Stich aus Todeshand.*
*Gehandelt nach Gesetzespflicht,*
*ein Pardon kannte der Mörder nicht.*
*Er war noch stolz auf seine Tat,*
*für den Wilderer fand er nicht die Gnad.*
*Der Jäger hatte weder Anstand noch Mut,*
*er ließ unseren Sepp sterben in seinem Blut.*
*Gegangen, wartend auf das Jüngste Gericht,*
*wer über den Täter das Urteil spricht.*
*Bis da schwere Schuld wird tragen müssen*
*der Jäger, der ihn hat auf dem Gewissen!«*

Dann wurde der einfache Sarg ins Grab gesenkt. Gut sichtbar befand sich darauf ein Bruch, das alte Zeichen eines erfolgreichen Pirschgangs. Irgendjemand hatte Sepp das grüne Tannenzweiglein mit auf den letzten Weg gegeben. Man vermutete, dass es sein jüngerer Bruder Karl war. Der Bruch sollte wohl eine Art letzter Orden für den toten Wildschützen sein, der aus Angst, von Jägern dadurch als Wilderer erkannt zu werden, zu Lebzeiten nicht gewagt hatte, sich damit zu schmücken. Mit den Hinweisen auf den Gamsbart und das grüne Tannenzweiglein bei der Beerdigung von Sepp wurde gezeigt, dass die Menschen es sich nicht gerne gefallen ließen, durch Symbole, deren Verwendung nur einigen erlaubt und für viele verboten war, sozial ausgeschlossen oder erniedrigt zu werden.

Am Tag davor hatte man unter großer Anteilnahme den beliebten Gendarmen Birnstingl begraben. An die in Not geratene Witwe und die beiden Kinder des Gendarmen spendeten nicht nur Resi, sondern etliche Leute im Ort Geld. Der alte Kreuzbauer selbst weigerte sich, die Familie des Gendarmen finanziell zu unterstützen. Er begründete dies damit, dass er nicht an die Schuld seines Sohnes glaubte, und meinte, dass der wahre Mörder eines Tages seine gerechte Strafe erhalten würde. Hias Gruber scheute sich nicht zu behaupten, dass der Revierjäger Freidl ein falsches Spiel betreibe, ganz wie einst sein Vater, als der ihn mit einem Meineid des Wilderns überführen wollte.

Der von Karl frisch gebundene Kranz sollte den Platz, an dem Sepp beerdigt worden war, schmücken. Der Bauer hatte angeordnet, dass heuer der Marienaltar in der Kapelle, hinter der sein Sohn die letzte Ruhestätte gefunden hatte, nicht geschmückt werde und es keine Maiandacht geben solle. Er war seit der Beerdigung auch nicht mehr beim Grab von Sepp gewesen.

Was Hias in letzter Zeit bereits gefürchtet hatte, war eingetreten. Durch einen Freidl hatte er seinen Nachfolger am Hof verloren. In Karl konnte er beim besten Willen keinen Bauern erkennen. Was seine Tochter Resi betraf, zweifelte er inzwischen am Sinn einer Ehe mit dem Sohn des Mitterhofbauern. Dessen Mitgift, das angrenzende Gut, hätte er zwar gerne im Besitz der Kreuzbauertochter gesehen, doch den eigentlich unsympathischen Mann wollte er nicht mehr als Schwiegersohn und Gatten seiner Tochter haben. Er sah in Resi jetzt die einzig mögliche Nachfolge am Kreuzbauerhof. Und die sollte sich den passenden Bauern dazu selbst suchen und glücklich werden. Ihre derzeitige Wehmut und Trauer machten alle am Hof nachdenklich. Am meisten jedoch ihren Vater.

Resi wurde tatsächlich von Tag zu Tag immer schwermütiger. Ihre Gedanken waren voller Trauer über den

Verlust ihres Bruders. An manchen Tagen war es ihr nur schwer möglich, aus dem Bett zu steigen. Nachts konnte sie lange nicht einschlafen. Verzweifelte Gedanken plagten sie. Ihr Bruder nach Meinung des Gerichts ein Mörder, und der Mann, dem sie ihr Herz geschenkt hatte, ebenfalls ein Mörder – der ihres Bruders. Es gab so viele Fragen, aber sie fand keine Antworten. Niemand außer dem Jäger selbst wusste die Wahrheit darüber, was sich tatsächlich am Kaisersteig abgespielt hatte. Mit Johann wollte sie jedoch nichts mehr zu tun haben, und er selbst vermied es auch, Resi zu sehen. Als sie sich im Ort einmal zufällig fast über den Weg gelaufen wären, hatte er gerade noch rechtzeitig einen weiten Bogen um sie gemacht.

Resi wusste natürlich, dass ihr geliebter Bruder Tiere getötet hatte, doch einen Menschen hätte er nie umgebracht. Das hatte er ihr nicht nur einmal hoch und heilig versprochen. Sie vertraute ihrem Bruder, und sie hatten auch darüber gesprochen, dass, sollte er einmal im Wald erwischt werden, er nichts Unüberlegtes tun und den Stutzen von sich werfen würde. Aber wie war der Kommandant Birnstingl dann ums Leben gekommen? Darauf fand sie keine Antwort.

Für die Gerichtskommission und den Gutsherrn Rabenhofer, der seinem Jäger sogar eine saftige Belohnung für den eingebrachten Wilddieb auszahlte, war der Fall dagegen mit dem Richterspruch abgeschlossen. Lediglich der ehrwürdige Lorenz Freidl, der vor Kurzem seinen 90. Geburtstag gefeiert hatte, litt darunter, dass sein Enkelsohn einen Menschen getötet hatte, und betete täglich, dass der Herrgott ihm vergeben möge.

Ein leichter Wind wehte laue Maienluft vom Wald her. Vor dem Gartenzaun vom Kreuzbauerhof blühte der Flieder in Weiß, Dunkel- und Blasslila. Er verbreitete seinen edlen Duft in der Sonne. Karl hatte schon die Stangen in die kreisrunden Saatbeete gesteckt, um demnächst die Bohnen zu legen. Auch zum Säen von Gurken und Karotten und dem Pflanzen von Kraut und sonstigem Gemüse war Mitte Mai die Zeit gekommen. Doch erst wenn die »Eisheiligen« über den Kreuzbauerhof gezogen waren, durfte damit begonnen werden.

Ein paar Tage dauerte es noch bis zum 15. Mai. An dem Tag feierte die einzige weibliche Eisheilige, die »Kalte Sophie«, ihren Namenstag. Davor mussten noch Pankratius, Servatius und Bonifatius vorüberziehen. Karl wusste, dass die Heiligen unbarmherzig sein konnten wie das Leben selbst. Kalt, ungerecht und schauderhaft. Dann zogen sie mit Graupelschauern und Schneestürmen über den Hof. Voriges Jahr brachen sogar Äste der blühenden Obstbäume unter der Last der weißen Pracht zusammen. Wie im Winter stapfte Karl damals in den Wald zu den Futterstellen, um das Wild zu versorgen und hielt dabei immer wieder inne, um die Schönheit einer von Eiskristallen bedeckten Welt zu betrachten.

Benedikts Blick wanderte hinauf über die schmalen Schultern zu dem weich gezeichneten Männergesicht, das so ernst war, als sei ihm das Lächeln völlig unbekannt. »Ist der Bauer zu Hause?«, fragte er Karl jetzt mit freundlichem Blick. Zuvor hatte er dem jungen Mann sehr nachdenklich eine Weile unbemerkt zugeschaut und sich gedacht, dass Karl fast noch hübscher sei als seine Schwester Resi. Sein Herz klopfte ein wenig aufgeregt bei diesem Gedanken, und das Blut kreiste ihm recht stürmisch durch die Adern. Karl erschrak wegen der plötzlichen Anrede und riss mit einer heftigen Bewegung den Kopf in die Höhe.

»Der Bauer ist mit dem Knecht drüben im Sägeschuppen«, erklärte er dem Förster schließlich leise. »Und deine Schwester, die Resi? Wo könnte ich die finden?« Benedikts Blick schweifte während der Frage im Garten umher. Er öffnete die aus Weiden geflochtene Gartentür und ging auf Karl zu, der noch am Boden kniete. Büschel für Büschel hatte dieser die fein duftenden Maiglöckchen zwischen blauen Vergissmeinnicht in den Tannenkranz eingebunden. Hin und wieder nahm der himmlische Duft ihm dabei ein wenig von der Last seiner großen Traurigkeit von der Schulter. Er atmete tief ein und antwortete dann dem Förster niedergeschlagen: »Resi ist unten im Dorf beim Pfarrer, um sich einen Rat zu holen.« Dabei begutachtete er den fast fertigen Kranz. Plötzlich, und ohne dass er etwas dagegen tun konnte, stiegen ihm Tränen in die Augen. Der Tod seines Bruders und der damit verbundene Schatten über dem Hof hatten ihm eine große Traurigkeit aufgebürdet, die ihn wie ein zu schwerer Mantel niederdrückte.

Benedikt legte ihm behutsam die Hand auf den Arm. Jedes Mal, wenn er dem jungen Karl mit den blonden Haaren und der zarten Gestalt in seine blauen Augen sah, hatte der Förster verwirrende Gedanken und konnte sich das Gefühl selbst nicht erklären. Er sah nämlich dann Resi vor sich, und sein Herz begann heftig zu klopfen. Er mochte Karl, doch es fiel ihm schwer, ihm jetzt, seinen Gefühlen entsprechend, in dieser schwierigen Situation Beistand zu leisten. Am liebsten hätte er ihn an sich gezogen, in die Arme geschlossen und ihn getröstet. Doch da gab es etwas Eigenartiges, wenn er ihn anstatt seiner Schwester am Hof antraf. Einerseits musste er sofort an die hübsche Resi denken, wenn er ihren Bruder ansah, andererseits fühlte er sich zu dem jungen Bauernsohn ebenfalls hingezogen. Mehr, als er es wollte. Dabei dachte er doch immer wieder nur daran, was er tun könnte, um Resi, die in letzter Zeit eher abweisend gewesen war, doch noch für sich zu gewinnen.

Um sich von seinen Gedanken abzulenken, sagte er zu Karl: »Dieser Mord am Kaisersteig lässt mich nicht mehr ruhig schlafen. Daran stimmt doch was nicht, Karl! Ich versteh zum Beispiel nicht, warum der Sepp das Rehkitz, mit dem ihn der Revierjäger schon bei der ersten Begegnung angetroffen hatte, inzwischen nicht versorgt hat. Ein Jäger hat mir nämlich erzählt, es sei immer noch neben ihm gelegen, als sie die Leiche gefunden haben. Darüber hätte ich gerne mit dem Bauern gesprochen.« Bei den Worten des Försters begann der Bursch zu schluchzen und fürchterlich zu zittern. Der Kranz, den er in den Händen gehalten hatte, sank zu Boden. Da reichte ihm der Förster die Hand, um ihm aufzuhelfen. Karl stand auf, fiel dem Förster um den Hals und klammerte sich ganz fest an ihn. Verzweifelt stieß er leise hervor: »Ach Benedikt, selbst wenn der Freidl gelogen hat, bringt uns das den Sepp nicht zurück«, und seine Lippen zitterten dabei.

Für einen Augenblick wusste Benedikt nicht, wie er sich verhalten sollte. Er drückte Karl, der bei ihm Schutz suchte, ganz fest an sich. Tröstend fuhr er ihm mehrmals mit der Hand über seinen blonden Haarschopf. Ein eigenartiges Kribbeln durchlief dabei Benedikts Körper, und er versuchte sofort, seine Gefühle zu verdrängen. Karl schwieg. In den festen Armen des starken Försters war ihm nicht mehr länger zum Weinen. Er wischte sich die Tränen aus dem Gesicht. Im Gegenteil, zum ersten Mal seit frühester Kindheit verspürte er bei einer Person tiefe Zuneigung und Schutz. In diesem vergänglichen Augenblick in Benedikts Armen fühlte sich für Karl alles seltsam warm und friedlich an. Benedikt hatte ihm soeben mehr als das Gefühl gegeben, nicht mit seinem Schmerz allein zu sein. Er hatte tief in seine Augen geblickt und ihn zärtlich berührt, wie es sonst nur Liebende tun.

Seit seine Schwester das Aufziehen ihrer Brüder von der Magd Luise übernommen hatte, gab es kaum mehr zärtliche Zuwendungen. Luise hatte die drei Kinder oft liebevoll an sich gedrückt und ihnen über die blonden Haare gestreichelt. Das gab es dann nicht mehr, weil Luise andere Aufgaben hatte. Resi sorgte zwar gut für die beiden, trotz ihrer jungen Jahre fast wie eine Mutter, es gab jedoch keine Zärtlichkeiten. Das Leben am Kreuzbauerhof forderte alles von Resi und war hart.

So wie der Vater, für den es nichts anderes gab außer Arbeit und sonntags den Gang zur Kirche und ins Wirtshaus. Er konnte seinen Kindern weder Gefühle zeigen noch mit ihnen über Freud und Leid sprechen. Für den Bauern lag alles in der Hand des Herrgotts. Nachdem die Mutter zu Grabe getragen war, ging der Vater noch härter und verbissener der Arbeit am Hof nach. Und er führte den Hof mit harter Hand. Täglich befahl er den Knechten und Mägden frühmorgens die schwere Tagesarbeit und kontrollierte sie. Er verlor kein Wort darüber, welcher Schmerz ihm und den Kindern mit dem Verlust der guten Frau und Mutter widerfahren war. Niemand wagte es, über seine Gefühle zu sprechen. Alle am Hof hatten zu funktionieren. Abends fielen die Leute am Kreuzbauerhof müde von der schweren Arbeit ins Bett und schliefen ein, bevor sie zum Nachdenken kamen. Sie waren erschöpft und mussten in der Früh zeitig wieder aufstehen. Keinem fiel es ein, den anderen zu fragen, wie es ihm ging.

»Du weißt, wie lieb ich dich hab«, flüsterte Benedikt jetzt Karl ins Ohr. Er strich sanft über die vom Weinen gerötete Wange, dann blickte er ihm tief in die Augen. Und es war ein begehrlicher Blick. Kein Wunder, dass es Karl dabei warm ums Herz wurde. Jäh löste Benedikt sich erschrocken aus der festen Umarmung. In diesem Moment wusste er nämlich, woher seine plötzliche Unruhe kam. Er hatte doch eigentlich die ganze Zeit jemand anderen vor sich gesehen. Resi!

Karl blickte ihn mit fragenden Augen an. Er konnte nicht fassen, was der junge Mann, den er so verehrte, soeben geflüstert hatte. Er versuchte, die verwirrenden Emotionen und Bilder in seinem Kopf zu ordnen. »Jesus, Maria und Josef, ich bin ja komplett durcheinander«, murmelte er vor sich hin. Verlegen fuhr er sich durch die Haare, während sein Herz unruhig klopfte. Ihm dämmerte, dass er sich in den Förster verliebt hatte und nie im Leben jemand davon erfahren durfte. So wie es sich anhörte, war der Förster auch in ihn verliebt, und das bedeutete nichts Gutes, sondern womöglich ein nächstes Unheil. Völlig verwirrt griff er nach dem Kranz und eilte aus dem Garten auf das Haus zu.

Benedikt, ebenfalls verstört und nachdenklich, machte sich auf den Weg zur Säge, um den Bauern aufzusuchen. Dieser befand sich tatsächlich mit dem Knecht dort, wie Karl es gesagt hatte. Gemeinsam hatten die Männer ein ansehnliches Kreuz aus Lärchenholz mit heruntergezogener Rückwand und Schindeldach gezimmert. Darauf war in geschwungener Schrift zu lesen: »In ewiger Ruh – unser Sepp 1890-1914«

»Das würde dem Sepp gefallen, was meinst du, Benedikt?«, fragte ihn der Hias und setzte noch hinzu: »Es ist wirklich höchste Zeit, dass sein Name auf dem Grab steht.«

Die Tage vergingen. Der Kreuzbauer wurde allmählich ein völlig anderer Mensch. Zwar blieb er weiterhin wortkarg und verschlossen, aber anstatt von einer Arbeit zur nächsten zu eilen, ging er oft einfach seiner Wege. Stundenlang hielt er sich in seinem Wald auf und blieb dem Hof fern. Ohne den Mägden und Knechten frühmorgens Arbeit anzuschaffen, ließ er sie selbstständig ihre tägliche Pflicht verrichten. Zum Erstaunen von Resi und Karl funktionierte es seither wesentlich einfacher am väterlichen Hof. Das Mittagsmahl musste nicht mehr punktgenau am Tisch stehen, und den Krug mit Most rührte ihr Vater nie mehr an. Hias Gruber nahm seine Arbeit am Hof zwar noch immer wichtig, doch er kümmerte sich nicht mehr um jede Kleinigkeit. Dadurch erhielten alle größere Freiheit für eigene Initiativen und hatten nicht über jeden Schritt und Tritt beim Bauern Rechenschaft abzulegen.

Sein Schritt, wenn er über die Wiesen und Felder ging, war langsamer geworden. Daran änderten auch die wärmenden Sonnenstrahlen nichts, die Ende Mai aus den Wolken brachen und die Hänge unter ihrer Wärme dampfen ließen. Die »Eisheiligen« waren mild und ohne Schaden anzurichten über das Land gezogen. Nie mehr hatte der Bauer sonntags die Kirche besucht, und wenn der Pfarrer auf den Hof gekommen war, um mit dem Bauern zu sprechen, hatte er sich verleugnen lassen. Für Resi und Karl waren dies sichere Beweise, dass der Vater durch den Verlust seines Sohnes alt und müde geworden war. Sie fragten sich beide, wie es denn jetzt am Hof weitergehen sollte.

Als ihnen Luise dann gegen Ende des Monats im Auftrag des Vaters von seinem Besuch beim Mitterhofbauer erzählte, konnten sie anfangs gar nicht glauben, was sie da hörten, und starrten einander mit großen Augen an. Dort hatte der Kreuzbauer nämlich sowohl dem Hoferben als auch dem alten Bauern klipp und klar erklärt, dass aus der geplanten Verbindung mit seiner Tochter nichts werden würde. »Meine Herren! Die Zeit der Vernunftehen geht dem Ende zu. Alles ändert sich, auch am Kreuzbauerhof«, hätte er wortwörtlich gesagt. Der Mitterhofbauer und sein Sohn verstanden nach diesem Besuch die Welt nicht mehr und schimpften über den Fortschritt, der das Land noch ins Unglück stürzen würde. Erfolglos versuchten sie, ihn zu überreden, weil er doch gerade jetzt einen starken Bauern am Hofe dringend notwendig hätte. Als er abermals nur betonte, dass aus der Hochzeit nichts werden würde, meinte der alte Mitterhofbauer: »Hias! Du bist nicht nur zu alt für die schwere Arbeit. Du bist auch zu alt, um klar zu denken.«

Luise erzählte weiter, dass es des Vaters größter Wunsch sei, dass Resi sich selbst einen Mann aussuchen solle, den sie lieben würde. Natürlich hatte er keine Ahnung, dass sie ihr Herz bereits einmal vergeben hatte und dass dieser Mann ihr den größten Herzschmerz zugefügt hatte. Es würde sicher lange dauern, bis sie sich wieder jemandem liebevoll und vertrauensvoll zuwenden könnte. Aber Resi war berührt von dem Gedanken, dass ihr Vater sie gerne glücklich sehen wollte.

Seinem Sohn Karl erlaubte der Kreuzbauer, dass dieser in seiner freien Zeit das Angebot des Fotografen Böhm im Ort annehmen konnte, um das Fotografieren zu lernen. Denn es war gut, auch etwas anderes zu lernen, das Bauersein allein sei nicht das Wahre für seinen Jüngsten, hätte er gesagt. Der Hof würde zukünftig einen starken und einfallsreichen Mann an Resis Seite brauchen, der auch sie glücklich machen würde. Erst wenn Resi dann gemeinsam mit ihrem Mann und mithilfe von Karl den Bauernhof in zeitgemäßer Weise weiterbetreiben würde, wäre er mit seinem Herrgott wieder im Reinen.

Die beiden trauten ihren Ohren nicht. Was war mit ihrem Vater geschehen, dass er so einsichtig geworden war? Eigenartig nur, dass er mit Luise darüber gesprochen hatte und nicht gleich mit ihnen. Aber Luise war ja schon nach dem Tod der Mutter die Person gewesen, der er seine Kinder anvertraute, und der Bauer tat sich bei Gesprächen mit seinen Kindern schon immer schwer. Resi hätte den rüpelhaften Fritz vom Mitterhof mit den roten Haaren und dem aufgedunsenen Gesicht ohnedies auf keinen Fall zum Mann genommen. Um die 30 war er schon. Ein breiter, kleinerer plumper Kerl, der Frauen gegenüber sehr grob werden konnte und nie nüchtern vom Wirtshaus heimkam. Weder sonntags noch unter der Woche, erzählte man unten im Dorf. Wie der Vater bloß auf die Idee gekommen war?

Karl dagegen war von Herzen froh, dass er nicht der Bauer des Kreuzbauerhofs werden musste. Er ahnte, wer dem Vater von Böhms Angebot an ihn erzählt hatte. Es musste Erwin Pfandl gewesen sein, den er eine Weile nach Sepps Beerdigung mit dem Vater allein in der Scheune angetroffen hatte. Karl wusste, dass der Wirt nach den Proben sein Gespräch mit Böhm gehört hatte. Er war Pfandl dankbar und noch mehr dem Vater für sein unerwartetes Verständnis.

Dabei hatten Resi und er damals vermutet, dass es bei dem Gespräch von Pfandl mit dem Vater wohl darum gegangen sei, dass ihr Bruder Sepp den Wirt manchmal mit Wildfleisch versorgt hatte. Damit lagen sie nicht falsch. Auch davon sprachen die beiden. Nur stellte Pfandl dem

Bauern gleich auch die Frage, ob er nicht wüsste, von wem er denn nun gutes Wildfleisch bedenkenlos beziehen könnte. In die beiden Söhne vom Mitterhofbauer, von denen jeder wusste, dass sie gelegentlich wilderten, hätte er kein besonderes Vertrauen. Er erwartete bald sehr hohen Besuch in seinem *Gasthof zur Post* und müsste womöglich das gesamte Wild vom Gut Rabenhofer teuer kaufen. Auch für sein neues *Alpenhotel* am Bärenkogel würde er längerfristig Wildbret benötigen. »Wäre das nicht etwas …«, setzte Pfandl an. Der Kreuzbauer aber schüttelte bloß verneinend den Kopf und meinte: »So lasst mich doch endlich mit dem Wildern ein für alle Mal in Ruhe. Geh doch zum jungen Freidl, der verkauft das Fleisch von seinem Kumpanen ja auch unter der Hand, und niemand stößt sich dran. Das hat mir nämlich der Sepp knapp vor seinem Tod an den Kopf geworfen, als ich ihm das Wildern verboten habe.«

Pfandl traute seinen Ohren nicht. Das waren Neuigkeiten! Sollte das tatsächlich bedeuten, dass der Revierjäger Freidl mit einem Wilderer zusammenarbeitete? Das konnte doch nicht sein. Der Wirt wollte aber mit dem jungen Freidl ohnehin möglichst wenig zu tun haben. Die Gerichtskommission hatte den Jäger zwar freigesprochen, doch er selbst vermutete, dass der Mann unter Eid gelogen haben musste. Denn diese ganze Geschichte, so wie Freidl sie erzählte, klang doch mehr als eigenartig.

Inzwischen war es schon Anfang Juni geworden, und Pfandl hatte noch immer keine günstige Quelle für Wildfleisch aufgetan. Dabei sollte bald das schon traditionelle Wildessen während der kaiserlichen Jagd im *Gasthof zur Post* stattfinden. Was die aufkommenden Kritiken an diesen Jagden betraf, hatte er sich immer gekonnt rausgehalten. Darüber wurde in seiner Gaststube nämlich ebenso lautstark diskutiert wie über den Mord am Kaisersteig. Wie die Leute am Kreuzbauerhof und auch Pfandl selbst zweifelten nämlich viele Menschen, die den Sepp gekannt hatten, an der Version des Revierjägers Freidl.

Zu Pfandls großer Enttäuschung war bei all der Aufregung um die beiden Morde der große Erfolg der für Rosegger aufwendig organisierten Feierlichkeit in der Au komplett untergegangen. Von Rosegger selbst hatte er auch schon länger keine Post mehr erhalten, und so war dessen Zusage zum Besuch der kaiserlichen Hoheiten im *Rosegger-Stüberl* noch offen. Aber zur Freude seiner Gattin Maria geriet für den Wirt zum ersten Mal seit ganz langer Zeit das Thema Rosegger vollkommen in den Hintergrund.

Pfandl hatte nämlich anderes zu tun. Er war gerade auf dem Weg zu seinem Freund Böhm ins Atelier, um die Fotoaufnahmen am Bärenkogel zu besprechen. Bei der kaiserlichen Jagd würde Böhm alle Hände voll zu tun haben. Danach sollte aber unbedingt sein *Alpenhotel* für eine Ansichtskarte fotografiert werden. Mit dem Bürgermeister Hopfer musste er auch noch ein ernstes Wort reden. Ihm war zu Ohren gekommen, dass dieser nämlich, als bei der Anhörung Freidls in die Runde gefragt wurde, ob man zuwarten und etwaige Zeugen zu dem Vorfall aufrufen sollte, sofort geantwortet hätte: »Wozu denn? Die waren doch alle beim Pfandl in der Au. Es wird schon so gewesen sein, wie es uns der Revierjäger soeben geschildert hat. Und Tote reden nicht!«

Wer weiß, was womöglich bei der ganzen Sache herausgekommen wäre, wenn man sich für die Anhörung mehr Zeit genommen hätte? Schon allein der Tatort, nämlich hart an der Grenze zum Kreuzbauergrund und, wie Pfandl wusste, ganz in der Nähe von Sepps eigener Hütte, sollte doch zu denken geben. Aber wenn ein Fladinger die Untersuchungen leitete … Der Wirt war sich sicher, da stank etwas gewaltig an dieser Sache.

# 4 Höfliches Delirium

Hoch oben auf der Rax war der Übergang vom Winter zum Frühling am deutlichsten zu sehen. Während am Gipfel der kleine Hang noch schneebedeckt auf Mürzzuschlag blickte, grünten im Tal bereits die Wiesen, und die ersten Frühlingsblumen streckten neugierig ihre Köpfchen aus der Erde, um die wärmenden Strahlen zu genießen. Doch nun hatte die Sonne auch in den hohen Bergen dem Winter ein Ende gemacht, und die Rax war ihre Schneehaube für die nächsten Monate endgültig losgeworden. Von den sonnseitigen Hängen der tiefer gelegenen Almkuppen der Pretul trugen Bauernkinder die ersten himmelblauen Sternlein des Frühlingsenzians ins Tal, um sie im *Gasthof zur Post* zu verkaufen. Die Wirtin freute sich am späten Nachmittag darüber. Sie gab den Kindern sogar ein paar Kreuzer mehr, als ihr Gatte es getan hätte. Sie meinte augenzwinkernd: »Der Wirt ist heute nicht da. Aber ich werde ihn von euch schön grüßen lassen.«

Pfandl befand sich tatsächlich nicht im Ort. Er war nach dem aufregenden Besuch der Hofjagdgesellschaft in sein *Alpenhotel* geflohen. »Ich werde mich die nächsten Tage hier im Gasthof bestimmt nicht blicken lassen«, hatte er seiner Gattin gesagt, als sie wissen wollte, wann er zurückkäme. »Und was soll ich sagen, wenn der alte Hopfer nach dir fragt?«, fragte sie ein wenig schnippisch nach. »Dann sag ihm, ich sei ebenfalls verreist.«

»Du und verreist?«, lachte Maria laut auf, und ihr Mann zog verärgert die Brauen zusammen. »Gestern habe ich ihn wegen seiner Aussage bei Freidls Anhörung in der Amtskanzlei aufsuchen wollen. Der Lump hat sich doch glatt verleugnen lassen. Seine Schreibhilfe hat gesagt, er wäre verreist«, meinte Pfandl trotzig wie ein Kind und klopfte sich dabei mit dem rechten Mittelfinger ein paarmal an die Stirn. »Aber der Hopfer ist doch gegen das Reisen und den Fremdenverkehr«, murmelte seine Frau und schüttelte den Kopf. »Ja eben. Ich habe auch selbst gesehen, dass er bei der Hintertür hinausgeschlüpft ist«, meinte Pfandl empört und machte einen tiefen Zug an seiner Zigarette.

Als er bei der Tür hinauswollte, fiel Maria noch etwas ein: »Und was ist, wenn der werte Herr Rosegger nach dir fragt?«, rief sie ihm nach, als er schon den Griff der Haustür in der Hand hielt. Pfandl drehte sich kurz um und gab als knappe Antwort: »Dann bin ich eben auch verreist.« Er überlegte kurz und atmete tief durch. Dann ergänzte er: »Und jetzt lasst mich bitte alle in Ruhe!« Schon war er auf der Wiener Straße, und seine Gattin wusste, dass er dieses Mal wirklich seine Ruhe haben wollte und wohl auch brauchte.

Ja, Ruhe und Entspannung erhoffte sich Pfandl auf seinem Bärenkogel zu finden. Nach einer nicht allzu langen Wanderung am Ziel angelangt, konnte er zu seiner Freude eines der besten Schauspiele, welches die Natur zu bieten hat, bewundern: einen farbenprächtigen Sonnenuntergang. Kleine weiße Quellwolken zogen schnell über den Bärenkogel und spielten dabei mit ihren wechselnden Farben die Hauptrolle. Die Aussicht vom gezimmerten Aussichtsturm seines bereits fast zur Gänze fertiggestellten *Alpenhotels* war einfach gigantisch. Mehr als fünf Meter ragte der quadratische Turm über das Dach hinaus. Vom Erdgeschoss aus führte eine geräumige Stiege in die einzelnen Etagen. Zum Schluss konnte man noch eine steilere Treppe hinaufgehen, um die offene Aussichtsplattform, die zur Sicherheit umzäunt war, zu erreichen. Das hohe, spitze Dach des Turmes war mit denselben Holzschindeln wie der Eingangsbereich gedeckt. Auf einem zwei Meter hohen Mast würde bald eine Fahne im Wind wehen. Schließlich sollte sein *Alpenhotel* von überall her gut sichtbar sein.

Beim Anblick des Bergmassivs gegenüber ergriff den Wirt eine unerwartet demütige Stimmung. Bei einem solch großartigen Anblick konnte er seinen ganzen Groll vergessen. Er fasste sich an die Brust und atmete tief durch. Der kühle Wind wehte von Norden her. Er fand seinen Weg durch die rauschenden Baumwipfel und brachte den Turm ein wenig ins Schwanken. Das beunruhigte Pfandl nicht. Die Schwingungen des Turmes gehörten für ihn einfach dazu wie das ständige Hin und Her in seinem Leben. Sein scharfer Blick schweifte über das Fröschnitztal, die Kampalpe, das Stuhleck, den Schneeberg und die Rax. Hochveitsch und Hochschwab sowie die Ennstaler Alpen schlossen sich an das frei liegende Mürztal bis Bruck an der Mur anmutig an. Er murmelte vor sich hin: »Mein Bärenkogel – Ehre und Ruhm wirst du mir bringen und dazu noch Freude. Viel mehr Ehre und Ruhm, als andere auch nur erträumen können.«

Hoch oben am Kogel, umgeben von der Natur, fühlte sich Pfandl stark und geborgen. Er konnte stundenlang dastehen und einfach in die Weite blicken. Ärgerliche Tage lagen hinter ihm, und um seinen Kopf wieder klar zu bekommen, war er in die Berge geflohen. Sein angeschlagenes Gemüt hatte sich zwar bereits beim Anstieg etwas erholt, in seinem Kopf ratterten die Gedanken jedoch unentwegt weiter.

Er dachte an einen Ausflug mit seiner Tochter. Sie wanderten von Mürzzuschlag über den Ganzstein in Richtung Ganzalm, um auf die Pretulalpe zu kommen. Dabei machten sie Rast auf einem kantigen Felsen, umgeben von hohen Fichten, frischgrünem Moos und mit dem Tosen des rauschenden Pretulbaches im Ohr. Seine Tochter erfreute sich an den wunderschönen Alpenblumen, die zahlreich und in seltenen Arten, wie Orchidee, Petergstamm und Enzian, die Bergwiesen schmückten. Besonders der schöne Seidelbast mit seinen leuchtenden Farben entzückte das Mädchen, das ihn begeistert darauf aufmerksam machte.

»Was nützt der schönste Seidelbast, wenn du kein Geld im Beutel hast«, hatte er daraufhin scherzhaft gereimt und dabei gelächelt. Und genau in diesem Moment war in seinem Kopf der Gedanke gekeimt, dieses momentan erlebte Gefühl der Ruhe und Ausgeglichenheit mit anderen Freunden der Natur teilen zu wollen. Nach etlichen Turbulenzen hatte er endlich mit dem Bärenkogel den passenden Platz dafür gefunden. Der Neubau war fast fertig gestellt, die ersten Tagesausflügler waren schon neugierig eingekehrt. Der Tischler hatte den Auftrag, die Gästezimmer und das Matratzenlager für Besuchergruppen im zweiten Stock noch vor Wintereinbruch bezugsfertig einzurichten. Die Küche, das *Jagdstüberl*, die großzügige Aussichtsterrasse sowie der Speisesaal im ersten Stock konnten bereits benutzt werden. Die Sanitäranlagen und sonstigen Räume im Erdgeschoss waren ebenfalls fertig. Im Heizraum musste allerdings noch Ordnung geschaffen werden, das wollte er morgen angehen.

Ein Schuss im Wald aus näherer Umgebung riss ihn aus seinen Gedanken. Es krachte ein weiteres Mal. Pfandl zuckte zusammen. »Wer wird denn um diese Zeit jagen?«, fragte er sich verwundert. Im Gasthof hatten ihm die Jäger berichtet, dass durch die kaiserliche k. u. k. Hofjagdleitung Neuberg noch für mindestens eine Woche ein Betretungsverbot erteilt worden sei. Dabei sollten sie sich doch eigentlich, wenn es nach Vinzenz Rabenhofer ging, weiter eifrig auf die Suche nach Wilderern machen.

Der Gutsherr hatte nämlich seinen Jägern eine beträchtliche Belohnung für die Aufbringung von Wilddieben in Aussicht gestellt, und das Geld war sehr verlockend, wenn auch nicht leicht verdient. Jedem war bekannt, dass ein Aufeinandertreffen von Jäger und Wilderer fatale Folgen haben konnte. »So ein dramatischer Vorfall wie mit dem Sohn des Kreuzbauern und dem Gendarmen am Kaisersteig darf sich nicht wiederholen«, hatte der Bezirkshauptmann gefordert und mit ernster Miene auch die Jäger zur Besonnenheit ermahnt: »Denken Sie daran: Die Wilderer gehören in den Kerker und nicht in die Totenhalle!«

Plötzlich bemerkte Pfandl da oben auf seinem Aussichtsturm, dass er nicht nur Neugierde, sondern auch ein leichtes Gefühl der Beklemmung verspürte. Sollten sich tatsächlich gerade Wilderer in seiner Gegend herumtreiben? Und wer waren sie? Kannte er sie? Er begab sich auf jede Seite der Plattform und blickte aufmerksam in den Wald, ob er von irgendwoher eine Bewegung erkennen konnte. Doch die Dämmerung war schon zu weit fortgeschritten. Er zog seine Taschenuhr hervor und sah erstaunt, dass es bereits 20 Uhr abends war. Vielleicht kommen sie vom Mitterhofbauern?, dachte er bei sich.

Als in der Nacht nach der Aufführung in der Au noch nicht bekannt gegeben war, um wen es sich bei dem getöteten Wilderer handelte, hatten etliche Einheimische auf einen der Söhne vom Mitterhofbauer getippt. Selbst er hatte inständig, aber leider vergebens, gehofft, dass es nicht den Sepp Gruber oben am Kaisersteig erwischt hatte. Sogar gebetet hatte er kurz für ihn, denn er mochte den jungen Mann. Nicht nur, weil er ihn verlässlich mit hervorragendem Fleisch versorgt hatte, sondern auch, weil er äußerst freundlich und hilfsbereit war. Der Wirt konnte sich nur schwer vorstellen, dass der Sepp, noch dazu ganz ohne Warnung, brutal einen Menschen niedergeschossen hatte. Pfandl kannte die ganze Bauernfamilie, da der Kreuzbauer ihn für das Wirtshaus und neuerdings auch für den Bärenkogel mit Milch, Butter, Brot und Fleisch belieferte. In letzter Zeit hatte er wegen der kaiserlichen Hofjagd sogar mehr als üblich gebraucht, aber wie immer war alles Benötigte zuverlässig geliefert worden.

Von Anfang an war ihm nicht ganz wohl dabei gewesen, als der Rabenhofer angekündigt hatte, dass auch dieses Mal die Gäste der kaiserlichen Hofjagd zu ihm im *Gasthof zur Post* ins *Rosegger-Stüberl* kommen würden. Das hieß, dass seine Gattin natürlich wieder nur das Beste vom Besten zubereiten musste, um einer dummen Nachrede zu entgehen. Und gutes Wildfleisch war teuer und nicht leicht zu bekommen. Zur Erleichterung vieler war Kaiser Franz Josef dieses Mal krankheitsbedingt ausgefallen. Selbst die anschließend geplante Reise Seiner Majestät nach Budapest musste aufgrund von starken Atembeschwerden abgesagt werden.

»So ist's richtig! Hat der Alte dieses Mal schon sein ganzes Pulver verschossen«, lautete Fladingers Kommentar zur Absage des Kaisers. Dem Gendarmen und seinen Kollegen war nämlich dadurch viel Aufwand und Ärger erspart geblieben. Und das war gut, denn es musste ohnedies bereits seit einigen Wochen das Jagdschloss in Mürzsteg verstärkt bewacht werden. Ein unbekannter, vermutlich ortskundiger Mann hatte sich nachts Zugang zum Gebäude verschafft und etliche Wertgegenstände aus Silber, aber auch persönliche Utensilien des Kaisers – vergoldete Federhalter, Zigarrenetuis, geschnitzte Holzpfeifen und sogar Selterswasser – aus dessen Kanzlei entwendet. Ein Gendarmerie-Wachtmeister, der sich auf dem Kontrollgang befand, hatte das Licht des Einbrechers zu spät bemerkt. Er versuchte noch, den Mann mit dem geschwärzten Gesicht festzuhalten, doch dieser entriss sich ihm und konnte unerkannt entfliehen. Der Täter konnte nicht eruiert werden, auch weil die gestohlenen Gegenstände bisher noch nirgends zum Kauf angeboten worden waren.

Zum Verdruss der Gutsverwaltung Rabenhofer geschah der Diebstahl noch dazu kurz vor dem Besuch der hohen Gäste zur Hofjagd im Mürztal. Im Auftrag des Bezirks-

hauptmannes wurde der Einbruch im Mürzsteger Jagdschloss vor den hohen Herrschaften geheim gehalten. Falls,
hätte ohnedies nur der Kaiser das Fehlen bestimmter Utensilien bemerkt. Den übrigen Gästen würde es sicher nicht
auffallen.

Jeder im Mürztal wusste, dass das Jagen sogar für den
inzwischen greisen Kaiser noch immer eine große Freude
war. Franz Josef I. soll im Lauf seines Lebens an die
55.000 Stück Wild erlegt haben, aber dies durchaus waidmännisch. Die Leidenschaft des Kaisers für die Jagd ent-
sprach der klassischen Freizeitgestaltung des Adels. Zum
Ärger der Bauern und übrigen Landbevölkerung entstand
bei diesen groß angelegten Hofjagden auf den Feldern
immer wieder enormer Flurschaden, der den Bauern viel
Arbeit einbrachte.

Dem Kaiser standen mehrere Jagdgebiete zur Verfügung.
Das kaiserliche Revier in Neuberg an der Mürz galt in der
Monarchie als eines der schönsten. Deshalb hatte Kaiser
Franz Josef 1869 für sich und seine Gäste ein großzügiges
Jagdhaus in Mürzsteg errichten lassen, das er aus seinem
Privatvermögen bezahlt hatte. Immer wieder kamen auch
zahlreiche gekrönte Häupter, Könige und Kaiser, unter
ihnen der russische Zar Nikolaus II., ins obere Mürztal.

Dieser besuchte Ende September 1903 Mürzsteg, um die
politische Situation am Balkan zu besprechen und einen
Konsens für ein gemeinsames Vorgehen in der Krisenre-
gion zu finden.
     Diese politischen Gespräche in Mürzsteg wurden dabei
immer wieder unterbrochen, um der kaiserlichen Jagdlei-

denschaft zu frönen und ein paar Gämsen zu erlegen. Der Fotograf Böhm erhielt den Auftrag, nicht nur den Monarchen in der Kutsche fotografisch festzuhalten, er musste mit seiner Kamera vor allem die Jagdausflüge samt den zahlreichen Trophäen ablichten. Kaiser Franz Josef war mit den 1903 entstandenen Aufnahmen von Böhm sehr zufrieden und verlieh ihm aus diesem Anlass den Titel »Hof- und Kammerphotograph«.

In nur zwei Jagdtagen erlegten der Kaiser, der Zar und der Thronfolger Franz Ferdinand damals 37 Stück Gamswild. Am extremsten befriedigte der Erzherzog Franz Ferdinand seine fast schon unnatürliche Jagdleidenschaft. Er weilte vor Kurzem gerade wieder zur Jagd in der Steiermark. Als der Kaiser, der seine schwere Erkältung in Bad Ischl auskurierte, erfuhr, dass der Thronfolger bestrebt war, sein viel geliebtes und geschätztes Neuberger Jagdrevier leer zu schießen, tobte er. Er beorderte ihn daraufhin per Depesche umgehend zu sich in die Kaiservilla.

Wie in einem Drama von William Shakespeare galt Franz Ferdinands letzter Abschuss vor seiner befohlenen Abreise ausgerechnet dem Lieblingstier des Kaisers im Neuberger Revier. Trotz eindringlicher Warnungen der anderen Jäger streckte der Thronfolger am Tag vor seiner Abreise einen rein weißen Gamsbock mit seinem Gewehr nieder. Der Abschuss eines solch seltenen und schönen Tieres galt unter den Jägern als Sakrileg und unglückbringendes Vorzeichen. Die Prophezeiung, dass diese Tat großes Unheil über den frevelnden Jäger bringen würde, sollte sich tatsächlich innerhalb kürzester Zeit erfüllen.

Franz Ferdinand war nach seiner Ankunft in Ischl nicht erfreut, als er erfuhr, dass er nicht an der Hofjagd im Mürztal teilnehmen konnte, sondern nach Wien zurückkehren musste. Der Kaiser hatte ihn nämlich beauftragt, noch im Juni nach Sarajevo zu reisen. Diese Reise stand dann auch von Beginn an unter keinem guten Stern. Bereits vor der Abreise hatte es in Wien Probleme gegeben, weil am Salonwagen ein Rad heiß gelaufen war. Im Austauschwagen fiel das Licht aus, und beim Einsteigen meinte der Thronfolger sarkastisch: »Hier ist es ja wie in einem Grab.« Den einzig angenehmen Nebeneffekt seines Bosnien-Aufenthaltes sah Franz Ferdinand darin, dass er sich mit seiner am Wiener Hof wegen ihrer nicht genügend vornehmen Abstammung geächteten Frau endlich bei einem offiziellen Anlass in der Öffentlichkeit gemeinsam zeigen konnte. Das Protokoll sah jedoch trotzdem vor, dass seine Gemahlin Sophie getrennt von ihm mit dem Zug anreisen musste.

Sophie waren die Hofjagden im Gegensatz zu ihrem schießwütigen Gatten äußerst zuwider. Sie weilte ungern mit den noblen Damen in Reichenau an der Rax, um dort auf die jagenden Männer zu warten und sich mit allerlei Unterhaltungen die Zeit zu vertreiben. Sie verglich die Damen gerne mit den balzenden Auerhähnen, ganz ähnlich denen, auf die es ihre Männer beim Jagen im Mürztal abgesehen hatten. Denn diese zeigten ebenso stolz ihre Federn und schimmerten in beeindruckenden Farben, schwangen elegant ihre Kleider und traten im Rudel auf.

Viel lästiger als der Herzogin Sophie waren die Hofjagden aber den Bauern im Mürztal. Denn dass es dabei kaum waidmännisch zuging, sondern nur das Erlegen möglichst vieler Tiere wichtig war, verärgerte die Bauern zunehmend. So mussten sie bei den schonungslosen Hofjagden miterleben, dass oft noch tagelang das jämmerliche Klagen verwaister Gamskitze zu hören war, deren Mütter skrupellos abgeschossen worden waren. Der Gutsherr hatte in den letzten Jahren sehr damit zu kämpfen, erfahrene Jagdgehilfen und Treiber für die schießwütigen Herren ausfindig zu machen. Etlichen Bauern war bereits gänzlich die Lust vergangen, tagelang für einen geringen Lohn im Gelände herumzuirren. Stets mit von der Partie waren aber natürlich die Freidl-Jäger, Vater und Sohn. Die kaiserlichen Hofjagden zu begleiten, gehörte bekanntlich schon seit Generationen zur Familientradition.

Lange hatte Pfandl gehofft, die hohe Jagdgesellschaft des Kaisers dieses Mal bereits im neu ausgebauten Kursaal bewirten zu können. Sogar der Bürgermeister stimmte dem zu und meinte, das Ambiente wäre dort viel prunkvoller und für die hohen Herrschaften passender. Der Ausbau des luxuriösen Kursaales konnte jedoch nicht rechtzeitig abgeschlossen werden, und so entschied Rabenhofer, noch einmal die kaiserliche Hahnenjagd mit einem Wildschmaus im *Rosegger-Stüberl* zu beginnen. Pfandl verlangte als Gegenleistung von ihm dafür für sein Stüberl ein von Erzherzog Franz Salvator handsigniertes Hahnenjagdgemälde. Der Erzherzog war einer der bekanntesten Offiziere in Österreich und Schwiegersohn des Kaisers. Durch die Absage des Kaisers und die verfrühte Abreise des Thronfolgers war er heuer der prominenteste Teilnehmer der Hofjagd. Aber Pfandls neue Trophäe für sein Stüberl, das bereits überhäuft war mit Exponaten prominenter Persönlichkeiten, war leider das einzig Positive an der ganzen Sache gewesen.

Seine Befürchtung, dass das Wildbret-Essen am Vorabend der Jagd für ihn nur Ärger bringen würde, hatte sich nämlich bewahrheitet. Das alkoholschwangere Beisammensein begann schon sehr respektlos damit, dass auf den greisen Kaiser, der seit dem kalten Winter an Atemnot litt, angestoßen wurde, und im Anschluss über seine Sehschwäche gelacht wurde. Jemand kommentierte, dass es ohne den Kaiser eigentlich viel lustiger sei. »Stimmt, was für ein Glück, dass sich unser Kaiser nicht vor die Tür wagt«, meinte der Erzherzog und hob den Krug. »Bei seiner hoheitlichen Sehschwäche erschießt er gar noch einen Bauern anstatt eines Auerhahnes«, scherzte der anwesende Prinz von Bayern und ließ einen weiteren Krug Bier seine Kehle hinunterfließen. Der schnurrbärtige und meist finster dreinschauende Erzherzog Franz Salvator lachte zuerst laut darüber, dann meinte er ernsthaft: »Wäre gar nicht schade drum. Wer braucht denn heute noch einen Bauern?«

Als daraufhin eine lautstarke Diskussion über die nicht mehr gegebene Notwendigkeit der Bauern ausgerechnet in seinem *Rosegger-Stüberl* losbrach, lief Pfandl ein kalter Schauder über den Rücken. Der Gutsherr Rabenhofer machte gute Miene zum bösen Spiel, denn er profitierte schließlich am meisten von den kaiserlichen Hofjagden. Daher überhörte er geflissentlich manch provokante Aussage und trank aus Verdruss einen Krug Bier nach dem anderen. »Wenn die Bauern für was zu gebrauchen sind, dann wegen ihrer vollbusigen Töchter«, lachte der Erzherzog und fügte hinzu: »Schickt mir nach dem Essen so ein flottes Dirndl auf mein Zimmer. Ich hasse nämlich Langeweile, meine Herren!«

Aufgrund der entstehenden betretenen Stille wechselte er rasch wieder das Thema: »Nur schade, dass der Kaiser seinen Thronfolger so rasch zurückbeordert hat. Ob er vom Abschuss des weißen Gamsbockes erfahren hat?«

»Nie!«, rief eine rauchige Männerstimme vom Dichtererker herüber und ergänzte: »Hätte Seine Majestät der Kaiser von diesem Vergehen erfahren, dann hätte er uns den wilden Ferdinand erst recht hiergelassen.«

»Stimmt!«, meinte der Prinz und lachte. Seine Tischgenossen warfen sich einen fragenden Blick zu. »Meine Herren, er hätte ihn zum Abschuss freigegeben«, brüllte daraufhin der Erzherzog und krümmte sich vor Lachen. Abermals herrschte Stille. Die Anwesenden waren die groben Worte des Erzherzogs gewohnt, doch dieses Mal war er mit seinem Scherz wohl zu weit gegangen.

Pfandl war entsetzt und traute seinen Ohren nicht. So ein Pech, dass der neue Kursaal nicht rechtzeitig fertig geworden ist, dann wäre mir das erspart geblieben, schoss ihm durch den Kopf. Er dachte an Rosegger und was der wohl dazu sagen würde. Zum Glück hatte der Dichter seinen Besuch der Jagdgesellschaft ebenfalls aus Gesundheitsgründen abgesagt. Er hatte ihm aus der Lungenheilstätte Enzenbach bei Graz geschrieben: »Unseren Kaiser hat es wohl gleich erwischt wie mich, lieber Pfandl. Ja, mit empfindlicher Lunge ist's nicht einfach. Da bleibt einem gerne mal die Luft weg. Ich hoffe, du hast meinen Rat, endlich mit dem Rauchen aufzuhören, längst befolgt. Falls ja, dann empfehle ich sehr aufrichtig, auch das Übermaß an Alkohol zu lassen!«

Im Stüberl erzählte der wie in jedem Jahr ebenfalls zum traditionellen Wildbretessen geladene hochbetagte Lorenz Freidl jetzt zur Unterhaltung der Gäste ein paar lustige Jagdanekdoten, die auch Erlebnisse mit dem Kaiser beinhalteten. Den Jagdveteranen Freidl kannte jeder in Jäger- und Schützenkreisen, galt er doch als der erste Jagdbegleiter Seiner Majestät. Zum Ende seiner Tätigkeit überreichte ihm der Kaiser sogar eine goldene Uhr mit seinem Namenszug. Konnte man dem greisen Lorenz Glauben schenken, so war der Kontakt zwischen dem Kaiser und ihm trotz des schon lange zurückliegenden Endes seiner beruflichen Tätigkeit nie abgebrochen. Die hohen Herren gratulierten dem alten Jäger ganz begeistert zu seinem wackeren Enkelsohn, der doch vor Tagen diesem elenden Wilderer das Handwerk gelegt hatte. Der alte Jäger senkte daraufhin nur betreten den Kopf. Aber einer der Jagdgäste erkundigte sich sogar belustigt, ob nicht vielleicht noch ein paar Wilderer zum Abschuss frei wären anstatt der langweiligen Auerhähne morgen auf der Ganzalm.

Dem alten Lorenz Freidl verschlug es daraufhin die Rede. Er bat den Bürgermeister, frühzeitig die Gesellschaft verlassen zu dürfen, und entschuldigte sich sogar im Vorhinein für seine Abwesenheit am nächsten Tag. Bei der Verabschiedung von Pfandl bedauerte er das üble Verhalten der hohen Herren und meinte: »So ein zügelloses Betragen hätte es in Anwesenheit des alten Kaisers nie gegeben.« Wegen des tragischen Vorfalls mit dem Gendarmen und dem Kreuzbauersohn unter Beteiligung seines

Enkels zeigte er sich sehr betroffen und meinte ahnungs-
voll: »Pfandl, ich befürchte, dieses Geschehen am Kaisersteig hat noch ein böses Nachspiel.« Er erzählte auch, dass
im Jägerhaus in der vorigen Nacht eine Scheibe mit einem
Stein, auf dem mit roter Farbe »Mörder« geschrieben stand,
eingeschlagen worden war. »Es kommen schlimme Zeiten
auf uns alle zu, glaub mir, ich spüre das«, meinte er noch
bekümmert und machte sich auf den Heimweg.

In der Gaststube war die Diskussion rund um die Notwendigkeit der Bauern wieder aufgenommen worden und
wurde mit jedem Krug Bier unmöglicher. Die hohen Herren der Jagdgesellschaft waren sich einig, dass die Bauern
mit ihrem Vieh nichts mehr auf den höher gelegenen Alm-
wiesen zu suchen hätten. Sie würden damit nur das Wild
in den Wäldern verscheuchen. Was die Äcker und Wiesen
betraf, sollten diese generell für die Aufforstung von Wäldern genutzt werden. Getreide konnte wesentlich günstiger mit der Eisenbahn aus den Kronländern eingeführt
werden. Der Erzherzog vertrat die Meinung, dass es wie
in den Städten sinnvoller sei, das Fleisch von auswärts zu
kaufen, als das Vieh am Hof bis zur Schlachtung zu halten. »Den Bauern gehört befohlen, sich eine Arbeit in der
Fabrik zu suchen. Dort werden jetzt starke Männer benötigt, denn die Feld- und Wiesenzeit ist endgültig vorbei«,
meinte einer der Anwesenden.

Mit Fortschreiten des Abends war der Wirt immer mehr
erleichtert, dass der alte Dichter nicht gekommen war. Als
er es wagte, an die Herren die Frage zu stellen, ob jemand
Roseggers Werk *Jakob der Letzte* kenne, in dem es um
das Verschwinden der Bauern am Alpl ginge, schüttelten

diese nur lachend den Kopf und orderten noch mehr Bier. Vor lauter Durst vergaß manch einer sogar, die köstlichen Wildgerichte von Maria Pfandl zu loben. »Denen hätte man ein Schweinekotelett vorlegen können, das hätten sie nicht bemerkt«, flüsterte sie ihrem Gatten verärgert zu. Eigentlich war als Abschluss des Zusammentreffens ein Festschießen auf der Schießstätte vorgesehen. Doch die trinkbegeisterte Gesellschaft wollte davon nichts wissen. Fladinger, der als Sicherheitsmann am Schießplatz Wache hielt, wartete mehre Stunden vergebens auf die unhöfliche Jagdgesellschaft und gab wieder einmal Pfandl die Schuld daran.

Als die letzten Gäste schwankend das *Rosegger-Stüberl* verlassen hatten, saß nur noch der Gutsherr Rabenhofer selbst zusammengesunken auf der Bank im *Dichtererker*, sturzbetrunken und mit offenem Mund leise schnarchend. Maria Pfandl weckte ihn mit ein paar heftigen Remplern. Beim Hinausgehen wankte er an der Wirtshausstube vorbei. Dabei sah er den Revierjäger Johann Freidl verloren an der Theke lehnen. Seinem Gesichtsausdruck nach hatte der ebenfalls schon zu viel Bier konsumiert. Die Wirtsstube war noch voll, doch anscheinend suchte niemand seine Nähe. Seit dem Vorfall am Kaisersteig mieden ihn trotz des Freispruches der Gerichtskommission die meisten Leute im Ort. Der Gutsherr schwankte in die Wirtsstube und lehnte sich neben den frustrierten Mann. Er legte ihm einen Arm auf die Schulter und meinte: »Deinem Großvater haben sie vorhin im Stüberl zu seinem wackeren Enkelsohn gratuliert.«

»Ach ja«, freute sich der Jäger.

»Du weißt schon, wegen dem aufgebrachten Wilderer«, flüsterte ihm sein Vorgesetzter zu. »Das passiert aber selten. Sonst werde ich im Ort nur mehr verachtet«, entgegnete der daraufhin niedergeschlagen.

Jetzt wurde auch Pfandl auf das Gespräch der beiden Männer aufmerksam.

»Was heißt hier verachtet? Du bist mein bester Jäger im Revier. So einen tüchtigen Kerl wie dich könnte ich mir sogar als Schwiegersohn vorstellen, das hab ich dir ja schon einmal gesagt«, lallte der Gutsherr. Pfandl, der hinter der Theke stand, traute seinen Ohren nicht und konnte das dumme Gerede nur dem vielen Alkohol zuschreiben. Er wusste, dass der angesehene Rabenhofer Gutsherr niemals einem mittellosen Jäger die Hand seiner Tochter geben würde. Ihm war auch das Gerücht im Ort nicht entgangen, dass der von Freidl ermordete Sohn des Kreuzbauern ein Auge auf die schöne Rabenhofertochter geworfen hatte. Und natürlich war ihm bekannt, dass Lisl als einziges Kind einmal alles erben und steinreich sein würde.

Bei diesen Gedanken durchlief ihn ein eiskalter Schauer, und er warf den beiden Männern an der Theke einen strengen Blick zu. Doch Johann Freidls Augen blitzten vor Begeisterung, er lachte schrill auf, fast schien es, als würde er den Verstand verlieren. Er versuchte, den Gutsherrn zu umarmen, der aber inzwischen an der Theke wieder eingeschlafen war. Daraufhin wandte er sich an Pfandl und stieß mit schwerer Zunge hervor: »Es war wirklich ernst gemeint. Ich der Schwiegersohn vom Rabenhofer! Dann habe ich alles richtig gemacht.« Pfandl schüttelte entsetzt den Kopf. Er fasste den Jäger beim Arm und zog ihn mit aller Kraft aus der Gaststube und auf die Straße hinaus. »So ein blödes Gerede im Rausch. Schau lieber, dass du mit deinem Gewissen endlich ins Reine kommst. Du solltest besser in die Kirche gehen als zu mir in die Wirtsstube«, meinte er mit ärgerlichem Blick. Dann ging er zurück, um sich um den nicht weniger betrunkenen Gutsherrn zu kümmern und zu schauen, dass auch der nach Hause kam.

Die Auerhahnjagd auf der Ganzalm in den frühen Morgenstunden verlief gänzlich anders als erwartet. Treffpunkt war, wie all die Jahre zuvor, das kleine holzgezimmerte Kaiserhaus oberhalb der Ganzalm, welches der k. u. k. Hofjagdleitung gehörte. Der frische Duft des Waldes erfüllte die Luft. Der Wind kam von der Pretul und zog talwärts. Der klare Sternenhimmel gab Licht. Allmählich erwachte das Leben im Wald. Aus allen Richtungen meldeten sich die Auerhähne. Hunderte von Vogelstimmen erklangen. Die ersten Hasen hüpften umher, machten Männchen und verließen, man konnte beinahe sagen, kopfschüttelnd die Lichtung. Lerchen fingen an zu trillern, ein Kuckuck rief. Jeder Jäger wusste, dass in der Auerhahnjagd eine Erfüllung steckte, die unvergessen blieb. Den prächtigen Vögeln lag der Frühling ebenso im Blut wie dem Birkwild. »Aber wo sind jetzt Ihre vornehmen Herren?«, flüsterte einer der als Treiber engagierten Söhne vom Mitterhofbauer dem missmutig dreinschauenden Rabenhofer zu. »Denen steckt wohl noch zu viel Alkohol im Blut«, setzte er frech hinzu.

Einige Stunden waren bereits vergangen, als ein Jagdadjunkt dem bereits mehr als erzürnten Gastgeber die enttäuschende Botschaft überbrachte: Der Großteil der vornehmen Gesellschaft hätte sich dazu entschieden, nicht auf den

Hahn zu gehen. Die meisten Herren wurden gerade mit bleichen Gesichtern übermüdet und verkatert nach Neuberg zurückgeführt. Die Jagd durfte natürlich dennoch nicht abgesagt werden, es war schließlich die große Hofjagd. Letztendlich traf doch noch der Prinz von Bayern mit großer Verspätung auf der Ganzalm ein. Der ansonsten sehr rüstige Mann brachte gerade die Kraft auf, vier Hähne zu schießen. Jedes Mal, wenn er seine Flinte hob, fing er an zu zittern und verlangte nach einem Schnaps. Sein Jagdgehilfe, der Oberjäger Alois Freidl, hatte alle Hände voll zu tun, den Adeligen auf den Beinen zu halten, und beim Anschlag auf die Auerhähne musste er ihm die Flinte halten. Kaum einer der Anwesenden konnte sich ein Kopfschütteln verkneifen.

Die zahlreichen Bauern der Gegend, die, anstatt im Stall zu arbeiten, auf der Alm sinnloserweise als Treiber ausharren mussten, waren sehr verärgert auf den Rabenhofer Gutsherrn, der ja wie üblich die Jagd organisiert hatte. Nicht nur der Aufbau der Wildzäune war umsonst gewesen, sondern auch das Abholen der herrschaftlichen Jagdhunde in Mürzsteg. Den Abtransport der vier Hähne erledigte Johann Freidl, der ebenfalls ganz übernächtigt beim Blockhaus eingetroffen war. Der Gutsherr verließ gemeinsam mit seinem einzig anwesenden Jagdgast und dem Oberjäger Freidl still und gesenkten Hauptes die Alm in Richtung Ganzstein und weiter nach Mürzzuschlag. Eine Fotoaufnahme wurde strikt abgelehnt, und somit hatte auch Böhm seine Ausrüstung umsonst den Berg hinauf geschleppt.

Beim Abstieg konnte Böhm aber doch noch hin und wieder einen Schuss von oben vernehmen. Er meinte später zu Pfandl, der ihn und seinen Bericht bereits mit Spannung im Wirtshaus erwartet hatte: »Da hat sich dann so manch einer wohl zur Belohnung seinen eigenen Auerhahn geschossen.« Pfandl stieß die ganze Sache sauer auf. Und dass der schamlose Jäger Johann Freidl als Gehilfe bei der Hofjagd einfach mitmischte, als wäre nichts geschehen, ärgerte ihn auch sehr. Notwehr hin oder her, er hatte schließlich trotzdem einen Menschen mit zwei Stichen ins Herz getötet!

»Bei der nächsten Hofjagd halte ich mein Wirtshaus geschlossen und ziehe mich auf den Bärenkogel zurück«, hatte er empört zu Böhm gesagt. »Und das mache ich jetzt auch für ein paar Tage, denn die feinen Herren und ihr Benehmen haben sich auf mein Gemüt geschlagen. Bevor ich einem von denen wieder begegnen kann, muss ich mich zuerst erholen.« Und darum war er jetzt hier in seinem *Alpenhotel* am Bärenkogel, seinem neuen kostbaren Juwel in der oberen Lade.

# 5 Verwischte Spuren

So wie jeden Morgen öffnete Resi vor dem Verlassen ihrer Kammer das Fenster und streckte den Kopf hinaus. Nachdenklich ließ sie ihren Blick vom Hochwald zum Himmel wandern. Alle Anzeichen deuteten zum Glück auf einigermaßen gutes Wetter hin. Sie atmete die vom Wald herkommende Luft tief ein, als könnte sie dabei erkennen, welches Wetter ihnen am Hof beschert würde.

Über der Waldgrenze des Kreuzbauerhofes begannen die weitläufigen Wälder des Rabenhofer. Dort oben, an einem schmalen Bergmassiv, lag das Forsthaus. Es hatte nach vorne zwei Fenster mit Schiebebalken, und über der großzügig gestalten Eingangstür, die im unteren Teil mit Holzschnitzarbeiten verziert war, befand sich ein Dachgiebel. Beim ersten Blick war zu erkennen, dass es sich hier um kein privates Waldhaus handelte. Es gehörte der k. u. k. Hofjagdgesellschaft in Neuberg und wurde vom Gutshof Rabenhofer mitbetreut. Bei seinem Dienstantritt vor ein paar Jahren war es dem jungen Förster Benedikt, für den deshalb ein Zweitschlüssel angefertigt worden war, als Bleibe zugewiesen worden. Der Originalschlüssel wurde weiterhin im Gutshof Rabenhofer aufbewahrt, falls jemand anderer dort Arbeiten auszuführen hatte.

Der Waldboden hinter dem kleinen Anwesen war übersät mit Heidelbeersträuchern. Die gab es auch im Kreuzbauerwald, und Sepp hatte alle guten Plätze gekannt.

Jedes Mal, wenn er vom Wald die saftigen blauen Beeren mitgebracht hatte, servierte Luise sie für alle am Hof mit Sterz und viel Zucker vermischt als Nachtisch. Dieser Heidelbeersterz war eine von Resis Lieblingsspeisen geworden. Sie dachte voll Wehmut an ihren Bruder und konnte sich den Tathergang am Kaisersteig noch immer nicht erklären. Viele Menschen im Ort teilten ihre Meinung, dass der Zeitungsbericht darüber sehr viel Ungereimtheiten enthielt.

Plötzlich klopfte es an ihrer Kammertür. Resi öffnete und war überrascht. Ihr Vater, der sonst eher selten im oberen Bereich des Hauses anzutreffen war, stand vor der Tür. Eigentlich befand er sich um diese Zeit bereits im Stall, um den beiden Knechten zu helfen. Es waren in der Nacht zwei neue Kälber auf die Welt gekommen, und außerdem gab es jede Menge Arbeit mit den Schweinen, die in den nächsten Tagen geschlachtet werden sollten. Die Hände von Sepp fehlten natürlich überall im Stall und auf dem Acker. Etwas erstaunt über den frühen Besuch ihres Vaters musterte sie ihn von der Seite.

»Grüß Gott, Vater! Wenn man dich in der Früh so betrachtet, könnte man meinen, dich hätte statt des geruhsamen Schlafes ein böser Traum geplagt«, antwortete sie auf sein ernstes »Grüß Gott!«

»Wenn mich etwas plagt, so sind es meine Sorgen, Resi«, murmelte er und schritt nachdenklich zum geöffneten Fenster, um einen Blick hinauszuwerfen.

»Ich weiß schon, dass dir der Sepp wegen der Arbeit am Hof fehlt!« Ihr Vater schloss das Fenster, drehte sich um und schaute sie an: »Nicht nur deshalb fehlt er mir. Den Hof werde ich übrigens dir übergeben. So habe ich es entschieden, und du sollst es früh genug erfahren.«

»Meinetwegen brauchst du dir bestimmt keine Sorgen machen. Wenn du mich brauchst, bin ich für dich und den Hof da. Wir schaffen das schon, Vater.«

Sie standen sich eine Zeit lang gegenüber. Er freute sich über die Worte seiner Tochter. Und zum ersten Mal seit dem Tod der Mutter blickte er ihr direkt in die Augen. Resi bemerkte, dass seine Augen dabei feucht glänzten und sein Gesichtsausdruck etwas Fürsorgliches hatte. So kannte sie ihren Vater nicht.

»Dank dir schön, Resi. Da wäre noch eine Sache, um die ich dich bitte.« Resi warf ihm einen fragenden Blick zu. Hatte sie sich verhört, oder hatte der Vater soeben »bitte« gesagt? »Ein Gendarm hat sich für heute im Laufe des Tages am Hof angekündigt, um die Kammer vom Sepp gründlich zu durchsuchen!«

»Wie? Jetzt nach all der Zeit will ein Gendarm Sepps Kammer durchsuchen? Das ist komisch. Die haben doch den Fall längst abgeschlossen, oder nicht?«, antwortete Resi verwundert und schüttelte den Kopf.

»Eben nicht, Resi. Seit Monatsbeginn gibt es einen neuen Kommandanten bei der Gendarmerie, und der hat sich angeblich die Akten zum Mord an Sepp und Birnstingl vom Gendarmen Fladinger bringen lassen.«

»Ach ja, stimmt. Ich habe von einem neuen Kommandanten in der Zeitung gelesen. Der Mann soll sogar aus Graz kommen«, überlegte Resi und runzelte die Stirn. »Eigens aus Graz?«, wiederholte sie leise.

»Vielleicht kommt ja doch noch heraus, wie sich das Ganze mit dem Sepp tatsächlich zugetragen hat«, meinte ihr Vater, machte dabei aber einen skeptischen Eindruck. »Ich weiß nicht so recht«, antwortete Resi, fügte aber sofort hinzu: »Aber ich weiß mit Gewissheit, dass unser

Sepp kein Mörder war. Also von mir aus kann sich jeder die Kammer gerne anschauen.«

»Das schon, Resi. Aber du solltest trotzdem vorher …« Hias hatte diesen Satz nicht fertig gesprochen, da kam ihm Resi mit ihrer Antwort schon zuvor. Wie so oft hatten Vater und Tochter denselben Gedanken. »Natürlich, Vater! Vertrau mir, ich weiß, was du meinst. In jeden kleinen Winkel werde ich schauen. Und über die Luke im Boden will ich die Truhe vom Gang draußen stellen. Die ist zwar sehr schwer, aber dafür deckt sie die Bretterklappe gut ab. Ich werde den Knecht holen, dass er mir dabei hilft.«

Der Vater runzelte verwirrt die Stirn. »Seit wann ist in Sepps Kammer eine Luke im Boden?« Kopfschüttelnd holte er seine Taschenuhr hervor. »Schon 6 Uhr, Resi. Du musst dich beeilen und dem Sepp sein Zeug – du weißt schon, Gams- und Dachsbärte, Häute, Geldbeutel und so, herausholen!«

»Von wem weißt du das denn wegen dem Gendarmen, Vater?«, fragte Resi neugierig und wunderte sich zugleich über seine Aufzählung: Gamsbärte, Häute und Geldbeutel. »Ich weiß es eben. Und dabei sollten wir zwei es für heute belassen. Außerdem soll auch über unsere Hütte oben am Waldrand geredet worden sein.«

»Ich werde das mit der Kammer schon gewissenhaft erledigen, Vater. Wegen der Waldhütte sehe ich keine Dringlichkeit. Dort kommt nicht so leicht wer hin«, gab ihm Resi rasch zur Antwort.

Der Vater wendete sich zum Gehen, drehte sich aber noch einmal um: »Sag einmal, weißt du, wo Sepps Stutzen ist?« Resi überlegte: »Sein Stutzen wird bestimmt unter dem Bretterboden in der Luke sein. Außer, der Sepp hätte ihn oben in der Hütte versteckt«, meinte sie dann.

»Die Holzhütte sollte wirklich auch ausgeräumt werden. Und zwar jetzt, und wenn ich es selbst machen muss. Dort liegen bestimmt noch Sepps Rucksäcke und einige Krickeln von früher herum«, mahnte sie der Vater, und in seiner Stimme war ein dringlicher Ton. »Gut, wenn es dich beruhigt, dann schicke ich gleich nach dem Frühstück Karl hinauf. Der kennt sich genauso gut aus oben bei der Hütte.«

»Wieso kannst du das nicht selbst für mich erledigen?«, fragte der Vater nach. »Ich habe heute wirklich auch sonst viel zu tun, und jetzt muss ich mich schnell um das Feuer im Ofen kümmern«, meinte sie und huschte bei der Tür hinaus. »Das habe ich längst erledigt«, rief ihr der Vater freundlich nach, als sie die Stiege hinabbrennen wollte. Resi drehte sich verwundert um. Sie lächelte und fragte: »Wie? Du hast den Ofen eingeheizt?«

Aber das war nicht die einzige freudige Überraschung an diesem Tag. Als Resi die Küche betrat, sah sie zu ihrem Erstaunen, dass die junge Magd Anna bereits für alle am Hof die morgendliche Mahlzeit angerichtet hatte. Es roch nach frisch gekochtem Kaffee. Zum ersten Mal seit langer Zeit war es nicht Resi, die das Frühstück vorbereitete. Aber alles klappte trotzdem wie am Schnürchen, und das zauberte ihr ein zufriedenes Lächeln ins Gesicht.

Bei den Mahlzeiten hatte sich seit Sepps Tod einiges am Bauernhof geändert. Der Platz am Stubentisch, wo Sepp gesessen hatte, durfte auf Wunsch des Vaters nicht besetzt werden. Der Altknecht, die beiden Stallknechte, die Magd Luise sowie die junge Anna mussten nicht mehr im Gesinderaum ihre Mahlzeit einnehmen, sondern durften von nun an auf dem zweiten großen Tisch neben der Bauernfamilie in der Stube sitzen. So hatte es der Bauer zum Erstaunen und zur Freude aller angeordnet. Gemeinsam wurde gebetet, doch der Vater beteiligte sich nicht daran und senkte jedes Mal nur stumm den Kopf. Nachdem die Arbeit – je nach Wetterlage – kurz besprochen worden war, ging jeder seiner Pflicht nach.

Resi bat Luise, ihr gleich nach dem Frühstück beim Aufräumen der Kammer von Sepp zu helfen. Der Großteil seiner Arbeitskleidung, die an die beiden Knechte übergehen sollte, musste zum Waschen in die Wäschekammer hinten beim Stall gebracht werden. Ein paar schöne Trachtenstücke ließen sie in seinem Schrank hängen, als würde er sie an einem der nächsten Sonntage anziehen, ebenso den Steirerhut und seinen ledernen Wanderrucksack. Dann schauten sich Resi und Luise im überraschend großen Versteck des Bruders in der Luke unter dem Boden um. Sie staunten nicht schlecht, was alles zum Vorschein kam.

In einem etwas größeren Kisterl lagen Nähzeug, eine Spule mit Garn, grüner Loden, Wolle und ein paar halbfertig zusammengebundene Gams- und Hirschbärte sowie ein fein säuberlich in Zeitungspapier eingewickeltes kleines Büschel Grannenhaare, sorgfältig mit Zwirn zusammengebunden. Fein säuberlich hatte der Sepp alles beieinander gehabt. Resi fasste sich nachdenklich an den Kopf. Sie hatte keine Ahnung davon gehabt, dass ihr Bruder auch Dachs-, Gams- und Hirschbärte binden konnte. Aus den Hoden der Gamsböcke nähte er sogar Geldbeutel. In einer der Schachteln befanden sich kleine Grandeln, die er wohl zur Herstellung von Trachtenschmuck verkaufte. Ihr Bruder war kein Sammler, also machte er die Sachen zu Geld. Sie wurde nachdenklich. Hatte der Vater das geahnt oder gar gewusst, denn wieso hatte er vorhin von Gamsbärten und Geldbeuteln gesprochen? Aber wie auch immer, das

Zugeld, das der Bruder ihr jede Woche für den Haushalt zugesteckt hatte, stammte also nicht nur vom Wildverkauf. Auch für Karl hatte er monatlich etwas Geld übrig gehabt und war nie geizig gewesen.

Beim Durchschauen seines Versteckes kam neben ein paar Geldscheinen und Münzen auch anderes zum Vorschein: zwei Mützen mit Löchern für die Augen, einige Stücke Leder und neue Lederhandschuhe. Außerdem eine Holzkiste mit Kohlestücken, eine Schachtel mit Patronen und zwei Jagdmesser. Im Versteck befanden sich noch ein Reh- und zwei Gamskrickerl sowie zwei Rucksäcke mit Außen- und Innentaschen, eine Pulvertasche, dazu Stoffbinden und sonstiges Verbandszeug.

In einer weiteren kleinen Schachtel fand Resi ein Sparbuch. Sie wagte einen Blick hinein und war überrascht, als sie die Summe sah. Ihr Bruder hatte insgesamt über 4.000 Kronen gespart. Im Gebetsbuch fand sie ein Foto und das Sterbebild der Mutter. Neben einem alten ledernen Hut lag ein schönes Fernglas in der dazu passenden ledernen Umhängtasche. Sepps Stutzen war aber nicht da. Gemeinsam mit dem Knecht schleppten die beiden Frauen die schwere Holztruhe vom Gang in Sepps Kammer und stellten sie über die nun leere Luke im Boden.

In der Tischlade fand Resi noch einige Briefe und ein Bündel von Papierblättern, nach Datum sortiert, auf denen sich handschriftliche Notizen befanden. Auf den Zetteln hatte sich Sepp aufgeschrieben, wann und an wen er wie viel Wildbret ausgeliefert hatte. Rechts daneben befand sich eine mit der Hand gezogene Linie, und dort stand der jeweilige Geldbetrag. Sepp hatte auch ein genaues Tagebuch darüber geführt, wo, zu welchem Datum und genauer Uhrzeit er das Wild geschossen hatte und wann er es vom

Wald in seine Hütte gebracht hatte. Meist war er frühmorgens auf die Jagd gegangen und holte sich das Wildbret dann in der Nacht. In einem Kalender hatte er sich offensichtlich auch wichtige zukünftige Vorhaben und Ereignisse notiert. Obwohl sie das ganze Zimmer sorgfältig danach durchsuchte, konnte sie den Stutzen von Sepp nirgends entdecken. Daher hoffte sie, dass Karl ihn oben in der Holzhütte auffinden würde.

Resi packte nun zusammen mit Luise Sepps Habseligkeiten sorgfältig in zwei Wäschekörbe und brachte diese in die Stube, wo der Vater bereits ungeduldig darauf gewartet zu haben schien. Der Bauer war lange Zeit damit beschäftigt, alles zu verstauen oder teilweise sogar wieder zu verstecken. Nicht nur Luise staunte darüber, dass der Vater diese Arbeit selbst übernehmen wollte.

Die Aufzeichnungen zum Wildern sowie die Briefe behielt Resi aber lieber noch für sich und trug sie unter der Schürze in ihre eigene Kammer. Dort begann sie, sich mit Sepps täglichen Notizen genauer zu beschäftigen. Das letzte Mal war er zwei Tage vor seiner Ermordung auf der Jagd gewesen, jedoch erfolglos. Resi kontrollierte auch sofort die Einträge am Tag seines Todes. Unter diesem Datum befanden sich zwei Einträge: »Karl als Förster beim Theater in der Au« und »Mit L. um 15 Uhr bei der Lichtung verabredet«. Sie hatte zwar gleich eine Vermutung, mit wem er sich da oben treffen wollte, doch erst als sie das »L.« als Absender bei einem der gefundenen Briefe sah und bei einem anderen »Lisl«, bestätigte sich ihre Vermutung, dass es sich um die Tochter vom Gutsherrn Rabenhofer handelte.

Traurig begann sie, ein paar der Briefe zu lesen, doch ihr schwirrten die eigenartigsten Bilder im Kopf herum, und allmählich setzte sich der Gedanke fest, dass Sepp am besagten Tag womöglich gar nicht zum Wildern oben am Kaisersteig gewesen war, sondern um sich mit seiner Liebsten zu treffen. Nur ergab das keinen Sinn für sie, denn die Lisl Rabenhofer saß doch zu dieser Zeit bei der Aufführung in der Au. Sie konnte sich genau erinnern, dass die junge Frau mit auffallend verlorenem Blick neben ihrem Vater in der ersten Reihe gesessen war.

Abgesehen davon bestätigten die Aufzeichnungen, dass Sepp eigentlich immer nur frühmorgens auf der Jagd war. Warum sollte er nun plötzlich am Nachmittag unterwegs gewesen sein? Das passte doch alles nicht zusammen. Resi fand keine Ruhe und überlegte. Sie öffnete das Fenster, um frische Luft in die Kammer zu lassen. Dann suchte sie den Zeitungsbericht über den Mord an Birnstingl hervor. Unzählige Male hatte sie die Zeilen bereits gelesen, und wie jedes Mal überkam sie dabei ein mulmiges Gefühl.

Da hörte sie plötzlich von draußen ein lautes Klopfen unten an der Haustür. Sie vernahm die Stimme der Magd und eine jüngere Männerstimme. Sofort musste sie an den frühen Morgen denken, an dem der Gendarm Fladinger an die Haustür geklopft hatte. »Das wird doch nicht schon dieser neue Kommandant sein?«

Zum Glück war Sepps Zimmer bereits aufgeräumt, und lediglich die Hütte im Wald musste zur Kontrolle noch aufgesucht werden. Nervös beugte sie sich zum Fenster hinaus, um einen Blick in den Hof zu werfen. Dort sah sie die Magd in ein Gespräch mit einem jüngeren Mann verwickelt. Er machte einen freundlichen Eindruck, und erleichtert rief Resi vom Fenster in den Hof hinab: »Einen Moment bitte! Ich bin gleich unten bei euch.«

Rasch steckte sie Sepps Aufzeichnungen und Briefe unter die Matratze, und so dauerte es doch ein wenig, bis sie zur Haustür kam, wo sie bereits ungeduldig von der Magd erwartet wurde. Der Mann lächelte sie freundlich an. Er war groß und kräftig von Statur, hatte kurze dunkle Haare und ein markantes Gesicht. Die buschigen Augenbrauen ließen seine dunklen Augen fast verschwinden. Resi entging das gerötete Gesicht der Magd Anna nicht, die anscheinend durch den Besuch des jungen Mannes ein wenig in Verlegenheit geraten war.

»Grüß Gott. Ich weiß, dass ich unangekündigt vor Ihnen stehe. Aber ich würde gerne mit dem Bauern reden«, sagte er mit selbstbewusstem Ton. »Mein Vater ist im Stall drüben bei den Tieren. Wir haben im Moment sehr viel zu tun. Uns fehlt in der arbeitsreichen Zeit eine fleißige Hand«, meinte sie knapp. Ihr war inzwischen klar, dass dies auf keinen Fall der neue Kommandant sein konnte, auch nicht in Zivil. In der Zeitung hatte sie nämlich gelesen, dass dieser ein älterer, erfahrener Bezirks-Gendarm aus Graz sei, der damals vor zehn Jahren den Mord auf der Pretul aufgeklärt hatte und die Dienststelle nur vorübergehend leiten würde. Sie atmete erleichtert auf.

»Ich bin Knecht und im Moment stellungslos. Vielleicht kann ich bei euch anfangen?«, fragte der junge Mann nun höflich. Resi warf ihm einen raschen Blick zu und fragte etwas misstrauisch: »Welcher Bauer kündigt zu dieser Zeit seinem Knecht die Stellung? Was ist passiert? Du schaust mir nämlich nicht so aus, als hättest du etwas Ungutes zu verbergen.« Er lachte laut auf: »Das habe ich auch nicht. Es war nur kein gutes Auskommen mehr mit dem älteren Sohn vom Mitterhofbauern.«

Resi runzelte die Stirn, und die Magd lachte: »Ja, ich kenne den alten Mitterhofbauer und die beiden Söhne auch, dort ist es bestimmt nicht sonderlich einfach, im

Dienst zu stehen.« »Nein. Ich sollte nämlich verrichten, was der alte Bauer von mir verlangte, aber der Hofsohn war immer gegenteiliger Meinung und bestand darauf, dass ich tun sollte, was er sagte.« »Das klingt nicht gut und hat bestimmt zu Streitigkeiten geführt«, antwortete ihm Resi, die selbst keine gute Meinung vom Mitterhofbauersohn hatte. Er war ein unangenehmer Mensch, der sich selten zu benehmen wusste. Das wäre wirklich kein Mann für sie gewesen.

»Ich habe ordnungsgemäß gekündigt und bin heute auf und davon. Jetzt stehe ich ohne Arbeit da und würde gerne bei euch eine Zeit lang aushelfen, wenn es recht ist.«

»Und ob es das ist«, antwortete Resi mehr als erfreut. Beide eilten zum Bauern in den Stall, der den Fremden von oben bis unten musterte und seine Zustimmung erteile. »Kannst gleich anfangen?«, erkundigte er sich, und dieser nickte. Er hieß den jungen Knecht sogar willkommen am Hof, was Resi erneut verwunderte. Sie atmete auf und meinte zu ihm: »Bei uns wird es dir gut gehen.« Beim Anblick des jungen Mannes schoss ihr der Gedanke durch den Kopf, dass womöglich ein Knecht weitaus anständiger und aufrichtiger sein konnte als ein Hofsohn.

Der Kreuzbauer beobachtete seine Tochter dabei, wie sie den neuen Knecht mit aufmerksamen Augen musterte. Dann fragte er sie, ob Karl schon Bescheid wusste, dass er so schnell wie möglich zur Holzhütte oben am Waldrand gehen sollte. »Er soll eine Schaufel mit hinaufnehmen, falls etwas zu vergraben ist«, rief er ihr noch nach, als sie aus dem Stall eilte.

Ihren Bruder traf sie wie vermutet im Garten an. Karl war gerade dabei, ein Beet umzustechen. Als er jemanden näherkommen hörte, dachte er sofort hoffnungsvoll an den

Förster, den er schon länger nicht mehr zu Gesicht bekommen hatte. Er seufzte. Leider war es nur seine Schwester Resi, die ihn im Garten aufsuchte. Sie berichtete ihm voller Freude, dass ein junger arbeitswilliger Knecht, der früher beim Mitterhofbauern gedient hatte, soeben bei ihnen angefangen hatte. Ihre Augen strahlten dabei, und Karl hatte sie schon lange nicht mehr so gut gelaunt gesehen. »Stell dir nur vor, Karl, er ist jung und kräftig! Noch dazu scheint er mir ein recht netter Kerl zu sein.«

In knappen Worten berichtete sie dann vom angekündigten Besuch der Gendarmerie am Hof, um Sepps Kammer zu inspizieren. Und auch, dass er die Hütte dringend ausräumen sollte. Karl erschrak, runzelte die Stirn und fragte nachdenklich: »Was wollen die jetzt noch in seiner Kammer oder in der Hütte finden? In der Zwischenzeit hätten wir längst alles verstecken können.«

Resi griff sich an den Kopf: »Das haben wir eben komplett übersehen, Karl, und gerade deshalb bin ich hergekommen. Denn vielleicht tut sich doch noch die Wahrheit auf. Aber sie brauchen ja nicht alles zu finden«, meinte sie und wusste, dass er sie jetzt verstanden hatte. Ohne weitere Fragen zu stellen, begleitete er seine Schwester in den Stall, um nach dem neuen Knecht zu schauen. Er war ebenfalls erfreut, dass ein so junger, kräftiger Mann bei ihnen am Hof als Knecht anfangen wollte, und begrüßte den Neuankömmling, der sich als Florian vorstellte. Röte stieg Karl ins Gesicht, als ihm der Fremde ein herzliches Lächeln schenkte. Verlegen drehte er sich rasch zur Seite, schielte aber nochmals aus den Augenwinkeln zu ihm hin, weil er ihn ein wenig an seinen Bruder Sepp erinnerte.

Dann schnappte er sich mit festem Griff eine Schaufel, die an der Wand lehnte. Resi atmete auf, als sie sah, dass

Karl bereits das Werkzeug in der Hand hielt, das er laut dem Bauern zur Hütte mitnehmen sollte. Sie warf ihrem Bruder einen Blick zu und drängte ihn zum Aufbruch: »Karl, du musst jetzt endlich losgehen! Wer weiß, bis wann hier jemand auftaucht. Ansonsten ist im Haus alles in Ordnung gebracht.« Der Knecht warf zuerst ihr und dann Karl einen fragenden Blick zu. »Hier ist doch sowieso alles in bester Ordnung am Hof«, meinte er lächelnd.

»Jetzt geh schon los, sonst schaffst du es nicht mehr bis zum Abend!«, wiederholte Resi und sah ihren Bruder streng an. Karl drehte sich um und warf einen Blick in Richtung Wald. Eigentlich hatte er die Gartenarbeit fertig machen wollen. Er beobachtete die aufziehende Wolkenfront über dem Bergland und rang kurz mit sich. Ihm war jedoch klar, dass der Vater sicher keine Widerrede duldete, was diesen Auftrag betraf. Resi bemerkte Karls Zweifel und seinen skeptischen Blick zum Himmel. Obwohl es frühmorgens noch nach einem sonnigen Tag ausgesehen hatte, tauchten jetzt nämlich unerwartet dunkle Gewitterwolken auf.

Sie überlegte kurz. »Sollte dich ein Gewitter überraschen, so bleib bitte in der Hütte oben, damit ich mir nicht auch noch Sorgen um dich machen muss«, meinte sie dann.

»Brauchst nicht, Resi! Ich weiß, dass es eine Holzpritsche in der Hütte gibt«, antwortete er mit zwinkernden Augen und hoffte dabei von Herzen, nicht im Finstern die Nacht in der Hütte verbringen zu müssen. Es wäre ihm nicht angenehm, allein dort oben zu übernachten. Mit der Schaufel in der Hand eilte er über die Wiese und den Acker in Richtung Wald.

Der tröstliche Gedanke, dass der junge Knecht frischen Wind auf den Bauernhof bringen und mit seinem Strahlen allen guttun würde, begleitete ihn. Im Wald angekommen, hielt er kurz inne, um dem Rauschen des Windes durch die Bäume zu lauschen. Überall reflektierte das Sonnenlicht und tauchte den Wald in einen schönen Glanz. Für einen vergänglichen Augenblick der Ruhe fühlte sich alles angenehm warm und friedlich an. Dabei musste er an die letzte Begegnung mit dem Förster Benedikt im Garten denken.

Der Kaisersteig, der knapp über der Waldgrenze des Kreuzbauern in Richtung Ganzalm lag, war eine gute Stunde entfernt. Rechts vom Kaisersteig befand sich in ihrem eigenen Wald die kleine Holzhütte. Etwas oberhalb führte talwärts ein Weg zum Ganzstein in Richtung Mürzzuschlag, von wo man den wunderbaren Ausblick über den Ort bis hin zu Rax und Schneealpe genießen konnte. Er kannte sich in dieser Gegend gut aus, in der er lieber seine Zeit verbrachte als im Kuhstall seines Vaters, und kam flott voran. Außer ihm schien niemand unterwegs zu sein, auch keine Wanderer an diesem bisher sonnigen Tag.

Karl erfreute sich an den weißen Kamillen mit ihrem gelben Stern, den rosa Blüten des Weidenröschens und den hohen Himbeersträuchern in den jungen Waldlichtungen. Am Wegrand duftete der rosa Thymian, der ein ganzes Heer von bunten Faltern, Bienen und Fliegen zu Gast hatte. Karl liebte den Wald und die kleinen Bergwiesen mit den seltensten Blumen und Kräutern dazwischen. Im Sommer holte er Arnikablüten, mit denen seine Schwester eine heilkräftige Tinktur ansetzte. Aus den Enzianwurzen, die er gelegentlich mitbrachte, zauberte die Magd Luise einen bitteren Magenschnaps. Als Kind hatte ihm die Magd oft von den in Armut lebenden Ameislern, Pechlern und Kräutersuchern erzählt, die sich nur mit dem vom strengen Gutsherrn verbotenen Sammeln im Wald am Leben erhalten konnten. Er selbst hatte nie welche angetroffen, und die Magd meinte, dass es nur noch wenige gäbe und sie außerdem nur zu bestimmten Zeiten aus ihrem Versteck kommen würden.

Seine Sammeltätigkeit war aber eher nur ein Vorwand für Karl, um statt der Arbeit am Bauernhof in dieser einsamen Bergwelt, die er so liebte, umherschweifen zu können. Ihm war sehr wohl klar, dass er für die harte Arbeit am Hof und am Acker dem Vater keine große Hilfe war. Inzwischen hatte er Sepps Hütte erreicht. Neben dem großen Tannenbaum stand sie verlassen da und wirkte nicht so klein, wie er sie in Erinnerung hatte. Mit einem mulmigen Gefühl öffnete er die Tür und erkannte beim ersten Blick, dass einige Arbeit auf ihn wartete. So lagen auf dem Strohbett zwei Rucksäcke und auch ein paar Decken, die Blutflecken aufwiesen. Er durfte nicht länger vor sich hinträumen, wenn er wieder daheim sein wollte, bevor die Dunkelheit hereinbrach.

Karl ließ die Hüttentür offen, damit frische Luft in den Innenraum kommen konnte. Das kleine Fenster nach hinten hinaus hielt er geschlossen. Über dem Berg bildete sich eine immer größer werdende Wolkenkappe, und der Wind wehte bereits stärker durch den heimeligen Wald. Es dauerte, bis er alle Gegenstände, die auf das Wildern hinweisen konnten, im Wald vergraben hatte. Die Fleischhaken, die an einer gut befestigten Holzstange hingen, gehörten ebenso dazu wie ein paar gute Messer. Die konnte man ja bei Gelegenheit wieder ausgraben, dachte er bei sich. Die aufgehängten Krickerl und die kleinen Felle, die Sepp an die Bretterwand genagelt hatte, schienen bereits sehr alt zu sein. Womöglich stammten die tatsächlich noch vom Vater. Er legte sie zu den anderen Sachen, bevor er die

Grube zuschaufelte. Zum Schluss holte er von einer nahen Quelle noch eine Schüssel Wasser und schrubbte mit der Reißbürste sorgfältig den Holztisch. »Sauberkeit ist beim Umgang mit dem Wild ganz wichtig, sonst gibt es keine gute Fleischqualität«, hatte Sepp ihm einmal erklärt. Tatsächlich war der Tisch praktisch fleckenfrei gewesen. Aber sicher war sicher.

Nach getaner Arbeit versteckte er die Schaufel hinter der Hütte unter dem Fenster und setzte sich zufrieden ins hohe Gras. Es war ihm gelungen, alle Spuren zu verwischen. Karl warf einen Blick zu den Bäumen, die wie ein Meer grüner Fichtenwipfel über ihm emporragten. Der Wind wehte inzwischen viel stärker und brachte die Bäume zum Schwanken. Er wiederholte sich im Gedächtnis die Ereignisse der vergangenen Tage und freute sich, Resi und dem Vater mit dem Aufräumen der Hütte einen Gefallen getan zu haben. Den Stutzen von Karl hatte er allerdings nicht finden können.

Er hörte mehrmals ein lautes Knacken aus der Richtung der Waldlichtung ein Stück oberhalb, die bereits zum Rabenhofer Forst gehörte. Er lauschte. War ihm jemand gefolgt und beobachtete ihn womöglich? Gott sei Dank ist alles beseitigt, schoss ihm durch den Kopf. Eine Weile blieb es still, dann war da plötzlich wieder ein Geräusch, diesmal hinter der Tanne. Karl schaute sich erschrocken um. Aus dem Geäst tauchte gebückt eine Männergestalt mit schwarzen Haaren auf. Karl erkannte den jungen Förster natürlich sofort, nicht nur an seiner Uniform, die dieser ihm für das Theaterstück in der Au geborgt hatte. Er staunte und wusste nicht, wie ihm geschah. Hoffentlich hat er mich nicht beim Vergraben der Sachen beobachtet, dachte er besorgt und schwieg.

»Karl, was hat dich denn hier herauf geführt?«, fragte ihn Benedikt mit freundlichem Blick und gewohnt liebenswerter Stimme. Er kam auf ihn zu, streckte ihm freundlich die Hand entgegen, damit er sich leichter aus dem hohen Gras erheben konnte. Karl fasste nach der Hand des Försters und verspürte seinen festen Griff. »Grüß dich Gott, Benedikt«, sagte er mit freudiger Stimme. Der beruhigende Gedanke, dass es sich nur um den Förster handelte und nicht um einen Gendarmen, der die Hütte durchsuchen wollte, belebte ihn. Zugleich überlegte er, welchen Grund er dem Förster nennen könnte, warum er zur Hütte gekommen war. Er durfte keinesfalls etwas Unüberlegtes sagen, was seinen geliebten Bruder verraten könnte, arbeitete Benedikt doch für den Rabenhofer. So meinte er etwas verlegen: »Ach Benedikt, ich war gerade auf dem Weg zu dir und wollte zuvor kurz bei unserer Hütte nach dem Rechten sehen. Du weißt schon, unser Gespräch vom letzten Mal, dass ich dich besuchen soll.«

Benedikts Gesicht bekam plötzlich eine rote Farbe, und seine Augen funkelten. »Da hast du aber Glück, Karl. Ich bin gerade auf dem Weg hinauf zum Forsthaus«, meinte er und zwinkerte ihm vergnügt zu.

»Ich weiß, Benedikt«, stotterte der junge Mann und richtete sein Gewand. Seine Hose war voll Gras, seine Knie zitterten ein wenig und ihm wurde mulmig. Natürlich konnte er das gar nicht wissen und ärgerte sich sofort über seine unüberlegte Antwort. Sonst sah er den Förster ja manchmal bereits am Morgen vorbeigehen, wenn der in der Früh etwas am Gutshof zu besprechen hatte. Heute musste Benedikt aber erst später unterwegs gewesen sein, denn er selbst hatte sich eigens gleich nach dem Frühstück in den Garten begeben, um ihn nicht womöglich zu versäumen. Er hoffte ja jeden Tag darauf, ihn wenigstens kurz sehen zu können. Seine Gefühle dem Förster gegenüber machten ihm manchmal schon Angst.

Der fesche Kerl brachte ihn auch dieses Mal wieder vollkommen aus der Fassung. Er lächelte nur schelmisch und zeigte dabei mit seinen kräftigen Händen zur großen dunklen Wolkenfront über ihnen. »Das freut mich zu hören, Karl. Nur sollten wir uns schleunigst zum Forsthaus beeilen. Der Regenguss lässt nicht mehr lange auf sich warten.«

Karl tat einen tiefen Seufzer. In Wirklichkeit hatte er heute nicht vorgehabt, die lange Strecke zum Forsthaus zu marschieren. Er hatte sich durch sein unüberlegtes Gerede nun selbst in diese Situation gebracht. Und beeilen sollten sie sich auch noch. Er spürte den festen Blick des Försters auf sich gerichtet und versuchte, sich nichts von seiner inneren Unruhe anmerken zu lassen.

»Ja, Benedikt, lass uns rasch losgehen«, meinte er daher und schob den Riegel der Hüttentür vor. Dabei rechnete er sich aus, dass er kaum zum Nachtmahl zurück am Bauernhof sein würde, um dem Vater über die getane Arbeit zu berichten. Er musste an Resi und den Knecht Florian denken und dass der Besuch des Gendarmen wohl schon erledigt sein müsste. Wie er Resi kannte, war bestimmt noch einmal alles gut gegangen. Hoffentlich hat der Knecht nichts mitbekommen, dachte er sich. Auch dabei vertraute er seiner klugen Schwester. Auf sie war in jeder Situation Verlass. Dass Resi den Stutzen von Sepp ebenfalls nicht gefunden hatte, konnte er natürlich nicht wissen.

Unten am Hof wartete Resi bereits mit einem unguten Gefühl auf den Gendarmen und hoffte, dass Karl nicht unbedachterweise mit dem Stutzen über der Schulter am

Hof eintreffen würde. Im Gegensatz zu ihr hatte ihr jüngerer Bruder noch nie eine Waffe in der Hand gehabt. Ihr dagegen hatte der Bauer das Schießen bereits als junges Mädchen beigebracht, und sie übertraf mit ihrer Zielsicherheit so manchen Bauernsohn beim jährlichen Schützenfest.

Der Altknecht lobte Florian dafür, dass er so fleißig im Stall mit angepackt hatte. Alle erkannten, dass ihm der neue Dienst am Kreuzbauerhof Freude bereitete, und er fragte Resi eifrig: »Was liegt denn sonst noch an Arbeit bei euch an?« Resi brauchte nicht lange zu überlegen. Ihr fiel sofort der von Sepp begonnene Holzstapel hinter dem Sägeschuppen ein. Die restlichen Scheiter, die zuhauf am Boden lagen, mussten noch geschlichtet und im Anschluss das Holz gut abgedeckt werden. »Wenn du das noch erledigen kannst, bevor ein Gewitter losbricht, wäre ich dir sehr dankbar«, meinte Resi und warf einen prüfenden Blick zur dunklen Wolkenfront.

Kaum eine Stunde war vergangen, da stand Florian wieder vor ihr. Er wischte sich mit einem Taschentuch den Schweiß von der Stirn. Nachdem er sie gebeten hatte, mit ihm zum Holzstoß bei der Säge zu kommen, zog er einen Stutzen aus den bereits geschlichteten Scheitern hervor. Resi erkannte ihn sofort und atmete auf: Es war der von Sepp. Sie blieb einen Moment stehen und blickte ihn freimütig an: »Deinen Augen sehe ich es an, dass du ein guter, anständiger Mensch bist. Bitte erzähle niemandem von deinem Fund.«

Er überreichte ihr den Stutzen und meinte freundlich: »Du bist die Tochter vom Hof, und ich nur ein einfacher Knecht. Du brauchst nicht mit mir darüber zu reden, wenn du nicht magst.« »Ich vertraue dir, Florian, und wir sollen hier alle ehrlich miteinander umgehen. Lass uns gute

Arbeitskameraden sein. Jeder kennt die Tragödie vom Kaisersteig. Hier handelt es sich um das Gewehr meines ermordeten Bruders. Ich weiß nicht, warum er es dort versteckt hat.« Florian nickte betroffen und sah Resis feuchte Augen.

Er ergriff ihre Hand und drückte sie kurz und fest: »Ich danke dir für dein Vertrauen. Jederzeit stehe ich für dich und den Kreuzbauerhof ein. Du kannst dich auf mich und meine volle Verschwiegenheit verlassen.«

Resi bedankte sich für seine Worte und brachte den Stutzen augenblicklich zum Bauern. Sie berichtete ihrem Vater von der Fundstelle, und der stellte fest, dass schon länger nicht mehr damit geschossen worden war. Er würde den Stutzen an einer sicheren Stelle verstecken, meinte er zu Resi. Dann ging er zum Knecht und bedankte sich. Dessen freundliche und unbeschwerte Art war bei ihm schnell auf Sympathie gestoßen, und fleißig schien er ihm ebenso zu sein. Der Wind wurde stärker, der Bauer zog die Nase hoch und meinte: »Es riecht nach Regen. Lasst uns schnell das Holz abdecken.«

Tatsächlich verdichtete sich die dunkle Wolkenfront, die Sonne verschwand, und es dauerte nicht mehr lange, bis die ersten Regentropfen fielen. Mit dem Regen traf auch der Gemeindegendarm aus Mürzzuschlag ein. Resi traute ihren Augen nicht. Sie hatte heute weder mit Regen noch mit Fladinger gerechnet. Man merkte, wie schwer ihm der Weg zum Hof gefallen war, dicke Schweißtropfen perlten auf seiner Stirn. Keuchend erklärte er ihr, auf Anordnung des neuen Kommandanten die Kammer ihres Bruders durchsuchen zu müssen. Resi ließ sich bei Fladinger ihre Enttäuschung darüber, dass der Kommandant nicht selbst gekommen war, nicht anmerken und versuchte, höflich zu sein. Immerhin war er auch für die Ordnung im Ort zuständig.

Sie hatte gehofft, dass der neue Kommandant tatsächlich an der Aufklärung der Morde interessiert war. Aber jetzt sah es eher nach einem reinen Routinebesuch aus, der nachträglich für die Unterlagen notwendig geworden war. Sie reichte Fladinger ein Glas Wasser, dem danach um etliches wohler war. Er teilte mit, dass er in den nächsten Tagen noch einmal vorbeikommen würde, um in der Holzhütte in der Nähe des Kaisersteigs nachzuschauen. »Bis dahin darf oben keine Veränderung vorgenommen werden, habe ich zu melden«, versuchte er, mit extra tiefer Stimme seiner Warnung mehr Gewicht zu geben und ließ sich die Kammer des verstorbenen Bruders zeigen.

»Wer hat Ihnen denn eigentlich von unserer Hütte im Wald erzählt, die kennen nur wenige?«, wollte Resi wissen. »Der Revierjäger Freidl, als der den Sepp dort in der Nähe mit dem erlegten Rehkitz beobachtet hat«, antworte Fladinger sofort, stellte sein Gewehr beiseite und fügte hinzu: »Ist nur mehr eine Routinesache.«

Außer Atem vom Aufstieg in die Dachkammer fertigte Fladinger dann, so gut es ihm möglich war, eine Skizze vom Zimmer an. Dann vermerkte er in klein geschriebener Schrift die vorgefundenen Gegenstände passend zum Inventar. Um nicht die ganze Zeit stehen zu müssen, hatte er schwerfällig auf der Holztruhe Platz genommen. In aller Ruhe notierte er sorgfältig, was ihm Resi an Gegenständen ansagte. Mit einem schweren Seufzer erhob sich der Gendarm nach getaner Arbeit, und ohne auch nur auf die Idee zu kommen, einen Blick in die Truhe zu werfen – und schon gar nicht unter sie –, verließ er die Kammer wieder, um in den Ort zurückzugehen.

Resi sah Fladinger längere Zeit nach, nachdem er bei strömendem Regen und stürmischem Wind den Hof verdrossenen Schrittes wieder verlassen hatte. Sie war erleichtert, dass der Besuch vorüber war, und warf einen beruhigten Blick zum Wald hinauf. Sie konnte jedoch nicht wissen, wo und mit wem ihr Bruder diese stürmische Nacht verbringen würde. Resi erklärte dem Vater bei Tisch, dass Karl die Nacht über in der Waldhütte bleiben werde. Er rührte in seinem Teller und meinte dabei gelassen: »Der Bub ist ja alt genug und wird schon wissen, was er tut.«

Resi dachte, sich verhört zu haben. Sie warf dem Bauern einen fragenden Blick zu. Dieser nickte: »Karl ist kein kleines Kind mehr, vergiss das nicht.« Noch vor Wochen hatte der Bauer getobt, wenn Karl nicht pünktlich zum Abendmahl erschienen war. »In der Vergangenheit wäre vieles einfacher gewesen, hätte sich der Bauer nicht immer so stur und uneinsichtig gezeigt«, meinte Resi beim Aufräumen in der Küche zur Magd Luise. Die zwinkerte mit den Augen und antwortete: »Das stimmt. Aber auch du solltest einsehen, dass der kleine Karl jetzt schon 18 Jahre ist.« Und leise murmelte die Magd vor sich hin: »Es wird wirklich Zeit, dass sie unter die Haube kommt.«

# 6 Wilde Jagd

Karl folgte Benedikt durch den Rabenhofer Wald und konzentrierte sich bei jedem Schritt angespannt auf den schmalen Weg. Sie waren schon mehr als eine Stunde vom Kaisersteig entfernt, und noch immer hatte Karl, der bereits ein wenig erschöpft war, keine Sicht auf das Forsthaus. Es war inzwischen schon später Nachmittag geworden. Sie legten eine kurze Rast auf einer Bank bei einer Lichtung ein. Karl überlegte, dass die Jäger und Förster vom Rabenhofer Gut im Revier hier oben einen ziemlich schweren Dienst zu leisten hatten und dass nur abgehärtete, kerngesunde Männer wie sein Bruder Sepp oder der Förster Benedikt für diese Arbeit geeignet waren. Auch wie der Revierjäger Freidl es schaffte, sein großes Gebiet bei jeder Wetterlage gewissenhaft abzugehen, konnte er sich nicht vorstellen. Nach fünf Minuten drängte ihn Benedikt bereits, wieder aufzubrechen, weil es am dunklen Himmel zu rumoren begonnen hatte. Karl wusste von Erzählungen von Sepp, der während seiner Zeit als Forstadjunkt manchmal mit Benedikt unterwegs gewesen war, dass der Förster das Revier wie seine eigene Westentasche kannte und Anzeichen für eine Wetteränderung sicher zu deuten wusste. Sepp war generell immer voll des Lobes über das umfangreiche Wissen des Försters gewesen, von dem er noch viel hatte lernen wollen.

Am Himmel türmten sich inzwischen riesige schwarze Wolkenberge. »Geh zu, Karl, wir bekommen bald ein arges

Unwetter! Das kann hier sehr schnell gehen«, mahnte Benedikt besorgt und warf dem jungen Mann, der anscheinend ein wenig schwächelte und gerne länger Rast gemacht hätte, einen prüfenden Blick zu. »Hoffentlich schaffen wir es noch, trocken in das Forsthaus zu kommen«, meinte Karl außer Atem, als ein lauter Donnerschlag sie heftig zusammenzucken ließ. Ein rauer Wind fuhr durch die Baumkronen des nahen Bergwaldes und ließ die Stämme laut ächzen. Sein Pfeifen brachte Geheimnisvolles, Düsteres und Ungewöhnliches mit sich. Karl wurde es mulmig.

»Ich befürchte, heute kommt die *Wilde Jagd* mit ihren verfluchten Reitern«, murmelte er vor sich hin, und Benedikt schüttelte bei diesen Worten leicht den Kopf. Natürlich kannte auch er den Begriff der *Wilden Jagd* vom Hörensagen. Die alte Geschichte über ruhelose Geister und Dämonen. Die *Wilde Jagd* galt bei den Menschen früher oft als Vorbote eines schrecklichen Unheils. Sie erzählten, ihr grauenhaftes Erscheinen würde Krieg, Verderben und Not mit sich bringen. Doch davon wollte er Karl in diesem Moment lieber nichts erzählen, sonst würde der noch ängstlicher werden und womöglich zurückgehen wollen.

Das Rauschen des Windes durch die Baumkronen des Hochwaldes wurde ärger, und die Wipfel schwankten drohend über die beiden dahinschreitenden Männer. »Du brauchst dich nicht zu fürchten, Karl, ich bin ja bei dir!«

»Ich habe gar keine Angst«, stammelte der junge Mann leise. Als aber der nächste ohrenbetäubende Donnerschlag folgte, fasste er ganz erschrocken nach Benedikts Arm. Grelle Blitze zuckten über den schwefelig gelben Himmel, als würden sie den beiden Männern leuchten, damit sie nicht vom rechten Weg abkamen. Natürlich hatte Karl

Angst, denn er mied ansonsten den Wald bei Gewitter. Er wusste, dass der Blitz schon öfter in Bäume eingeschlagen hatte und die in der Nähe befindlichen Menschen gefährdet waren. Von der *Wilden Jagd* hatte ihnen die Magd Luise, als sie noch Kinder waren, oftmals erzählt. Dann versteckten sie sich bei Donner und Blitz vor Angst unter der Decke. Ob Benedikt etwa die gruseligen Geschichten von der *Wilden Jagd* gar nicht kennt?« ging ihm durch den Kopf.

Benedikt wies ihm den Weg, ohne seine Hand abzustreifen. Für Karl schien es tröstlich, die Nähe des kräftigen Försters zu spüren. Unter den Bäumen hindurch, deren Äste ihnen heftig entgegenschlugen, kämpften sie sich weiter Richtung Forsthaus. An ein Umdrehen dachten beide nicht. Sie befanden sich fast oben bei der Ganzalm, als der prasselnde Regen loslegte, mit jeder Minute ärger wurde und ihnen schonungslos ins Gesicht peitschte. »Wir haben es gleich geschafft«, versuchte Benedikt, seinen Begleiter zu beruhigen, der sich an ihn klammerte und mit jedem Donner mehr zu zittern begonnen hatte. Nach Luft ringend, durchnässt und unter großer Anstrengung erreichten sie das Forsthaus, das einsam und verlassen und dennoch schön und stolz vor ihnen stand. Hinter dem Blockhaus erstreckte sich ein saftiger Jungwald, und davor gab es eine kleine eingezäunte Wiese mit einem Brunnentrog, dessen Wasser durch den Regen übergegangen war.

»Nun sind wir in Sicherheit«, atmete Karl erleichtert auf. Er ließ den Arm von Benedikt schnell los, damit dieser das aus Zweigen geflochtene Zauntürl öffnen konnte. Karl ging schnell Richtung Haustür, er wollte ins Trockene. Da war erneut ein heftiges Krachen in unmittelbarer Nähe zu hören. Nur dieses Mal war es kein lauter Donnerschlag, sondern der schlimme Gewittersturm hatte hinter ihnen am Weg einen Baum wie ein Streichholz geknickt. Karl stand vor Schreck wie gelähmt da, denn gerade noch hatten sie sich an dieser Stelle befunden, wo die große Tanne nun lag. Benedikt sperrte rasch die mit geschnitzten Jagdmotiven verzierte Eingangstür auf. Nachdem sie ihre schmutzigen Schuhe abgestreift hatten, zog der Förster Karl rasch an der nassen Jacke in das Innere der Hütte.

»Hast du das gesehen, Benedikt?«, fragte dieser mit kreidebleichem Gesicht. »Heilige Muttergottes, beschütze uns«, flüsterte er und bekreuzigte sich flüchtig. Der Förster, selbst erschrocken über die Gefahr, der sie gerade entronnen waren, nickte besorgt. Er schob mühsam die vorderen Fensterläden zurück und befestigte sie mit Haken an der Holzwand, um nach draußen sehen zu können. Sämtliche Fenster waren mit Schmiedeeisen vergittert und vor Einbrüchen geschützt. Im Forsthaus war es zwar ein bisschen kühl, aber nicht ungemütlich. Karl schaute sich neugierig um, er kannte die Innenräume nicht. In der Mitte des Aufenthaltsraumes befanden sich ein Tisch und vier Stühle. Die Wände waren bis zur halben Höhe mit Holz vertäfelt und mit Jagdutensilien verziert. Vor der Ofenecke mit Kochgelegenheit befand sich eine große hölzerne Truhenbank. Das Ofenrohr reichte von der Ecke bis zur Mitte des Raumes und verschwand dort erst in den Kamin. Somit gab nicht nur der Ofen selbst, sondern auch sein Blechrohr Wärme ab.

Neben diesem geräumigen Aufenthaltsraum befand sich zusätzlich ein kleiner Schlafraum mit zwei getrennten Betten. »Sehr fein«, meinte Karl zu Benedikt, und dachte dabei an die Holzpritsche mit dem Strohsack in der Kreuzbauerhütte unten im Wald, und hoffte, dort nicht die Nacht verbringen zu müssen.

Um seine eigene Beunruhigung wegen des Wetters zu verbergen, kümmerte sich Benedikt um das Feuer im Ofen. Holz und Papier zum Anheizen lagen schon bereit. Karl zündete inzwischen zwei Petroleumlampen an, um den Raum besser zu beleuchten. Durch das kleine Fenster wurde er erneut von einem grellen Blitz geblendet, der die gesamte Gegend erleuchtete. Der ohrenbetäubende Donnerschlag ertönte unmittelbar darauf. Das Gewitter befand sich bedenklich nah. Nachdem sie sich ihrer nassen Kleidung entledigt und diese beim Ofen über zwei Sessel gehängt hatten, bereitete Benedikt Tee für beide zu. Dem immer noch zitternden Karl gab er eine dicke Decke zum Einwickeln. Der fühlte sich gleich wohl darin und warf zuerst einen neugierigen Blick zu Benedikt, dann schaute er verlegen auf die kleine Küchenkredenz neben ihm. »Ich weiß selbst nicht, warum ich heute so nervös bin. Hast du vielleicht einen Schuss Schnaps für mich in den Tee?«

Benedikt, der barfuß und nur im Unterhemd mit einer kurzen Hose vor ihm stand, entkam ein Lächeln. Er hatte dieselbe Idee mit dem Schnaps gehabt und wollte es ihm soeben vorschlagen. »Natürlich habe ich meinen Flachmann mit. Abgesehen davon musste ich selbst schon mal im Wald heroben vor einem plötzlichen Unwetter in einen Jägerstand flüchten, wo ich dann allein und ruhig mit einem Stamperl Schnaps das Treiben des Wetters abwartete. Alles halb so schlimm. Du wirst sehen, das schlechte Wetter zieht bald vorbei.« »Heute bist du wenigstens nicht allein«, lächelte Karl.

Beide setzten sich nebeneinander auf die Bank vor den wärmenden Ofen. Karl schlug die angenehme Decke über ihre Beine, als erneut ein lautes Krachen einem grellen Blitz folgte. Daraufhin drückte sich Karl noch näher an Benedikt, bis sich ihre Arme und Beine berührten. Benedikt wich nicht zurück, und beide hörten das laute Pochen ihrer Herzen. Sie saßen schweigend nebeneinander, schlürften an ihrem Tee und verspürten deutlich die beglückende Wärme und Nähe des anderen. Keiner sprach ein Wort, sie lauschten versonnen dem heimeligen Knistern des Holzes im Ofen. Als Karls Blick sich dabei tief in Benedikts Augen verlor, war es um ihn geschehen. Der Regen prasselte auf das Dach hernieder, der Sturm fegte um die Hütte, und ein heftiger Donner folgte dem anderen. Benedikt beugte sich zu Karl und berührte zärtlich seine Lippen. Er bemerkte, wie Karl seinen Kuss mit derselben Innigkeit erwiderte, und spürte eine tiefe Seligkeit. Ohne über die Situation nachzudenken, presste sich Benedikt noch fester an den jungen Mann, dem seine schönen blonden Haare ins Gesicht gefallen waren. Karl fühlte sich unbeschreiblich glücklich, den feschen Förster endlich nur für sich allein zu haben, und erwiderte seine Zärtlichkeiten. Er gab sich ganz seiner ersten großen Liebe hin.

Draußen war es bereits dunkel geworden, und Benedikt fand als Erster in die Wirklichkeit zurück. Er schob Karl sacht von sich weg und meinte mit schuldbewusstem Gesichtsausdruck: »Karl! Es tut mir sehr leid, dass ich dir soeben den Kopf verdreht habe.«

Karl, der mit verträumten Augen in der Nähe des wärmenden Ofens saß, blickte erschrocken zu Benedikt auf. »Du hast ja damals im Garten schon zu mir gesagt, dass du mich lieb hast. Und heute konnte ich es deutlich spüren.«

Benedikt schüttelte beschämt den Kopf. »Ich leugne es auch nicht. Es war sehr schön. Trotzdem solltest du wissen, dass wir kein gemeinsames Glück finden können.«

»Das denkst du. Für mich war es die schönste Stunde meines Lebens«, antwortete ihm Karl mit strahlenden Augen und griff nach Benedikts Hand. Benedikt zog ihn eng an sich, und beide versanken erneut in einen langen Kuss.

Nach einer Weile ging Benedikt vor die Hüttentür und beobachtete den noch immer starken Regen. Karl folgte ihm nachdenklich und drückte sich von hinten ganz fest an ihn, wie es nur Liebende tun. Von Weitem konnten die beiden die hellen Blitze über dem Tal beobachten. Dabei musste Karl kurz an seine Schwester unten am Hof denken. Die nahm inzwischen bestimmt an, dass er in ihrer eigenen Hütte vor dem Gewitter Schutz gefunden hatte. Resi brauchte sich keine Sorgen zu machen. Die Hütte hatte er aufgeräumt, und sämtliche Spuren waren verwischt. Es ging ihm so gut wie noch nie zuvor. In diesen vergangenen Stunden war sich Karl seiner Gefühle endlich bewusst geworden. Er liebte Benedikt, und es war ihm egal, ob es richtig oder falsch war. Die Magd Luise lehrte ihn als kleines Kind, dass Liebe etwas Heiliges und Einmaliges sei. Seine Mutter im Himmel würde ihn jeden Tag lieben, hatte sie gesagt. Von nun an wollte er dem Förster von ganzem Herzen gut sein, sodass der nie mehr jemand anderen anschauen würde. Egal, wie es einmal kommen würde. Karl war davon felsenfest überzeugt, dass Benedikt und er für immer zusammengehörten, auch wenn nie jemand davon erfahren durfte. Für ihn war nur das große Gefühl wichtig, das ihn gepackt hatte. Zudem war doch der Charakter eines Menschen für seinen Wert wichtig, egal ob Mann oder Frau.

»Es wird langsam spät, Karl, und das Unwetter hat sich noch nicht ganz verzogen. Ich befürchte, du wirst heute nicht mehr zu eurem Hof zurückkehren können«, meinte Benedikt mit ernster Miene, als er sich zu ihm umdrehte. Karls Augen strahlten, und er lachte laut auf: »Du befürchtest es? Ich freue mich darüber. Lass uns noch einen Schluck Tee trinken, und vor dem Einschlafen werde ich dir von der *Wilden Jagd* erzählen, von den Geistern ehemaliger Jäger, die im Leben Mensch und Tier misshandelt haben. Nun werden sie zwischen Himmel und Erde zur Strafe für ihre Freveltaten vom Teufel in rastloser, stürmischer Unruhe durch die Lüfte getrieben. Solange, bis sie erlöst in ihre ewige Heimat eingehen dürfen. So wird es wohl dem Jäger Johann Freidl einmal ergehen, hoffe ich.«

Benedikt war sichtlich erschrocken, als Karl den Revierjäger Freidl erwähnte. Er streichelte ihm zärtlich die Tränen von der Wange. Dann führte er seinen Finger sanft an Karls Mund und drückte ihn ganz fest an sich. Ohne auch nur ein Wort zu wechseln, standen die beiden Männer eine Weile in der Tür des Forsthauses. Sie schauten über den Gartenzaun gedankenverloren in das Tal hinab, das ihnen unter Aufleuchten von kleinen Blitzen zu Füßen lag. Plötzlich wurden sie in ihrer träumerischen Betrachtung durch einen Schatten geschreckt, als versuchte sich jemand heranzuschleichen. Im nächsten Augenblick war dieser rätselhafte Schatten wieder verschwunden. Sie lauschten beide aufmerksam. Da ertönte ein lauter Ruf, und das Rätsel löste sich. Es war ein Waldkauz gewesen, der nun vom Dach aus mit einem lauten »ku-witt« das Schweigen der beiden unterbrach. Drei- bis viermal hintereinander ertönte der schrille Ruf, während der Kauz das Forsthaus ein paarmal umrundete, als wollte er den beiden Männern an der offenen Tür seinen nächtlichen Gruß entbieten. Danach wurde es wieder still ringsum, das Donnern war verstummt. Nur noch das Wetterleuchten am Himmel erinnerte an das Gewitter.

Um dem eintönigen Schweigen ein Ende zu bereiten, holte Benedikt seine Zither hervor, spielte darauf für Karl ein Lied und sang dazu. Karl seufzte leise. Er musste nämlich an seinen geliebten Bruder denken, der ihnen alle Jahre am Heiligen Abend Weihnachtslieder auf seiner Zither vorgespielt hatte. Er faltete die Hände und betete still darum, dass dies in Zukunft Benedikt machen möge, auch wenn das fast unmöglich schien. Vielleicht sollte es vor den anderen den Anschein haben, dass Benedikt wegen Resi bei ihnen Weihnachten verbrachte? Denn dass seine Schwester kein Interesse am Förster zeigte, hatte er vor längerer Zeit schon bemerkt, nun beruhigte ihn dieser Umstand noch mehr. Der junge Förster sollte ihm allein gehören und davon brauchte niemand etwas zu erfahren. Karls Herz klopfte vor Freude zum Zerspringen.

Zu späterer Stunde begaben sie sich müde in den heimeligen Schlafraum. Die beiden Betten waren durch einen kleinen Tisch getrennt und frisch überzogen. Endlich war Ruhe eingekehrt, und das Gewitter hatte sich verzogen. Karl erzählte noch einige Geschichten über die *Wilde Jagd* und dass man sich nur von ihr schützen konnte, wenn man sich auf den Boden legte und bekreuzigte oder beim Herankommen des lauten Gejohles eine Hacke in einen Holzstock schlug. Er erzählte vom boshaften Teufel, dem *Gangerl*, einem kleinen schwarzen Bübchen mit Hörnern auf dem Kopf und glühenden Augen und feuriger Zunge, welches den Menschen allerlei Schabernack antat und durch seine Dummheiten zu einem wahren Quälgeist werden konnte. Er meinte, Benedikt ein paar solcher Gangerl im realen Leben aufzählen zu können. Dieser schüttelte lachend den Kopf.

Als Benedikt das Wort Teufel vernahm, ging ihm eine Geschichte durch den Kopf, die er Karl vor dem Einschlafen noch unbedingt erzählen wollte. »Womöglich kennst du diese Sage noch gar nicht«, meinte Benedikt, und Karl bat ihn, sie zu erzählen. »Bei uns zu Hause sagt man sich, der Teufel soll auch Blutkugeln an Schützen verschenken. Mit denen kann man in den Wald schießen, ohne ein Wild zu sehen. Unsere Großmutter hat davon öfters erzählt. Befindet sich ein Wild im Wald, so trifft die teuflische Kugel es unfehlbar. Wenn sich aber kein Wild im Wald befindet, dann steht es um den ziellosen Schützen schlecht.«

»Wie meinst du das?«, hatte ihn Karl mit großen Augen unterbrochen. Noch nie hatte er etwas von einer Blutkugel gehört. »Weil das Geschoß auf den Schützen zurückkommt und seine Seele für immer dem Teufel gehört. Deshalb heißt die Kugel Blutkugel«, antwortete ihm Benedikt.

»Der Teufel sollte besser dem Mörder Freidl eine solche Blutkugel schicken«, meinte Karl unbedacht und zog sich, erschrocken über seine eigenen Worte, die Decke über den Kopf. Die Magd hatte ihnen beigebracht, dass sie nie jemandem den Tod wünschen sollten. Doch durch seinen Zorn auf den Jäger hatte er sich heute schon zweimal zu schlechten Gedanken hinreißen lassen. Benedikt sah ein, dass die Teufelsgeschichte keine gute Idee von ihm gewesen war. Als Wiedergutmachung hüpfte er aus seinem Bett und verkroch sich gemeinsam mit Karl unter dessen Decke. Er schmiegte sich eng an ihn und flüsterte ihm ins Ohr: »Sei nicht traurig. Dafür gehört mein Herz nur dir.«

Der nächste Tag war sonnig, die Luft stand still. Es war einer der letzten Tage im Juni, und auf Karl wartete eine

Menge Arbeit im Garten. Aber ganz so schnell wollte er seine Sachen nicht zusammenpacken. Am makellos blauen Himmel kreisten zwei Bussarde über dem Forsthaus. »Schau mal, Karl, das sind wir beide oben in den Lüften. Frei und unbeschwert«, rief Benedikt und lächelte ihm mit strahlenden Augen zu. Er hatte sich gerade beim Brunnen mit dem kalten Wasser gewaschen. Karl brachte ihm ein Handtuch und benetzte sich lediglich zaghaft das Gesicht.

Benedikt würde die nächsten Tage oben beim Forsthaus bleiben und nicht in den Ort kommen. Er sollte in einem großen Waldstück alle zur Schlägerung geeigneten Bäume markieren. Der Rabenhofer hatte offensichtlich größere Holzschlägerungen im Gebiet vor, hatte ihm jedoch den Grund dafür noch nicht genannt. »Ich muss die Sachlage noch einmal gründlich überdenken, bevor wir damit an die Öffentlichkeit gehen«, hatte er seinem Förster mitgeteilt. Mit den Gedanken war Benedikt bereits bei der Arbeit und Karl unten am Hof bei Resi und dem neuen Knecht. Nach einem kleinen Frühstück verabschiedeten sich die beiden Männer liebevoll und gaben sich gegenseitig ihr Wort, das Geheimnis dieser Nacht für immer wie einen wertvollen Schatz im Herzen zu bewahren. Benedikt steckte Karl ein von ihm selbst geschnitztes kleines Kreuz in den Rucksack, welches auf der Rückseite die Initialen B. S. eingebrannt hatte und dachte, dass er so immer bei ihm sein könnte.

Als Karl nach etwas mehr als eineinhalb Stunden am Hof angekommen war, musste er sich zuerst den Schweiß von der Stirn wischen, so sehr hatte er sich beeilt. Aufgeregt berichtete er seiner Schwester von der gesäuberten Hütte und dem Unwetter, das ihn veranlasste, im Wald zu bleiben. »Alle Spuren sind verwischt«, meinte er zuversichtlich und dachte dabei an Benedikt, der hoch oben im

Rabenhofer Wald unterwegs sein musste und im Forsthaus vorher sicher auch die Spuren ihrer gemeinsamen Nacht verwischt hatte.

Resi wirkte trotz seines Erfolgsberichtes beunruhigt, und als er fragte, ob es am Besuch des Gendarmen lag, verneinte sie. »Die haben ja doch nur diesen lahmen Fladinger geschickt, und dem hätte ich das Blaue vom Himmel erzählen können«, antwortete sie. Als Karl sich nach dem jungen Knecht erkundigte, konnte er in ihren Augen dagegen ein Funkeln erkennen. »Mit Florian ist alles in Ordnung, den hat uns der Himmel geschickt.«

»Sag, Resi, was bedrückt dich dann?« Er kannte seine Schwester lange genug. »Der Vater hat heute in die Wirtshäuser geliefert und ist am Vormittag ganz aufgelöst von dort zurückgekommen. Der Pfandl hat ihm erzählt, dass gestern das Thronfolgerpaar in Sarajewo erschossen worden ist. Du hast sicher schon von diesem Franz Ferdinand und seiner Gattin Sophie gehört?«

»Ja, aber nur, dass dieser noble Herr gerne wahllos bei uns im Mürztal das Wild erschießt und unser Kaiser werden soll, mehr nicht«, gab er ihr nachdenklich zur Antwort und legte seinen Rucksack ab. Noch konnte er die trübe Stimmung von Resi nicht deuten. Als sie ihm jedoch in einfachen Worten ihre Bedenken darüber erklärt hatte, was der Wirt dem Vater zugeflüstert hatte, wurde ihm ganz angst und bange.

»Pfandl meinte, dass der Kaiser zwar keine große Freude mit seinem Thronfolger hatte, dieses Attentat jedoch schlimme Folgen für Serbien haben könnte. Er hat sogar euphorisch von Krieg gesprochen und dass man den Anschlag auf keinen Fall ungesühnt lassen darf.« »Wie? Von Krieg hat der Pfandl gesprochen?«

»Ja, und nicht nur er. Vater meinte, im Ort unten sind alle in hektischer Aufregung und reden wirres Zeug von wegen einem notwendigen Vergeltungsschlag.«

Starr vor Entsetzen stand Karl seiner Schwester gegenüber und brachte kein Wort mehr heraus. Am liebsten wäre er wieder hinauf zu Benedikt ins Forsthaus und in dessen Arme geflüchtet. In diesem Moment hörten sie das laute Rattern der Säge und schauten erstaunt hinüber zum Schuppen. Und tatsächlich, dort waren der Altknecht und Florian fleißig am Schneiden der Bretter. Resi huschte ein Lächeln über die Lippen. »Ich dachte, unsere alte Säge ist schon längst eingerostet«, meinte sie mit strahlenden Augen. »Was für ein wohltuender Klang am Hof«, fügte sie hinzu. Rasch packte sie Karl am Arm, und gemeinsam gingen sie zum Sägeschuppen. Auf dem Weg erzählte sie ihm, dass Florian ganz zufällig den Stutzen von Sepp gefunden hatte, noch bevor Fladinger vorbeigekommen war.

»Der Florian?«, hakte Karl nach, und Resi nickte. Er wurde leicht verlegen, da ihm einfiel, dass er ganz vergessen hatte zu erzählen, dass er den Stutzen seines Bruders nicht in der Hütte gefunden hatte. Aber: Wenn Sepp beim Wildern war, wie kam es dann, dass sein Stutzen am Hof unterm Holz lag? Er konnte es sich nicht erklären.

Resis Augen leuchteten, und ihr Gesichtsausdruck erhellte sich mit jedem Schritt in Richtung Sägeschuppen. Sie ergriff Karls Hand und meinte zuversichtlich: »Irgendwann wird alles wieder gut, denn wenn erst einmal das Maß des Pechs vollgelaufen ist, beginnt das Glück.«

Am Sägeschuppen angekommen starrten sie aber ebenso wie die beiden Knechte auf den Weg, der zum Kreuzbauerhof führte. Eine immer größer werdende Gestalt kam nämlich schnellen Schrittes auf den Hof zu. Es war ein Mann, und es war nicht zu übersehen, dass er ein Gewehr mit sich trug. »Nicht schon wieder der Fladinger«, seufzte Resi laut auf.

Schnell konnten sie erkennen, dass es sich bei dem Ankömmling nicht um den Gemeinde-Gendarmen handelte. Der Mann kam näher auf den Hof zu, und der Knecht Florian meinte erschrocken: »Um Gottes willen! Das ist doch der Fritz, der ältere Sohn vom Mitterhofbauer. Was will der denn hier?«, und stellte sich mit einem Holzbrett in der Hand breitbeinig zu Resi. Tatsächlich handelte es sich um den stämmigen rothaarigen Hofsohn. Er machte einen verstörten Eindruck und schien wütend zu sein. Karl und Resi standen starr vor Schreck da, als der Mann auf sie beide zukam und hitzig zu schreien begann: »Resi! Ich bin gekommen, um dich abzuholen«, und ihr bedeutete mitzukommen. Dann fuchtelte er mit der Hand herum und zeigte auf den jungen Knecht. »Und du, Florian, kannst auch gleich deine Sachen packen und mit uns kommen.«

Bislang hatte er Karl keines Blickes gewürdigt, doch jetzt ging er auf ihn zu und meinte lallend: »Und du, Bürscherl! Du kannst dem Bauer gleich ausrichten, dass ich da bin, um sein Versprechen einzulösen.« Karl wusste nicht, wie ihm geschah und fragte kleinlaut: »Welches Versprechen?«

»Der Bauer hat mir die Resi zum Weib versprochen. Du kannst deinen Vater ruhig fragen«, antwortete er Karl. Zum Glück hatte der Altknecht an der Säge alles mitbekommen und rannte zum Bauern. Der unverhoffte Ankömmling hatte schließlich ein Gewehr mit. Also musste dringend der Bauer her.

Wenn jetzt nur nichts passiert, dachte sich Florian. Er kannte den aufgebrachten und unbeherrschten Mann nur allzu gut. Gewiss hatte es wieder einmal großen Streit am Hof mit seinem Vater gegeben. Und bestimmt musste der Sohn jetzt die ganze Arbeit verrichten, die ihm früher als Knecht aufgetragen worden war. Das konnte nicht gut gehen, schoss ihm durch den Kopf. Der Fritz ließ sich nie gerne was vom Vater sagen.

Rasch war der Bauer zur Stelle, um für Ruhe zu sorgen. Der Altknecht hatte ihm berichtet, dass der Hofsohn seine Tochter abholen wolle. Er hatte eine Peitsche in der Hand und stellte sich mit wütendem Blick zwischen Resi und den Sohn vom Mitterhofbauern. »Was ist hier los, Fritz, dass du so herumschreist? Ich hab euch doch gesagt, dass aus der Heirat nichts mehr wird.«

Einen kurzen Schrecken über die strengen Worte des Bauern überwand der Hitzkopf schnell. Er atmete tief durch und lallte: »Was interessiert mich das. Abgemacht ist abgemacht. Die Dinge haben sich heute früh geändert.«

»Bei uns am Hof hat sich auch viel geändert. Die Resi bleibt da und ebenso der Knecht Florian«, antwortete ihm der Kreuzbauer verärgert und drohte ihm mit der Peitsche.

Der aufgebrachte Mann versuchte es jetzt weniger lautstark. Er wankte etwas und meinte dann mit stockender Stimme: »Der Vater hat mich vom Haus verwiesen und mir unseren stillgelegten Hof nebenan überlassen. Dort werde ich mit den beiden neu beginnen, Kreuzbauer.«

»Das kannst du auch allein«, gab ihm der Bauer knapp zur Antwort.

»Hab keine Angst, Kreuzbauer, denn ich werde gut für deine Tochter sorgen. Ihr soll es als Bäuerin an nichts fehlen. Dem Knecht soll es ebenso gut gehen, er ist ein tüchtiger Kerl. Die Magd ist bereits dort«, erzählte er weiter in so ruhigem Ton, wie es ihm möglich war. Er machte jetzt einen recht vernünftigen Eindruck und hatte wohl schnell eingesehen, dass er mit seinem herrischen Auftreten keinen Anklang beim Kreuzbauern gefunden hatte.

Als Resi die Worte hörte, versteckte sie sich hinter Florian. »Da mache ich nicht mit. Mir ist egal, was die Bauern untereinander vereinbart haben. Solange ich lebe, bleibe ich hier am Hof.« Mittlerweile hatte ihr Vater zum Glück umgedacht und stellte umgehend klar: »So ist es. Die Resi übernimmt den Kreuzbauerhof und bleibt bei mir!«

»Bauer, ich wiederhole es: versprochen ist versprochen. Die Resi gehört zu mir!«

Der engstirnige Mitterhofbauersohn schien nicht zur Einsicht kommen zu wollen, was sicher auch am Alkohol lag. »Und ich sag es ein letztes Mal. Du kannst dich bestimmt noch erinnern, wie ich bei euch in der Stube gesessen bin und mein Versprechen, dir die Resi zum Weib zu geben, zurückgenommen hab. Wir alle waren uns daraufhin einig, dass die Sache somit vom Tisch ist. Schau dich doch mal an! Welches junge Mädchen will so einen närrischen Kerl zum Mann haben? Niemand. So gib jetzt Ruh und geh zu deiner Magd auf den Hof zurück. Komm endlich zur Vernunft.« Der Hofsohn verzog das Gesicht zu einer bösen Grimasse, was den Bauer veranlasste zu ergänzen: »Wenn du viel Glück hast, nimmt die Magd dich zum Mann. Nur hoffe ich, dass sie genug Haare auf den Zähnen hat und dich streng am Zügel hält.«

Resi seufzte tief durch. Ihr Vater hatte klare Worte gesprochen. Karl fing leicht zu zittern an, und der junge Knecht lauerte geradezu auf die Reaktion des Hofsohnes. Dieser stand wie versteinert und wusste nicht, wie ihm geschah. Der Bauer hatte ihm eine kräftige Abfuhr erteilt und war nicht nur wesentlich größer und stärker als er, sondern ihm in jeder Hinsicht überlegen.

»Den Knecht nehme ich aber mit, Kreuzbauer«, versuchte er noch.

»Selbst da täuschst du dich sehr. Florian gehört zu uns auf den Hof, und da bleibt er auch. Hättet ihr ihn besser behandelt, wäre er euch nicht davongelaufen. Du aber schau, dass du so schnell wie möglich von hier wegkommst. Lass dich nie wieder bei uns blicken!«

Auf diese offenbar endgültigen Worte des Kreuzbauern stieg Fritz eine heftige Röte ins Gesicht. Seine Augen wurden groß, und aus dem Mund rann ihm Speichel. Schnaubend zog er sein Gewehr von der Schulter und fuchtelte damit herum. »Wenn ich dich nicht haben kann, Resi, dann werde ich dich dein Leben lang jagen«, zischte er ihr zu. Resi erschrak, sie erkannte, dass der Mann in seiner Wut und Rachsucht unberechenbar werden konnte.

Als der jetzt völlig außer sich Geratene zum Entsetzen aller mit dem Gewehr auf den Bauern zielte, reagierte Florian geistesgegenwärtig. Mit voller Wucht warf er ihm das Holzbrett entgegen, und vor lauter Schreck riss der Betrunkene schwankend sein Gewehr hoch. Der losgelöste Schuss verhallte leer im Wald. Der Bauer entriss dem Wahnsinnigen das Gewehr und schleuderte es in Richtung Sägeschuppen. Es war großes Glück gewesen, dass er soeben gerade noch dem Tod entronnen war. Wütend jagte er den Fritz mit der Peitsche vom Hof und schrie ihm dabei nach: »Lass dich nie wieder hier blicken, du elender Versager!«

Wie erstarrt standen alle da und schauten dem davontorkelnden Bauernsohn mit großen Augen nach. Sie waren fassungslos darüber, wozu der Mann in seiner Wut fähig gewesen war. Der Kreuzbauer konnte dem Knecht Florian sein Leben verdanken, denn der hatte damit einen weiteren Schicksalsschlag am Hof nach dem Tod des älteren Sohnes abgewendet.

Der Bauer und Resi beruhigten sich gegenseitig, sie kamen zum Entschluss, dass es keinen Sinn machen würde, den Vorfall beim Gendarmerieposten zu melden. Resi erzählte dem Vater auch vom unnötigen Besuch Fladingers und dass er sich wegen der Hütte im Wald keine Gedanken mehr zu machen bräuchte. Sie versteckte das dem Fritz abgenommene Gewehr im Holzstoß, es war lediglich mit dieser einen Kugel geladen gewesen. Ihr Vater beobachtete sie dabei aus den Augenwinkeln.

Karl erinnerte sich an Benedikts Erzählung mit der Blutkugel. Der wütende Hofsohn hatte ziellos in den Wald hineingeschossen. Er hoffte, dass die Kugel kein Wild getroffen hatte, wusste aber mit Sicherheit, dass vom Wald her keine Kugel zurückkommen würde. »Obwohl der Hofsohn in seiner Raserei schon wie vom Teufel besessen ausgeschaut hat«, murmelte er nachdenklich vor sich hin. Dann schickte er ein Stoßgebet zum Himmel, dass dieser furchtbare Mensch nie mehr auf ihrem Hof auftauchen würde.

Als Karl sich besorgt zu Resi wandte, sah er, dass sie dem Knecht Florian voll Dankbarkeit um den Hals gefallen war. »Dich muss uns der Sepp vom Himmel geschickt haben«, meinte sie dabei mit einem wehmütigen Lächeln. Florian wusste nicht, wie ihm geschah. Um nicht allzu sentimental zu werden, meinte Resi dann aber lachend: »Siehst du, Karl, ich habe damals nicht umsonst zum Pfandl gesagt, wir hätten selbst genügend Theater am Bauernhof, als er mich gefragt hat, ob ich nicht auch in der Au mitspielen wolle.«

Der Bauer horchte kurz auf, tat aber gleich darauf wieder so, als würde er alles übersehen und überhören. Ob aus Gleichgültigkeit oder weil er sich einfach für seine Tochter freute, konnte Karl in diesem Moment nicht sagen. Wenn er sich nur über mein Glück auch freuen könnte, sinnierte er nachdenklich. In diesem Moment reichte der Bauer Florian zum Dank die Hand und meinte: »Du hast mir das Leben gerettet. Ich hoffe du bleibst uns für immer erhalten.« Florian nickte zustimmend.

Den Nachmittag verbrachten Florian, der Altknecht und der Bauer bei der Säge, um die liegengebliebene Arbeit von Sepp aufzuarbeiten. Als sich niemand mehr im Sägeschuppen befand, holte der Bauer das versteckte Gewehr vom Hofsohn hervor. Mit der Waffe unter dem Arm ging er zu einem der alten Lagerfässer, die vor der Getreidemühle standen. Er bemerkte nicht, dass Resi, die gerade etwas aus ihrer Kammer holte, ihn von ihrem Fenster aus neugierig beobachtete. Er wuchtete den schweren Stein des Deckels zur Seite, dann öffnete er die Abdeckung. Anschließend zog er einen alten Jutesack aus dem Fass. Der Form nach zu schließen, musste der Bauer bereits vorher ein anderes Gewehr darin versteckt haben. Resi dachte sofort, dass es sich nur um den Stutzen ihres Bruders handeln konnte. Hias blickte mit prüfendem Blick auf dem ganzen Hof umher. Dann gab er die zweite Waffe ebenfalls in diesen Sack, schloss den Deckel und hob den schweren Stein wieder darauf.

Nach dem Nachtmahl bat Resi Florian um einen großen Gefallen. Und sie atmete erleichtert auf, als ihr der Knecht eine Stunde später leise zuflüsterte, dass alles erledigt sei. Er hatte das Gewehr ihres Bruders wieder aus dem alten Holzfass geholt. Anstelle der Waffe hatte er ein Holzbrett in den Jutesack gesteckt, so würde der Bauer das Fehlen bei einem Kontrollblick nicht gleich entdecken. Er übergab Resi den Stutzen ihres Bruders. Sie fühlte sich nun sicherer. »Danke. Ich werde mir auch noch Patronen besorgen. Denn wer weiß, ob ich mich nicht selbst einmal verteidigen werde müssen«, meinte sie nachdenklich zu Florian. »Ja, wer weiß, was diesem Verrückten vom Mitterhof womöglich noch einfällt«, antwortete der darauf.

Resi überlegte: Wo sollte sie das Gewehr verstecken? Es sollte nicht gefunden werden, aber sie wollte es auch bei der Hand haben, falls sie es brauchte. Plötzlich musste sie schmunzeln. Ihr Bruder war wirklich ein ganz Schlauer gewesen. Dort im Holzstoß, genau da, wo er es versteckt hatte, dort würde es niemand suchen. Mit dem wehmütigen Gefühl, dadurch noch mehr mit ihrem geliebten Bruder verbunden zu sein, ging Resi nach diesem Tag voller Aufregungen ins Bett. Vor dem Einschlafen dachte sie noch, dass sie sich mit ihrer Hoffnung auf ein gutes Wenden der Dinge hoffentlich nicht getäuscht hatte. So wie es aussah, kündigten sich eher neue Missgeschicke am Hof an.

Auch Karl fand erst spät nachts Ruhe, er stand fast eine Stunde hinter der Hubertuskapelle beim Grab seines geliebten Bruders und erzählte ihm von den Vorfällen der letzten Tage. Sepp fehlte ihm so sehr. Erst die Erinnerung an Benedikt und die gemeinsame Nacht im Forsthaus hatte ihn später endlich einschlafen lassen.

Die nächsten Tage verbrachte er emsig im Garten, um nach dem starken Regen alles in Ordnung zu bringen. Doch nicht nur deshalb. Ständig musste er dabei an Benedikt denken, der noch nicht vom Forsthaus zurückgekommen war. Und eines schönen Morgens, als er sich wieder zu seinen Pflanzen aufmachen wollte, wurde ihm das

Warten im Herzen zu schwer. Er packte seinen Rucksack zusammen und fand dabei das handgeschnitzte Kreuz von Benedikt. Er drückte es fest an seine Brust und machte sich guten Mutes auf den Weg zu Böhm. Karl spürte, dass ihm eine Ablenkung gut tun würde. Resi war damit einverstanden, dass er heute dem Fotografen zur Hand gehen wollte. Seinen Wunsch, dabei gleichzeitig mehr über das Theater erfahren zu können, erzählte er seiner Schwester aber nicht. Die rief ihm mit zwinkerndem Auge nach: »Sollte der Förster heute vorbeikommen, sag ich ihm, dass du bei Böhm im Atelier bist.«

Beim Rufen des Namens des Fotografen erinnerte sich Resi an etwas und rannte eilends in ihre Kammer. Sie holte das Foto von Freidl aus der Truhe. Bei all der Aufregung am Hof hatte sie es vergessen, aber sie wollte auf keinen Fall ein Foto vom Mörder ihres Bruders im Haus haben. Es war höchste Zeit, es endlich in die Flammen des Küchenherdes zu werfen.

Resi ließ sich am Hof nie anmerken, dass sie Freidls Freispruch nicht akzeptieren konnte. Sie gab sich oft unbeschwerter, als sie es tatsächlich war. In Wirklichkeit grübelte sie täglich darüber nach, und seit Fladingers Besuch verlor sie die Zuversicht, dass der neue Kommandant Licht ins Dunkel bringen könnte. Obwohl dieser anscheinend gefinkelte Bezirks-Gendarm doch vor zehn Jahren mit großem Spürsinn dem Mörder des Almpeterls auf die Schliche gekommen war. Aber damals ging es eben um einen der besten Freunde von Rosegger und Pfandl und jetzt nur um einen Bauernsohn, den es beim Wildern erwischt hatte. Das hielt sie sich seit dem Besuch von Fladinger immer wieder vor Augen. Mittlerweile teilte sie die Meinung ihres Vaters, dass auf die Gendarmen im Ort kein Verlass war.

# 7 Bedrückende Euphorie

Franz Josef Böhm hatte vor langen Jahren über Vermittlung von Peter Rosegger den Mürzzuschlager Postwirt Erwin Pfandl kennengelernt. Der Schriftsteller war von Böhms Darstellung des Wilderers Straßl seinerzeit in Pettau sehr angetan gewesen, und sie waren in Kontakt geblieben. Die beiden Männer waren sich auf Anhieb sympathisch gewesen. Als Pfandl erfuhr, dass Böhm nicht länger als Wanderschauspieler in Europa herumreisen wollte, sondern einen Ort suchte, an dem er dauerhaft bleiben und eine Familie gründen konnte, stellte er seinem inzwischen guten Freund ein kleines Holzhaus zur Verfügung, welches bisher als Schuppen im Hinterhof seines Hotels gedient hatte. Böhm hatte in Pettau erste Bekanntschaft mit der Fotografie gemacht. Er hatte die Absicht, sich in dem Metier zu vertiefen und möglichst bald mit dieser Kunst seinen Lebensunterhalt zu verdienen. Daher nahm er Pfandls Angebot sofort dankbar an. Nicht ganz ohne Hintergedanken – ein Fotograf im Ort kam sicher auch bei seinen Touristen gut an – half der Wirt Böhm sogar beim Einrichten und Besorgen der erforderlichen Gerätschaften. Durch den Zubau eines lichtdurchfluteten Raumes zu einem richtigen Schmuckstück geworden, diente das kleine Haus dem bald schon sehr versierten Fotografen als Atelier im Zentrum von Mürzzuschlag.

In Böhms Anfangszeiten als Fotograf hatten sich der Wirt und seine Frau sogar stundenlang als Modelle zur

Verfügung gestellt und sich an der Begabung des Fotografen und seinem immer größer werdenden Können erfreut. Hin und wieder reiste Böhm immer noch mit dem Zug für ein paar Tage nach Pettau zu dem Fotografen, der ihm einst die erste Einführung in der Kunst der Lichtbildnerei gegeben hatte. Obwohl Böhm inzwischen selbst schon ein sehr anerkannter Fotokünstler war, scheute er sich nicht, von seinem ehemaligen Lehrer noch weiter in die Geheimnisse der Fotografie eingeweiht zu werden. Er war damals, noch als erfolgreicher Wanderschauspieler, auf das gut ausgestattete Atelier aufmerksam geworden und hatte sich von dem Fotografen in mehreren Kostümen fotografieren lassen: einmal als Soldat und General, dann als Wilderer Straßl und zuletzt sogar als fesche Zigeunerin. Diese Fotos hatte er als wichtige Erinnerung im Atelier in Mürzzuschlag gleich beim Eingang aufgehängt. Immerhin hatte diese ihn faszinierende Begegnung mit der Kunst der Fotografie seinem Leben eine gänzlich andere Richtung gegeben.

Mittlerweile hatte sich Böhm nicht nur zusätzlich in Neuberg ein Zimmer angemietet, um während der Besuche des Kaisers näher vor Ort zu sein, sondern auch in Krieglach ein schmuckes Gebäude gekauft und als Filiale eingerichtet. Auf dem Schild an seinem Haus in Krieglach war lediglich die Aufschrift »Franz Josef Böhm – Kunstphotograph« zu lesen. Böhm protzte zwar nicht mit seinem vom Kaiser verliehenen Titel, erwähnte ihn jedoch auf der Rückseite seiner Fotografien. Böhms Vater war in Schönbrunn der k. u. k. Hofgärtner Seiner Majestät gewesen, und daher war er schon als Kind dem Kaiser einige Male begegnet. Die persönliche Bekanntschaft mit dem Kaiser hatte es ihm möglich gemacht, Franz Joseph I. während seiner zahlreichen Besuche im Mürztal zu fotografieren. Böhm war zudem nicht nur für die Bilder des Heimatdichters Rosegger als alleiniger Fotograf zuständig, er bildete in seinen beiden Ateliers mit seiner Kamera auch die »normalen« Bewohner der *Waldheimat* ab, die sich ihm dafür gerne anvertrauten. Außerdem wollten immer wieder stolze Besitzer ihr Haus, ihr Geschäft oder ihre Fabrik von ihm als Lichtbild festgehalten haben. Dafür benützte er seine klappbare Plattenkamera mit Laufbalg, die er im Spezialgeschäft Feitzinger in der Mariahilfer Straße in Wien gekauft hatte. Das erleichterte die Außenaufnahmen sehr, da der Balg des teuren Gerätes durch die Klappfunktion während des Transports vor Beschädigungen geschützt war. Böhm wollte sich lieber gar nicht vorstellen, wie es wäre, müsste er eine herkömmliche Kamera überallhin schleppen. Sein Geschäft blühte mittlerweile so gut, dass er unbedingt einen Gehilfen benötigte, um die zahlreichen Aufträge ausführen zu können.

Zusätzlich zum Fotografieren selbst stand Böhm nämlich oft nächtelang in seiner Dunkelkammer, um von den Negativ-Glasplatten die schönsten Bilder auf Papier zu bringen. Er war ein besonnener Mensch, der allem Schönen und Edlen zugetan war, aber auch die einfachen Dinge des Lebens schätzte. Der Fotograf liebte es, bei öffentlichen Lesungen aufzutreten, er umgab sich gerne mit Pfandl und der *Rosegger-Gesellschaft*, deren Vizepräsident er war. Seine Ausbildung zum Schauspieler in Wien kam ihm dabei zugute, er hatte eine besondere Gabe für szenische Lesungen und konnte die Leute mit seiner offenen Art bestens unterhalten. Seine sonore Stimme, die er wie auf Knopfdruck verändern konnte, ermöglichte es ihm, andere Personen perfekt zu imitieren. Er war nicht sonderlich groß und fiel mit seinen schönen Augen und den markanten Gesichtszügen trotzdem in jeder Gesellschaft auf. Franz Josef Böhm legte viel Wert auf eine moderne Kleidung, sein schwarzer Anzug mit dem strahlend weißen Stehkragenhemd und einer weißen Fliege waren zu seinem Markenzeichen geworden.

Wer den umtriebigen Pfandl kannte, der selbst meist in Tracht anzutreffen war, wusste, dass er den Fotografen natürlich nicht nur selbstlos unterstützt hatte. Er profitierte inzwischen tatsächlich von Böhms Kunden, die gerne vor oder nach der Fotoaufnahme im angrenzenden Atelier als Gäste zu ihm kamen. Diese Besucher waren in den meisten Fällen adrett angezogen und hübsch frisiert, kurz gesagt, eine Augenweide in der Wirtsstube. Pfandl sah es nur allzu gerne, wenn Touristen sich im Hotel aufhielten und erfreut über die auffallend nett gekleideten Herrschaften im kleinen Ort hinter dem Semmering tuschelten. Der Wirt war auch sehr geschickt darin, Böhms Kunden in Gespräche zu verwickeln und sie dabei nach Strich und Faden auszufragen. Pfandl hatte nämlich bald bemerkt, dass die Menschen, die sich gerne vor die Linse eines Fotografen stellten, meist eher offen und redefreudig waren und so zu einer guten Stimmung in der Gaststube beitrugen. Ganz im Gegensatz zu manch anderen Wirtshausbesuchern, die durchaus ein verschlossenes und abweisendes Verhalten an den Tag legen konnten. Durch diese oft mürrische Art, angereichert mit reichlich unfreundlichen Blicken in die Richtung von »Fremden«, war dem Wirt schon so mancher Besucher vergrault worden.

Für die Fotoaufnahmen brachten Männer außerdem gerne ihre Gattinnen oder sogar die Kinder mit. So gab es dadurch auch Frauen in der Wirtsstube, die sonst zu Hause den Haushalt führten, nach den Kindern sehen mussten

und keine Zeit für Müßiggang oder Gasthausbesuche auf-
brachten. Ein Gast berichtete ihm einmal nach dem Besuch
beim Fotografen: »Das war natürlich die Idee meiner Frau.
Pfandl, was denken Sie? Ich allein würde da ja nie hingehen.
Ich sehe mich sowieso jeden Tag im Spiegel, wenn ich dazu
Lust hab. Aber die Frauen. Die brauchen jetzt auf einmal
schöne Bilder von sich und wollen damit angeben. Ich
dagegen bin mir auch ohne Foto schön genug.« Der Mann
schüttelte erheitert den Kopf, und Pfandl dachte sich insgeheim, dass der Gute auf dem Bild doch wesentlich besser aussah als in Wirklichkeit und froh darüber sein sollte.

Böhm setzte seine Kunden meist vor einem schön
gemalten Hintergrund mit einer Landschaftsdarstellung
so geschickt in Szene, dass man bei der fertigen Fotografie dann nicht nur von den Abgebildeten, sondern auch
vom Ambiente dahinter entzückt war.

Die gut genährte Frau des Apothekers fragte den Wirt
unlängst, nachdem sie begeistert ein Bild von ihm, das ein-
gerahmt an der Wand im Gasthof hing, betrachtet hatte:
»Herr Pfandl, so verraten Sie mir doch, wo waren Sie da
in den Bergen bei dieser schönen Aufnahme?« Er musste
laut lachen und deutete mit der Hand zum Atelier. »Dort
drüben im Häuschen von Böhm. Sie müssen nicht einmal
einen Berg erklimmen. Schauen Sie doch mal rüber zu
unserem Meister.« Die Apothekerin ließ sich nicht lange
aufhalten und vereinbarte umgehend einen Termin. Sie
wünschte sitzend und mit einem Rosegger-Buch in der
Hand abgelichtet zu werden, wobei sie offen zugab, noch
nie ein Buch des steirischen Heimatschriftstellers gelesen
zu haben. »Ich weiß auch nicht, Herr Böhm, diese alten
Geschichten vom armen Waldbauernbuben sind so gar
nicht meins.« Böhm musste schmunzeln: »Wieso nicht,

gnädige Frau? Roseggers Zeiten als Bergbauernbub waren halt nun einmal voller Entbehrungen.« Die Dame lachte laut auf, und nach einem kurzen Hustenanfall erwiderte sie: »Sehen Sie, Herr Böhm, genau das meine ich damit«, gab sie ihm zur Antwort, und Böhm sah sie fragend an. »Na, was denken Sie denn, wen interessieren heutzutage noch solcherlei Entbehrungen?«

Böhm war sonst nicht auf den Mund gefallen, doch darauf fiel ihm keine passende Antwort ein. Er musste an Pfandl denken, der der Dame mit Sicherheit zu kontern gewusst hätte. Gerade dann, wenn es sich um seinen hochgelobten Freund Rosegger handelte. Der Wirt verteidigte ihn und seine Anschauungen ja geradezu fanatisch. Wobei selbst Böhm in letzter Zeit nicht entgangen war, dass Pfandl mit des Dichters immer mürrischer werdenden Art keine sonderliche Freude mehr hatte. »Hoffentlich hebt sich Roseggers schlechte Laune nach seinem Kuraufenthalt in der Lungenheilstätte Enzenbach wieder«, hatte der Wirt mit besorgtem Blick gemeint und leise hinzugefügt: »Und es wäre wichtig, dass es ihm bald wieder besser geht. Bei der Aufführung in der Au hat er mir nämlich gar nicht gefallen.« Während er sprach, zuckte Pfandl unbewusst mit der Schulter, so als schenkte er seiner Hoffnung selbst keinen richtigen Glauben. Der Heimatdichter war alt geworden, das war es. Vielleicht war er auch einfach zu alt geworden für die moderne Zeit. Er dagegen würde versuchen, mit der Zeit zu gehen. Und Böhm musste endlich das Foto von seinem *Alpenhotel* machen. Das war ihm der gute Böhm einfach schuldig.

Am Anfang seiner Fotografenkarriere hatte Pfandl Böhm tatsächlich besonders unterstützt. Sogar das Geld für die erste Plattenkamera mit Stativ, mit deren Hilfe

er heute noch seine schönen, mit großem Geschick retu-
schierten Porträts produzierte, hatte ihm der Wirt vorge-
streckt. Jetzt, wo Franz Josef Böhm das Handwerk perfekt
beherrschte und aufgrund seiner hervorragenden Leistun-
gen viele Aufträge hatte, schauten sowohl Erwin Pfandl als
auch seine Frau Maria immer noch fast täglich bei ihm im
Atelier vorbei. Der Wirt deshalb, weil sein Freund einer der
wenigen war, der ihm noch in Ruhe zuhörte, wenn er von
seinen unzähligen Ideen berichtete oder seinen Ärger nach
einer Nachricht von Rosegger loswerden wollte. Böhm
wäre nämlich aus Freundschaft und auch als Dank für seine
Unterstützung nie unhöflich zu ihm gewesen.

Die Wirtin Maria stattete ihm meist um 9 Uhr morgens, sobald ihr tüchtiger Gatte aus dem Haus war, einen
kurzen Besuch ab, sofern er in seinem Atelier in Mürzzuschlag und nicht gerade unterwegs war. Die Bediensteten im Wirtshaus hatten um diese Zeit alle Hände voll zu
tun, und so brachte sie selbst ihm gerne eine Tasse Kaffee ins Atelier unter dem Vorwand, dass es Zeit für eine
Pause wäre.

Maria Pfandl war eine korpulente Frau in den besten
Jahren, die mit ihrer weißen Rüschenschürze fröhlich,
gemütlich und umgänglich wirkte. Das konnte sie auch
sein, aber so war die tüchtige Wirtin bei Gott nicht immer.
Im Gegensatz zu ihrem Mann, der Böhm oftmals um seinen Rat fragte, erteilte seine Gattin allzu gerne von sich aus
ihre Ratschläge, ob sie nun erwünscht waren oder nicht.
An manchen Menschen und deren Eigenheiten konnte die
dann recht giftige Maria ebenfalls kein gutes Haar lassen.
So auch nicht am Heimatdichter Rosegger, der ihrer Meinung nach zu viel Einfluss auf ihren Gatten ausübte und
der Grund für das übertrieben ausgestattete *Rosegger-Stü-*

*berl* war. In ihren Augen war er deswegen auch dafür verantwortlich, dass ihre Bediensteten sich davor fürchteten, den Raum auch nur zu betreten. Die jungen Dienstmädchen scheuten sich, im fein getäfelten Stüberl aufzuräumen, geschweige denn dort gründlich abzustauben. Die Mädchen hatten Angst, es könnte dabei womöglich ein schön verzierter Teller, Pokal, Krug oder eines der unzähligen eingerahmten Bilder zu Boden fallen.

Vom Bürgermeister Hopfer, dem Gendarmen Fladinger, aber auch über den Bezirkshauptmann wusste sie Böhm ebenfalls nichts Gutes zu berichten. Ihre Tiraden konnten manchmal anstrengend sein. Aber der Fotograf hatte sich damit arrangiert, dass durch die unmittelbare Nachbarschaft des Ateliers zum Gasthof die Wirtsleute ihm eben gelegentlich auch auf die Nerven gehen konnten. Dafür wusste er, dass er sich auf seinen Freund und ebenso auf dessen immer wieder fröhliche und liebenswerte Gattin stets verlassen konnte. Und er verdankte ihnen die direkte Nähe seines Geschäfts zur Hauptdurchzugsstraße von Mürzzuschlag. Böhm warf einen kurzen Blick vor die Tür, um nach dem Wetter zu sehen, und zog seine Taschenuhr heraus. Gerade knapp 9 Uhr, und das Wetter schien ihm nach dem letzten vielen Regen endlich wieder gemütlicher zu werden. Hoffentlich galt das auch für die Stimmung im Ort, die gestern einerseits niedergedrückt, andererseits aufgepeitscht gewirkt hatte. Eine äußerst brisante und gefährliche Mischung.

In dem Moment öffnete sich die Wirtshaustür, und sein Freund Pfandl stürmte eilig heraus. »Guten Morgen, werter Meister! Schon die Zeitung gelesen?«, rief der ihm zu und rückte sich den Hut zurecht. Böhm schüttelte den Kopf und wollte höflich antworten, da streckte ihm Pfandl bereits das neueste Exemplar hin. »Dann wird es Zeit. Mir eilt es, sonst hätte ich dir die Neuigkeiten selbst berichtet«, meinte der Wirt und war schon äußerst flotten Schrittes dahin. Böhm schaute verblüfft hinterher und murmelte vor sich hin: »Immer in Eile, der Herr.«

Kaum hatte er einen Blick auf die Titelseite der Zeitung geworfen, öffnete sich erneut die Wirtshaustür. Frau Pfandl in ihrer strahlend weißen Schürze und mit einem karierten Geschirrtuch in der Hand rief ihrem Mann hastig nach: »Erwin! Vergiss nicht, beim Tischlermeister vorbeizuschauen.« Ohne sich umzudrehen, hob Pfandl nachlässig die Hand und verschwand.

Nun wandte sich Maria aufgeregt an den Fotografen: »Werter Böhm, wie gut, dass ich dich hier antreffe. Ich muss dringend mit dir reden. Es ist tatsächlich sehr dringend.« Der Fotograf drehte sich mit der Zeitung in der Hand um und meinte freundlich: »Natürlich, Maria. Ich gehe gleich zum Atelier zurück. Komm doch einfach vorbei!« Sie wirkte sehr aufgelöst, und er dachte, dass es sich wohl um die Ereignisse von gestern handeln würde. Mit den Worten: »Ich werde uns einen starken Kaffee mitbringen. Ich denke, den brauchen wir heute beide«, verschwand Maria im Gasthaus. Vor dem Zurückgehen zum Atelier warf Böhm einen erneuten Blick auf die Zeitung, die ihm Pfandl in die Hand gedrückt hatte, und las den Bericht, der mit 3. Juli 1914 datiert war:

*»Das ermordete Thronfolgerpaar – Der Hofzug mit den Leichen des Thronfolgerpaares fuhr durch das Mürztal«*

*Eine gewaltige Menschenmenge war gestern nachmittags am Bahnhof in Mürzzuschlag versammelt, um den Hofzug mit den Leichen des ermordeten Thronfolgerpaares zu erwarten. Eingefunden hatten sich unter ande-*

rem der Bezirkshauptmann mit dem Bürgermeister und dem Gemeinderat sowie ein Vertreter der Geistlichkeit und unzählige Zuschauer aller Schichten. Als der Zug von Bruck kommend einfuhr, begannen im Ort die Glocken zu läuten. Fast lautlos glitt die Maschine mit dem Zug, der die toten Leiber des Thronfolgerpaars barg, auf den Geleisen hin, bis der Zug stand. Dem Dienstwagen folgte der Blumenwagen, diesem der Leichenwagen. Unter absoluter Stille wurden die bereitgehaltenen Kränze in den Blumenwagen hineingereicht. Fünf Minuten dauerte der Aufenthalt des Hofzuges, in welchem sich nach dem Leichenwagen noch mehrere Waggons mit Offizieren, ferner verschiedenen Hofbediensteten et cetera befanden. Aller Augen waren auf den verschlossenen Waggon gerichtet, der die Leichen des ermordeten Thronfolgerpaares barg. Dann setzte sich der Zug langsam und wiederum förmlich lautlos nordwärts gegen den Semmering in Bewegung. Bis er den Blicken entschwand, wurde der Zug mit den Augen verfolgt und dann erst verließ die Menschenmenge still und stumm die Geleise. Am Abend fand in der Pfarrkirche eine Gedenkmesse für das einem feigen, abscheulichen Mordattentat zum Opfer gefallenen Thronfolgerpaar unter großer Anteilnahme statt.

Und ein Stück unter dieser Nachricht war zu lesen:

»Einbruch in das k. u. k. Jagdschloss in Mürzsteg kurz vor Aufklärung«

Der freche Diebstahl in das kaiserliche Jagdschloss Mürzsteg vor wenigen Wochen steht aufgrund von Zeugenaussagen endlich vor der Aufklärung. Dem mittlerweile bekannten Dieb wird geraten, bei der hiesigen Gendarmerie in Mürzzuschlag die Wertgegenstände, die nach gründlicher Inventur eruiert werden konnten, umgehend

*zurückzugeben und sich freiwillig zu stellen. Er entzieht*
*sich dadurch einer längeren Haftstrafe! Das k. u. k. Jagd-*
*schloss zählt zu den Lieblingsplätzen des Kaisers und wurde*
*zuletzt von seinem Thronfolger zur Jagd genutzt, bevor*
*dieser seine schicksalsträchtige Reise nach Serbien antre-*
*ten musste.*

Der Aufruf an den vermeintlichen Täter, sich zu stellen, stammte sicher nicht vom Gemeindegendarmen Fladinger. Das musste vom neuen Kommandanten kommen.
Böhm hoffte inständig, dass dieser den örtlichen Gendarmerieposten auf Vordermann bringen würde. Er musste
an den Kreuzbauern und die tragischen Ereignisse am
Kaisersteig denken. Im Gegensatz zum Mord am Thronfolgerpaar beschäftigte ihn dieser Vorfall wesentlich mehr,
und er hoffte immer noch auf Aufklärung dieser obskuren Geschichte.

Am Eingang zum Atelier wartete nicht nur die Wirtin
mit einem kleinen Tablett und zwei Tassen Kaffee, sondern auch Karl, der junge Sohn des Kreuzbauern. Beide
warfen dem Fotografen einen fragenden Blick zu, denn
sie hatten ihn schon beim Lesen der Zeitung beobachtet.
Böhm reichte dem jungen Mann, der einen leicht nervösen
Eindruck auf ihn machte, die Hand und freute sich über
seinen Besuch. »Lieber Böhm, da hast du ja nun endlich
einen fleißigen Gehilfen«, meinte auch Maria erfreut und
konnte sich ein Zwinkern mit dem Auge nicht verkneifen.
Dabei blickte sie Karl an. »Wenn ihm aber die Arbeit bei dir
nicht zusagt, dann kann der fesche junge Mann sofort ein
paar Schritte nebenan bei uns beginnen«, fügte sie hinzu.
Karl musste herzhaft lachen, seine Nervosität war plötzlich wie weggewischt, und er fühlte sich neben der gut auf-
gelegten Wirtin wohl. Böhm bat die beiden höflich in sein

Atelier, und noch während Karl die Fotografien am Eingang interessiert betrachtete, legte Frau Pfandl mit einem so heftigen Redeschwall los, dass die beiden Männer ihr kaum folgen konnten.

»Hör mir bitte zu, Böhm. Du musst mir unbedingt zur Seite stehen. Noch nie zuvor habe ich mich dermaßen gefürchtet.« Die beiden starrten die Wirtin an, und Böhm fragte besorgt: »Was ist dir denn passiert, Maria?«

Sie holte tief Luft. »Zum Glück ist mir gar nichts passiert. Und ich brauche jetzt keinen Rat, sondern deine tatkräftige Unterstützung. Aber hör erst einmal zu.« Sie nahm einen kräftigen Schluck von ihrem Kaffee, bevor sie fortfuhr: »Vor ein paar Tagen war ich nach längerer Zeit wieder einmal bei meinem Mann am Bärenkogel oben. Er wollte unbedingt, dass ich sehe, wie weit das Hotel schon ist. Wie wenn ich es geahnt hätte, ich wollte ja nicht hinauf, wäre ich doch nur im Ort geblieben. Dieser schreckliche Sturm und das Gewitter, das über uns hereingebrochen ist.« Karl nickte verständnisvoll. Er konnte sich vorstellen, dass sich die Frau dort oben am Kogel nicht weniger gefürchtet hatte als er sich bei Benedikt im Forsthaus. Aber Frau Pfandl fuhr fort: »Glaub mir, ich fürchte weder einen flammenden Blitz noch einen unmittelbar darauffolgenden Donner. Aber der verheerende Sturm war es, Böhm. Dieses Pfeifen und das unheimliche Getöse verfolgen mich immer noch. Selbst heute Nacht zu Hause in meinem Bett bin ich noch immer dreimal deswegen hochgeschreckt. Es war so furchtbar dort oben am Kogel. Der hohe Turm des Hauses hat geschwankt und gekracht, als würde er jeden Moment über uns zusammenbrechen. Selbst mein Mann, den nicht bald was aus der Ruhe bringt, ist immer stiller geworden. Wer hatte nur diese unsinnige Idee, dort oben im Freien einen derartigen Turm auf ein Haus zu setzen? Am Bärenkogel kommt doch immer wieder von der Pretul herab der Sturm, und das halten meine Nerven nicht aus. Da muss etwas geschehen, bevor noch etwas Schlimmes passiert.«

»Ich kann dich sehr gut verstehen«, nickte Böhm. Er fragte sie, was denn der Wirt wegen des Turmes zu tun gedachte. Sie zuckte mit den Achseln. »Er hat mir hoch und heilig versprochen, heute zum Tischlermeister zu gehen und sich zu erkundigen, wie man den Aussichtsturm besser befestigen könnte. Nur, ich sage euch: Hier hilft keine Befestigung. Dieser Turm muss weg, bevor er noch zusammenbricht und womöglich Menschen zu Schaden kommen.«

Zum ersten Mal seit Beginn ihres Ausbruchs blickte sie nun auch zu Karl, der gerade die Bilder eines einstürzenden Turmes vor Augen hatte und leise »Die *Wilde Jagd*!« vor sich hin murmelte. Ihm war nämlich die Geschichte von den rasenden Geistern wieder eingefallen. »Wie meinst du das, Karl?«, fragte Böhm den jungen Mann. Der versuchte nun, ihnen mit ernster Miene drastisch auszumalen, wie das mit der *Wilden Jagd* und dem Turm sein könnte: »Kalter Winter, ein Unwetter zieht auf. Stellen Sie sich eine laute Horde von Geistern vor, die im Schneegestöber über den Nachthimmel braust. Mit furchtbarem Gejaule und Gejammer jagen die verlorenen Seelen von der Pretulalpe talwärts über den Bärenkogel. Mit der gefährlichen Absicht, alles mit sich zu reißen, was ihnen im Wege steht, stürmen sie um das Haus und suchen nach ihresgleichen. Wenn der ganze Spuk endlich vorüber ist, kehrt eine eigenartige Ruhe ein. Kein Pfeifen ist mehr zu hören und kein Wackeln zu verspüren. Beim ersten Tageslicht wird dann ersichtlich, dass dem Haus etwas fehlt. Die *Wilde Jagd* hat nämlich den ganzen Turm mitgenommen.«

Kurz herrschte Stille. Frau Pfandl kannte zwar die Sage von der *Wilden Jagd*, aber auf die Idee, sie mit dem unseligen Turm in Verbindung zu bringen, war sie nicht gekommen. Aufgeregt meinte sie: »Das klingt gut. Sehr gut. Mir ist dabei ein kalter Schauer über den Rücken gelaufen. Nur wird uns mein Gatte eine solche Geschichte nicht abnehmen, da müsste er schon stockbetrunken sein oder vielleicht eine Wahrsagerin auf den Bärenkogel kommen, weil abergläubisch ist er ja, mein Erwin, aber sonst glaubt er das sicher nicht«, gab sie zu bedenken.

»Warum denn nicht tatsächlich eine Wahrsagerin?« Böhm schlug die Zeitung auf und zeigte auf die Annonce einer gewissen Madame Sybilla, die damit warb, den Leuten aus einer Kristallkugel, mit ihrem Pendel und anderen okkulten Ritualen die Zukunft voraussagen zu können. Da schnippte Frau Pfandl plötzlich aufgeregt mit den Fingern. Sie nahm die Aufnahme von Böhm als Zigeunerin von der Wand. »Ich hab es! Du wirst meine Sybilla spielen und meinen Mann überzeugen, Böhm.«

Der lachte laut auf und steckte die anderen damit an. Alle drei mussten herzlich lachen. »Stellt euch nur meinen eingeschüchterten Gatten oben am Kogel vor, wenn du mit einer Glaskugel vor ihm sitzt und ihm sagst, dass er den Turm abnehmen muss, weil er die Stabilität des ganzen Hauses in Gefahr bringt.«

»Das brauche ich mir gar nicht erst vorzustellen, Maria. Pfandl würde mich auf Anhieb erkennen und sein Leben lang böse auf mich sein.«

»Da muss ich dir zustimmen, das steht sich nicht dafür«, grinste Frau Pfandl. Sie schüttelte den Kopf und verwarf die Idee mit der Wahrsagerin wieder. Böhm brachte das Bild der Zigeunerin an seinen Platz zurück. Als ihm aber beim Zurückkommen Karls blaue Augen und seine schönen Gesichtszüge auffielen, hatte er eine Idee, wie man das Vorhaben »Madame Sybilla« doch umsetzen könnte. Er nahm Karl am Arm und meinte zufrieden zur Wirtin: »Der junge Mann kommt uns doch wie gerufen. Soviel ich weiß, möchte er das Fotografieren erlernen und nebenbei etwas vom Theaterspielen erfahren.« Karl blickte erst fragend drein, dann nickte er erfreut: »Das stimmt, Frau Pfandl. Ich bin auch wegen der Schauspielerei hier. Ich werde mich gerne als Sybilla versuchen, wenn mich Herr Böhm dabei unterstützt.«

Frau Pfandl musterte den jungen Mann eingehend von oben bis unten. »Ein bisserl groß ist er schon, aber recht schlank um die Hüften. Die Hände schön geformt wie bei einem jungen Mädchen. Wenn er brav sitzen bleibt, funktioniert das bestimmt, und für die passende Kleidung sorgen wir auch noch.« Beim Hinausgehen drückte sie Karl ein paar Kronen in die Hand und meinte: »Hier ist schon einmal ein kleiner Vorschuss, und richte deinem Vater die besten Grüße von der Postwirtin aus. Er kann stolz auf seinen feschen jungen Sohn sein.«

Wenige Minuten später, während Böhm gerade begonnen hatte, Karl das Atelier zu zeigen, vernahmen sie Schritte und ein Klopfen an der Tür. In der Annahme, dass es nochmals Frau Pfandl sei, rief Böhm ohne aufzublicken launig: »Nur herein, wenn es kein Schneider ist.«

Kurz darauf stand aber Erwin Pfandl vor ihnen. Er befand sich in einer offensichtlich aufgeregten Gemütsverfassung. Böhm ahnte Schlimmes, womöglich hatte er ihrem vorangegangenen Gespräch gelauscht. Aber der

Wirt war nicht deswegen so erregt: »Ich sag's dir, Böhm, im Ort ist die Hölle los wegen den Serben. Wir können uns diesen Angriff auf unser Deutschtum doch nicht einfach so gefallen lassen. Denen da unten gehört schlichtweg der Krieg erklärt, damit dieses ewige Pulverfass dort endlich explodiert. Sogar der Ministerrat berät bereits über einen bevorstehenden Krieg. Und sollte es tatsächlich so weit kommen, wird mein *Alpenhotel* zum ersten Kriegshaus des Landes werden und ein Wahrzeichen für Ehre und Ruhm im Kampf um unser Vaterland sein.«

Böhm riss die Augen auf und schüttelte ungläubig den Kopf. Er versuchte, Pfandl in seiner Euphorie zu besänftigen: »Mein lieber Freund, jetzt beruhige dich doch und red' mir nicht vom Krieg vor diesem jungen Mann hier, der ist schon ganz blass im Gesicht.« Pfandl mäßigte sich etwas: »Schon gut, schon gut, nur verkenn die Lage nicht, mein werter Böhm!« Er fügte noch hinzu: »Ach ja, das ist doch der talentierte Sohn des Kreuzbauern, dein neuer Assistent.« Karl nickte höflich, aber es hatte ihm die Rede verschlagen, und er stand wie angewurzelt im Raum.

»Kommt bald zu mir auf den Bärenkogel, um endlich ein Foto vom Haus und dem grandiosen Aussichtsturm zu machen. Ich habe auch eine hervorragende Idee zu berichten, mein lieber Böhm. Wie wäre es denn nächste Woche?«, meinte Pfandl ganz enthusiastisch, musste sich dann aber selbst einbremsen: »Ach nein, da habe ich ja keine Zeit. Aber Anfang August würde es gut passen!« Böhm und Karl schauten sich kurz an, dann nickte der Fotograf zustimmend. Das war perfekt, da könnte sich der junge Mann gleich alles vor Ort anschauen. Es blieb nur zu hoffen, dass Pfandl sich bis dahin wieder beruhigt hatte und gemäßigter sprechen würde. Aber der war schon wieder in Fahrt: »Sogar der Generalstabschef Conrad von Hötzendorf macht bereits Druck auf die Politik. Der Mann ist der beste für unsere Armee. Ich kenne ihn persönlich von seinen Familienbesuchen bei uns im Sommer. Ich sag's dir, Böhm, dieser Mann weiß, wovon er spricht. Da fällt mir soeben ein, den Klettersteig zum *Alpenhaus*, den werde ich wohl nach ihm benennen.«

»Welchen Klettersteig denn?«, wagte Böhm nachzufragen und warf Pfandl einen neugierigen Blick zu. »Ach, jetzt habe ich es doch glatt schon zu früh verraten. Ich spreche vom felsigen Klettersteig zum Bärenkogelhaus, eine echte Herausforderung für Waghalsige. Aber, wie gesagt, mehr davon dann oben auf dem Kogel.«

»Ja, aber nur, wenn du nicht weiter von einem Krieg sprichst, der gar nicht existiert«, mahnte ihn Böhm. Er hatte schon genug von dem aufgeregten Gerede im Ort, dem Hass den Serben gegenüber und der Kriegseuphorie, die sich auch im Mürztal langsam verbreitete. »Wir reden uns zusammen!«, meinte er, um das Gespräch zu einem Abschluss zu bringen. Pfandl nickte zum Gruß und verschwand.

Erfreut über die eingetretene Ruhe gab der Fotograf dem jungen Mann nun eine kurze Einführung in sein Fotoatelier. Stolz zeigte er ihm, dass er unterschiedliche Hintergründe verwenden konnte, und Karl half ihm, die mit einer idyllischen Landschaft bemalte Leinwand, die er am Nachmittag verwenden wollte, aufzuhängen. Böhm freute sich, wie geschickt sich der junge Mann dabei anstellte. Die große hölzerne Studiokamera beeindruckte Karl besonders. »Zeigen Sie mir dann auch einmal, wie man damit Bilder machen kann?«, fragte er begeistert. »Gerne, und ich freue mich, dass du mir ab und zu zur Hand gehen willst«, meinte der Fotograf. »Vielleicht wirst du ja tatsächlich noch mein Assistent.«

»Ja, das wäre schön, aber in der nächsten Zeit gibt es bei uns viel Arbeit auf dem Hof, die Heuernte steht vor der Tür, und da braucht es jede Hand. Da hängt es ganz vom Wetter ab, ob ich kommen kann.«

Tatsächlich dauerte es dann eine Weile, bis Karl wieder Zeit fand, zu Böhm ins Atelier zu kommen. »Gut, dass du heute da bist, Karl«, empfing ihn Böhm. »Pfandl ist schon ganz ungeduldig und fragt fast jeden Tag nach, wann wir endlich auf den Bärenkogel kommen, um sein *Alpenhotel* zu fotografieren. Wie schaut es denn morgen bei dir aus? Der Wirt hat mir erzählt, dass er morgen zu Mittag wieder auf den Bärenkogel muss, das würde also passen, und schönes Wetter wird auch sein, also perfekt für das Fotografieren.«

Bevor Karl noch zustimmen konnte, klopfte es schon an der Tür, und Maria Pfandl erschien mit dem obligaten Kaffee. »Da ist ja unsere Sybilla!«, meinte sie erfreut und verwickelte die beiden sofort in ein längeres Gespräch über den verflixten Turm und ihre Wünsche an die Wahrsagerin. Böhm musste an diesem Tag nach Krieglach, daher zeigte er Karl nur noch, wie man die Geräte, die sie morgen am Bärenkogel benötigten, am besten verstauen und tragen konnte, damit sie nicht zu Schaden kamen. »Das passt doch gut«, freute sich Böhm. »Da haben wir für morgen Zeit gespart, weil alles schon fertig gepackt ist.«

Karl wollte sich gerade verabschieden, als der Postwirt ganz aufgeregt in der Tür stand. »Böhm, stell dir vor, was passiert ist. Ich habe vorhin auf der Straße den Förster vom Rabenhofer getroffen. Er hat mir berichtet, dass heute Vormittag oben im kaiserlichen Forsthaus eingebrochen worden ist, während er im Wald unterwegs war. Ich bin mir sicher, dass das derselbe Täter wie im Jagdschloss Mürzsteg war. Von wegen, man wisse bereits, wer der Einbrecher ist. Der alte Fladinger ist doch wirklich für nichts zu gebrauchen.« Pfandl tippte sich mit dem Zeigefinger ein paarmal an die Stirn, dann eilte er weiter in Richtung Gasthaustür. Sicher wollte er die brandheiße Neuigkeit dort auch verbreiten. Böhm rief ihm noch nach: »Morgen um 15 Uhr kommen wir zu dir auf den Bärenkogel!«

»Endlich. Das wird auch Zeit!«, kam es zurück.

Karl war es bei Pfandls Erzählung ganz mulmig geworden. Wenn Benedikt etwas geschehen wäre, nicht auszudenken. Böhm, der sah, dass der junge Mann ganz bleich geworden war, holte ihm vom Wirtshaus rasch einen starken Kaffee. Danach ging es Karl wieder besser. Er bedankte sich bei Böhm und machte sich auf den Weg nach Hause. Auf der Straße hielt er seine Augen nach dem Förster offen, doch Benedikt schien den Ort leider schon wieder verlassen zu haben.

Zu Hause angekommen, warf Karl als Erstes einen schnellen Blick in den Garten, in dem ein Gewitter am Vortag einigen Schaden angerichtet hatte. Da vernahm er vom Sägeschuppen her Stimmen, die er aber wegen dem Geräusch des Sägeblattes niemandem zuordnen konnte. Neugierig ging er näher. Das Rattern wurde noch lauter, weil der Altknecht gerade mit großer Konzentration ein großes Holzstück dem rotierenden Sägeblatt zuführte. Überall lagen Sägespäne herum. Und in einer Ecke standen seine Schwester und der neue Knecht Florian in Sepps Arbeitskleidung und führten eine angeregte Diskussion mit – dem Förster Benedikt.

Die beiden hatten ihm gerade stolz die geschnittenen Bretter gezeigt und erklärt, dass sich Florian in Zukunft auch um den Wald kümmern würde. Benedikt lächelte dem jungen Knecht freundlich zu. Er schien ihm ein recht gefälliger, verständnisvoller Bursche zu sein, mit dem es sich am Kreuzbauerhof sicher gut zusammenarbeiten ließ. Karl näherte sich den dreien voller Freude. Obwohl ihn Resi nach der Begrüßung gleich auf den zerstörten Garten hinweisen musste, hatte sogar sie ein Strahlen in den Augen. Wem dies galt, sah nicht nur Karl sofort, sondern hatte auch Benedikt von Anfang an erkannt. Karl schien, als hätte seine Schwester durch Florians Auftauchen am Hof ihre Lebensfreude wiedergefunden. Benedikt zwinkerte Karl zu und sagte, er freue sich über das ungeplante Zusammentreffen.

Weniger erfreut berichtete er dann aber über den Eindringling im Forsthaus. Die drei zeigten sich bestürzt darüber, dass die Hütte auf den Kopf gestellt und dem Förster dabei sogar sein Rucksack entwendet worden war. »Zuerst befürchtete ich in meinem ersten Schrecken, ich hätte vergessen abzuschließen, es gab nämlich keine Einbruchspuren. Dabei war die Hütte tatsächlich zugesperrt gewesen, als ich vom Wald heimkam. Der Einbrecher muss also einen Schlüssel gehabt haben. Ich komme gerade aus dem Ort, weil ich dem Rabenhofer Bescheid geben musste. Sobald ich Zeit finde, werde ich oben mit dem Aufräumen beginnen.«

Karl seinerseits erzählte von den bevorstehenden Fotoaufnahmen am Bärenkogel und wie froh er sei, dass er manchmal bei Böhm im Atelier helfen könne. Dann berichtete der Förster noch, dass er unlängst in der Nähe des Bärenkogels gewesen sei und einen Schuss gehört habe. Kurze Zeit darauf sei er auf den Revierjäger Freidl getroffen, der vom Gutsherrn den Auftrag bekommen hatte, sofort den Wilderer ausfindig zu machen.

Während die anderen sich weiter unterhielten, dachte Benedikt nach. Es war ihm nämlich während des Erzählens etwas aufgefallen. Freidl hatte doch auch gesagt, er werde die nächsten Tage wohl öfter im Revier sein müssen, obwohl das kaiserliche Jagdgebiet eigentlich noch nicht betreten werden durfte. Der Gutsherr hätte sich über das diesbezügliche Schreiben der Hofleitung in Neuberg nämlich maßlos aufgeregt und ihn trotzdem in den Wald geschickt. Von so einer Aufregung war aber für den Förster, der an diesem Tag ebenfalls für einige Zeit in der Gutskanzlei gewesen war, gar nichts zu bemerken gewesen. Der Rabenhofer hatte ganz normal gewirkt, nur seine Tochter Lisl hatte kein einziges Wort gesprochen und schien wütend oder womöglich traurig zu sein. Eigenartig! Der Förster konnte das alles nicht richtig einordnen.

Karls Vorschlag riss Benedikt aus seinen Gedanken und beendete die angestrengten Überlegungen: »Ich kann morgen bei dir im Forsthaus vorbeikommen und beim Aufräumen helfen, wenn ich sowieso in der Nähe bin.« Der Förster nickte ihm erfreut zu und bedankte sich für sein Angebot. Resi, die Karl beobachtet hatte, meinte daraufhin ein wenig streng: »Zuerst muss aber der Garten wieder in Ordnung sein, Karl! Die nächsten Tage soll es recht heiß werden.«

Ihr Bruder nickte und fragte sich, wie er das alles schaffen sollte. Er hoffte, dass die Magd Luise ihm unter die Arme greifen würde. Sein Abstecher ins Forsthaus bedeutete aber auch, dass Böhm die ganze Ausrüstung dann allein vom Bärenkogel nach Mürzzuschlag zurückbringen musste. Dafür könnte er anbieten, seinerseits alles allein im Rucksack auf den Bärenkogel zu tragen. Und das unhandliche Stativ könnte er mitnehmen und dem Fotografen am nächsten Tag vorbeibringen.

Er musste einfach die Gelegenheit nützen, mit Benedikt ein paar Stunden allein zu verbringen. Er machte sich
augenblicklich an die Arbeit im Garten. Bevor der Förster den Weg über den Acker zum Wald einschlug, schaute
er noch kurz bei ihm vorbei und meinte: »Es freut mich,
dass du mich nicht vergessen hast.«

»Wie könnte ich?«, entgegnete Karl und holte das kleine
Holzkreuz hervor.

# 8 Tödliche Gier

Es war ein prächtiger Julimorgen in Mürzzuschlag. Die aufgehende Sonne schien vom Semmering her und leuchtete mit ihren wärmenden Strahlen über das Dorf bis an das rechte Ufer der Mürz. Der Ringfelsen und die höheren Bergrücken lagen ebenfalls schon im Sonnenlicht. Der Kommandant Ulbrich befand sich auf dem ersten Dienstgang des Tages und war froh, dabei flott ausschreiten zu können. In den vergangenen zwei Tagen hatte er nämlich stundenlang die Aufzeichnungen von Fladinger sowie das Protokoll der Vernehmung des Revierjägers Freidl durchgesehen. Er hatte auch den Akt des Bezirksgerichtes angefordert, inzwischen eingesehen und sich dazu seine Gedanken gemacht. Ihm kam einiges unvollständig und vieles unglaubwürdig vor, und er zweifelte in Erinnerung an den Mord auf der Pretul vom Juni 1904 auch bei dieser Sache an einer korrekten Herangehensweise des Gemeindegendarmen Fladinger. Offensichtlich war es wieder unterlassen worden, Ungereimtheiten zu hinterfragen.

Außerdem konnte er die rasche Entscheidung und die knappe Begründung der Gerichtskommission nicht nachvollziehen. Ihm kam vor, als sei es weniger darum gegangen, die Mordfälle am Kaisersteig lückenlos aufzuklären, als darum, die ganze Sache möglichst schnell abzuschließen. Er war sicher, wäre er damals nicht Fladinger zur Seite gestellt worden, hätte man den grausamen Mord am Hüttenwirt Peter Bergner wohl genauso schnell zu den

Akten gelegt wie nun den Mord an seinem Vorgänger Alois Birnstingl und den gewaltsamen Tod des Wilderers Sepp Gruber vom Kreuzbauerhof. Genau zehn Jahre nach dem Mord auf der Pretul war er von seinem Vorgesetzten nun abermals nach Mürzzuschlag beordert worden, um die Stelle des ermordeten Kommandanten Birnstingl vorübergehend zu übernehmen.

Dabei wollte er die Chance nützen, sich auch die Unterlagen zum tragischen Vorfall am Kaisersteig genauer anzusehen. Ihm waren die wenigen Zeitungsberichte dazu bekannt, über die er damals schon den Kopf geschüttelt hatte. Zu viele Widersprüche, hatte er bei sich gedacht. Am liebsten hätte er den Revierjäger Freidl gleich selbst dazu befragt. Nur war es natürlich nicht seine Sache, sich in die Arbeit des Bezirksgerichtes Mürzzuschlag einzumischen. Als vorübergehender Leiter des Gendarmeriepostens hatte er jetzt die Möglichkeit herauszufinden, wie die Ereignisse am Kaisersteig tatsächlich abgelaufen waren.

Von seinem ersten Tag in Mürzzuschlag an musste er überrascht feststellen, dass im Ort niemand mehr gerne mit ihm über den Mord an seinem Vorgänger sprechen wollte. Selbst Birnstingls Frau lehnte seinen Besuch ab, sie wolle nicht, dass alte Wunden wieder aufgerissen würden. Auch für sie schien der Fall erledigt zu sein. Es hieß übrigens, dass der sonst nicht gerade als großzügig bekannte Rabenhofer der Witwe eine nicht unbeträchtliche Summe als Unterstützung zukommen hatte lassen. Aus der Bevölkerung waren ebenfalls Geldspenden für die Frau mit ihren beiden Kindern gekommen.

Ein junger Gendarm hatte ihm erzählt, dass in den ersten Wochen nach dem Ereignis die Angaben des Revierjägers Freidl, wie sie in der Zeitung zu lesen gewesen waren, unter der Bevölkerung für heftige Aufregung gesorgt hatten. Man konnte sich einfach nicht vorstellen, dass die Geschichte sich tatsächlich so zugetragen hatte. Ein Wilderer wird in Anwesenheit eines Jägers von einem bewaffneten Gendarmen gestellt und aufgefordert, sich zu ergeben. Dabei müsste der erfahrene Kommandant Birnstingl doch wohl seine Waffe in der Hand gehabt haben. Und dennoch konnte der Wilderer ihn erschießen, und aus der Dienstwaffe des Gendarmen wurde kein Schuss abgegeben? Es gab jede Menge Gerede und heftige Skepsis am Wahrheitsgehalt der Darstellung des Jägers. Aber es hatte auch niemand eine Idee, wie es denn tatsächlich gewesen sein könnte. Viele heiße, aber im Endeffekt fruchtlose Diskussionen hatte es gegeben. Aber die waren inzwischen verstummt. Denn seit der Kriegsmobilmachung war dieses Thema gänzlich vom Tisch und uninteressant geworden. Alles drehte sich nur mehr um den Krieg gegen Serbien.

Einen Moment lang blieb Ulbrich unschlüssig stehen und betrachtete die großzügig erbaute *Villa Lambach* mit ihrer weitläufigen Aussichtsterrasse, die stolz über Mürzzuschlag thronte. In dem für den Ort ungewohnt luxuriös ausgestatteten Hotel hatte unlängst ein Teil der kaiserlichen Gäste im Zuge der letzten Hofjagd logiert, das hatte ihm der Bürgermeister Hopfer gestern erzählt. Er hatte auch gemeint, dass sogar weniger gut betuchte Kurgäste es bevorzugten, in der noblen Villa zu logieren anstatt im Kurhaus oder bei Pfandl im *Gasthof Post*. Dass die feine Villa vor allem wegen Tamara von Lützow, der späteren Ehefrau des ersten Bezirkshauptmannes von Mürzzuschlag, Franz Hervay von Kirchberg, bekannt geworden war, wusste Ulbrich noch von seinem ersten Aufenthalt vor zehn Jahren. Frau von Hervay hatte nämlich vor ihrer

Verehelichung mit dem Bezirkshauptmann dort mit ihrem Dienstmädchen gewohnt und die Mürzzuschlager mit übertrieben vornehmem Getue an der Nase herumgeführt.

Eigentlich die Tochter eines Jahrmarktzauberkünstlers und Magiers mit Namen Bellachini, gelang es der Hochstaplerin, die sich als Baronin ausgab, sich den erst seit Kurzem amtierenden jungen ersten Bezirkshauptmann als Gatten zu angeln. Als öffentlich bekannt wurde, dass er einer Betrügerin zum Opfer gefallen war, die von ihrem letzten Mann noch gar nicht geschieden gewesen war, nahm die Tragödie ihren Lauf. Der inzwischen suspendierte Franz von Hervay sah keinen anderen Ausweg, als sich zu erschießen. Die aufgebrachten Mürzzuschlager hätten die Frau bei ihrer Verhaftung beinahe gelyncht. Tamara von Lützow wurde in Leoben der Prozess gemacht, sie wurde wegen Bigamie verurteilt und verließ nach Verbüßung ihrer Strafe die Steiermark.

Hopfer erzählte ihm, dass die Villa damals nach dem Skandal monatelang völlig ausgebucht gewesen war. Am liebsten wollten die Fremden auch heute noch direkt in dem vornehmen Apartment, das Tamara bewohnt hatte, untergebracht werden. Sogar Mürzzuschlager, die nie zuvor das Haus besucht hatten, kamen seit damals gerne zur *Villa Lambach*. Die kluge Besitzerin verlangte inzwischen von neugierigen Besuchern sogar Eintritt und hielt Führungen im Hause ab. Sie erzählte dabei die Geschichte der Tamara von Hervay und zeigte Accessoires, die von der »Baronin« zurückgelassen worden waren.

Der Gutsherr Rabenhofer habe ihm berichtet, dass er der Hotel- und Kaffeehausbesitzerin ein großzügiges Angebot vorgelegt habe, um das Anwesen zu übernehmen. Diese hatte aber strikt abgelehnt, denn ihr waren

Gerüchte zu Ohren gekommen, dass der Gutsherr daraus eine vornehme Jagdvilla machen wolle. Sie meinte, ihr graute bei dem Gedanken, dass an den Wänden unzählige Jagdtrophäen protzen könnten. Hopfer vermutete, die inzwischen alte Dame liebte einfach die pompöse Ausstattung des Hauses mit dem vornehmen Flair der Monarchie, und das sollte weiterhin so bleiben. Nach den Gerüchten um einen Verkauf hätten sich wieder mehr Neugierige zur Villa gedrängt, und der Trubel bereitete der Besitzerin nicht nur großen Spaß, sondern ließ auch die Kasse klingeln.

Von der Au hinauf zur Hochwand und zum Ringfelsen hatte Ulbrich vor vier Tagen schon eine kleine Wanderung unternommen und dabei von Weitem den hohen Aussichtsturm mit Spitzdach von Pfandls *Alpenhotel* am Bärenkogel emporragen sehen. Einige Einheimische teilten ihm ihre Zweifel an diesem neuen Projekt mit und waren sich sicher, dass es dem Wirt nie gelingen würde, auf diesem hoch gelegenen Platz Hotelgäste anzulocken.

So gut es ihm die Zeit erlaubte, hatte sich Ulbrich bereits einen kleinen Überblick über den in den letzten zehn Jahren gewachsenen Ort verschafft. Vor der Au, entlang der Mürz, befanden sich in der Nähe der Lambachbrücke das große Eisenwerk und südlich davon die ausgedehnte Gutsverwaltung Rabenhofer. Dort sollte ihn sein heutiger morgendlicher Dienstgang hinführen. Fladinger hatte gestern nämlich vergeblich versucht, in Ulbrichs Auftrag mit dem Gutsherrn zu sprechen. Der hatte ihm über seine Tochter Lisl, die im Büro vor seiner Kanzlei saß, ausrichten lassen, dass er nur mit dem neuen Postenkommandanten selbst sprechen würde.

Fladinger hatte Ulbrich dann auch einiges über die Verhältnisse am Gutshof erzählt und dass die Jägerfamilie

Freidl schon seit Jahrzehnten beim Rabenhofer die Aufsichtsjäger stellte. Über den Revierjäger Johann Freidl wusste der Gendarm allerdings wenig Gutes zu berichten, und er ließ es sich auch nicht nehmen, die Feindschaft des Kreuzhofbauern mit dem Oberjäger Alois Freidl und auch dem Gutsbesitzer selbst zu erwähnen.

Heute wollte sich der Postenkommandant also einerseits selbst ein Bild von der Situation machen, andererseits musste er persönlich beim Gutsherrn in der Kanzlei vorsprechen, weil dieser sich ja geweigert hatte, mit Fladinger zu reden. Den Grund dafür konnte ihm der Gemeindegendarm nicht nennen, doch vermutete er, dass es vielleicht aus Ärger wegen des immer noch ungeklärten Einbruchs ins Jagdschloss in Mürzsteg war. Irgendwie konnte Ulbrich den Gutsherrn verstehen, denn auch seiner Meinung nach hatte Fladinger bisher in dieser Causa ebenfalls ziemlich schludrig gearbeitet und wichtige Hinweise übersehen.

Ulbrich tat sich insgesamt mit Fladingers Herangehensweise an Kriminalfälle schwer. Es war das Prinzip des Gemeindegendarmen, einfach nur das Allernotwendigste zu tun. Als er ihn nach dem Durchlesen der spärlichen Protokolle darauf angesprochen hatte, ob Fladinger denn nicht auch persönlich ein Interesse an einer klaren und eindeutigen Sachverhaltsdarstellung der Geschehnisse am Kaisersteig gehabt hätte, meinte dieser in seiner gewohnt lahmen Art: »Herr Kommandant, das würde nur zusätzliche Arbeit für mich bedeuten. Der Revierjäger wurde vom Gericht freigesprochen, und somit hat sich der Fall für mich erledigt.«

Eine Weile stand Ulbrich noch etwas unschlüssig bei der Lambachbrücke und blickte auf das helle Wasser der Mürz. Er überlegte, wie er den alten Gendarmen zu mehr Elan bewegen könnte, aber er kam auf keinen grünen Zweig. Dann schüttelte er den Kopf und ging mit schnellen Schritten weiter zum Gutshof Rabenhofer.

Lisl saß bereits in aller Früh in ihrem Büro und erwartete, dass der neue Kommandant heute vorbeischauen würde. Bis auf das Rauschen des Flusses war es noch ruhig am Gutshof, der Vater saß allein in seiner Kanzlei und studierte wie immer die Morgenausgabe des *Grazer Tagblattes*. Die junge Frau fühlte sich wie so oft in letzter Zeit kraftlos, starrte auf ihre Unterlagen und seufzte vor sich hin. Sie vermied es, aus dem Fenster auf den Hof und die dahinter liegende Gegend zu schauen. Das heftige Rauschen der Mürz beunruhigte sie ebenso wie die Sicht auf die schroffen Steine des Ganzsteins gegenüber dem Gutshof. Schon wie mich diese dunklen Felsen seltsam anstarren. Und erst diese verknorpelten Baumwurzeln, die sich wie knochige Finger vom Plateau oben in die Spalten vom Gestein krallen, dachte sie. Der Anblick war ihr immer schon unheimlich gewesen, aber seit Sepps Tod, den sie einfach nicht verkraften konnte, war es noch schlimmer geworden. Sie hatte sogar ihren Vater vor Kurzem gebeten, mit ihr den Raum zu tauschen. Doch der hatte nur gemeint: »Das kommt überhaupt nicht infrage. Meine Kanzlei ist meine Kanzlei und basta.«

Ein wenig enttäuscht war sie zwar gewesen, sie glaubte aber, einen wichtigen Grund für die vehemente Ablehnung des Vaters zu kennen. Von ihrem Arbeitsplatz hatte sie nämlich einen guten Blick auf den langen Gang zur Haustür. In einer Nische des Gangs, der zu ihrem Büro und der Kanzlei des Vaters führte, befand sich ein hölzernes Schlüsselbrett, und genau dieses Brett sollte sie im Auftrag ihres Vaters achtsam im Auge behalten.

Lisls erster Blick beim Betreten des Verwaltungsgebäudes galt daher immer zuerst diesem mit den Zahlen von 1 bis 8 nummerierten Schlüsselbrett. An ihm hingen auch drei besonders wichtige Schlüssel. Und zwar die zu den kaiserlichen Liegenschaften, um die sich vom Vater dafür beauftragtes Personal der Gutsverwaltung gelegentlich kümmern musste. Es handelte sich um die Schlüssel zum Jagdschloss in Mürzsteg, zum kaiserlichen Forsthaus auf der Ganzalm und zur Meierei in der Au. Weil die drei Gebäude vom Gutshof Rabenhofer mitbetreut wurden, hatten sie diese Schlüssel in Verwahrung, und das natürlich mit dem Auftrag der höchsten Sorgsamkeit.

Was das Jagdschloss in Mürzsteg betraf, herrschten besonders strenge Vorgaben. Hier hatten sie sogar nur den Schlüssel zum Hintereingang in Verwahrung, einen Schlüssel zum vorderen Eingang besaßen lediglich der Hauswärter und die Hofjagdleitung in Neuberg. Lisl hatte ihrem Vater schon vorgeschlagen, die drei Schlüssel doch in ihrer Kanzlei versperrt aufzubewahren, doch der Vater bestand darauf, dass alles so blieb, wie es bereits unter seinem Vater gut funktioniert hatte. »Wenn du nicht im Büro bist und jemand den Schlüssel braucht, wie soll das dann gehen? Muss dann ich womöglich jedes Mal dein Büro aufsperren, oder wie stellst du dir das vor?« Also blieb alles so, wie es war.

Die Angestellten hatten den strengen Auftrag, die Schlüssel sofort nach der Erledigung ihrer Arbeiten wieder an den richtigen Haken zu hängen. Es kam leider vor, dass die Schlüssel beim Zurückbringen vertauscht wurden, wenn gerade zwei Haken leer waren. Aber das konnte unangenehme Folgen haben. Nämlich dann, wenn die Männer, die einen Auftrag im k. u. k. Jagdhaus hatten, irrtümlich mit dem Schlüssel vom Forsthaus in der Tasche mit dem Zug nach Neuberg fuhren, zu Fuß weiter nach Mürzsteg zum Jagdschloss marschierten und dort dann die Tür leider nicht aufsperren konnten. Da blieb nichts anderes übrig, als nach einigen unnütz vertanen Stunden wieder unverrichteter Dinge zurück in die Verwaltung zu kommen und vom Gutsherrn als Dummköpfe beschimpft oder vielleicht sogar fristlos entlassen zu werden.

Wie an den meisten Werktagen saß Lisl also auch heute an ihrem Schreibtisch, mit einem achtsamen Auge auf das Schlüsselbrett und einem skeptischen Blick zum Ganzstein. Wobei ein großblättriger Blumenstock am Fenster den Ausblick auf die Felsen leicht verdeckte. Die Gemeinde hatte im Vorjahr einen neuen Weg für Wanderer zur *Rosegger-Ruh* errichtet, der ihnen mit seinen Serpentinen den steilen Aufstieg erleichtern sollte. Lisl wusste von den Jägern, dass diese nun gerne ebenfalls den Weg nutzten, um schneller in die Wälder des Rabenhofer-Forstes zu gelangen. Dass sich der bekannte Dichter dort tatsächlich einmal zur Rast niedergelassen hatte, war wahrscheinlich lediglich eine Behauptung von Erwin Pfandl, der sich gerne solche Geschichten ausdachte.

Ihr Unbehagen, was den Blick auf den felsigen Ganzstein betraf, beruhte hauptsächlich auf der Sage über den »Ganzsteinmichl«. Die Mutter hatte sie ihr einmal zu Weihnachten erzählt und dabei mahnend zu mehr Bescheidenheit aufgefordert. Lisl hatte nämlich als Kind von ihrem Vater fast zu viele Dinge geschenkt bekommen, und die Mutter sah mit Sorge, dass dadurch die Wünsche ihrer Tochter mit der Zeit immer größer und immer vehementer eingefordert wurden. Hier wollte sie gegensteuern und Lisl darauf hinweisen, dass es im Leben wichtigere Dinge als Besitz und Reichtum gab. Und diese Botschaft sollte ruhig auch der Vater hören, dem nach Meinung seiner Frau die Vermehrung von Geld und Besitz leider das Wichtigste war und der lieber mit seiner Tochter Zeit verbringen sollte, als ihr womöglich noch eine Puppe zu schenken.

Die Sage berichtete davon, dass sich zur Weihnachtszeit eine arme Frau mit ihrem kleinen Kind auf den Weg zur Kirche machte und sich in der Finsternis verirrte. Sie kam vom Weg ab, wurde aber von aufblitzenden Lichtstrahlen geleitet und erreichte letztendlich die Höhle vom Ganzstein, die von einem kleinen Geist namens Ganzsteinmichl bewacht wird. In gewissen Nächten öffnet sich die Höhle, und ein graues Zwerglein mit freundlichem Gesicht taucht auf. An herzensgute Menschen, die in Armut geraten waren, verteilt das Männlein dann von seinem Reichtum. Der Ganzsteinmichl erwartete bereits die Frau, die ihren Sohn im Arm hielt, vor der Höhle, in der das viele Gold und Geld im Inneren glänzte und richtiggehend blendete. Der Zwerg reichte der Frau einen kleinen Sack mit Goldmünzen. Ohne sich dafür zu bedanken, ließ sie ihn achtlos fallen und rannte in aufkommender Gier in die Höhle hinein. Dort setzte sie das Kind auf einen Stein und raffte mit ihren Händen so viel Gold wie möglich in einen großen Sack.

Das Männlein warnte sie eindringlich, doch bescheidener zu sein. Als der Zwerg ihr dann sogar heftig mit der Faust drohte, bekam sie Angst und eilte mit dem vollen Sack aus der Höhle. Die Frau rannte mit der schweren Last am Buckel hinunter über den steilen Weg und die Wiese entlang bis zu ihrem Haus und zeigte ihrem Mann begeistert das viele Gold. Als der sie jedoch fragte, wo denn sein Sohn sei, wurden ihre Augen groß. In ihrer grenzenlosen

Maßlosigkeit hatte sie das Kind in der Höhle vergessen. Schnell versteckten die beiden das Gold im Haus, dann machten sie sich rasch auf den Weg zurück zur Höhle, um den Sohn und den zurückgelassenen kleinen Sack voller Gold zu holen. Sie umkreisten den Ganzstein und suchten jeden Winkel nach der Höhle ab.

Erst als die Frau den kleinen Sack vor einer großen Steinplatte entdeckte, wusste sie, dass sie sich an der richtigen Stelle befanden. Verzweifelt klopfte sie mit beiden Händen am Höhleneingang. Der Mann öffnete inzwischen den Sack. Darin befanden sich jedoch keine Goldmünzen mehr, sondern nur kleine Steine, wohl aus der Höhle, in der ihr Sohn von nun an eingeschlossen blieb. Die beiden Leute waren jetzt reich, jedoch todunglücklich, weil sie ohne ihr Kind leben mussten. Die Frau hörte immer wieder in der Nacht Hilferufe von ihrem Kind. Das trieb sie bald in den Wahnsinn und später zum Freitod in die Mürz. Heute noch erzählen Menschen, die an der Mürz leben, dass sie manchmal nachts aus dem Wasser die Rufe der Frau nach ihrem Sohn hören würden. Einige berichteten sogar, dass sie die nach Hilfe ringenden Hände der Frau in den Fluten des Stromes erkannt hätten.

Lisl schauderte es bei diesen Gedanken und den Bildern, die ihr dabei im Kopf herumschwirrten. Als Kind hatte sie sich gut vorstellen können, dass dort in dem Felsen, der beim genauen Hinsehen selbst wie ein buckeliger Gnom wirkte, eine alte Sagenfigur hauste, die habgierige Menschen bestrafte. Seit dem Tod ihrer geliebten Mutter ärgerte sie sich mit jedem Tag mehr über die Habgier ihres Vaters und meinte selbst, manchmal Stimmen aus der Mürz oder vom Ganzstein her hören zu können. Für ihren Vater schienen Geld und Besitz die höchsten

Werte geworden zu sein. Sie wusste, dass er auch bereits seine Gedanken darüber anstellte, was denn die beste und ertragreichste Partie für seine heiratsfähige Tochter wäre. Traurig seufzte Lisl auf. Ihrem Vater schien es bei seinen Plänen wirklich nicht um ihr Wohl zu gehen, sondern vor allem um die Vermehrung des Rabenhoferischen Besitzes. Vielleicht sollte sie ihn doch einmal an die alte Sage von der Schatzhöhle im Ganzstein erinnern, die die Mutter ihnen damals erzählt hatte?

Lisl seufzte: »Ach Sepp, mein geliebter Sepp, wie glücklich wären wir geworden und wie sehr vermisse ich dich.« Seit dem Mord am Kaisersteig wachte sie nachts oft schweißgebadet auf, weil sie von Sepp träumte, der sie zu Hilfe rief. Sie machte sich heftigste Vorwürfe, dass sie sich dem vehementen Wunsch, ja eigentlich Befehl des Vaters, ihn zur Veranstaltung in der Au zu begleiten, gebeugt hatte, anstatt zum vereinbarten Treffen mit ihrem Geliebten zu gehen. Bei der Anhörung vor dem Bezirksgericht war sie knapp davor gewesen auszusagen, dass Sepp ja eigentlich mit ihr verabredet gewesen war. Aber das kleine Brieflein, mit dem sie die Vereinbarung beweisen hätte können, war leider nicht mehr aufzufinden gewesen, und so hatte sie geschwiegen.

Von der Familie vom Kreuzbauerhof hatte sie seit dem Mord niemanden mehr gesehen. Früher einmal hatte sie ab und zu Resi oder Karl auf deren Weg zum Bärenkogel getroffen, wenn sie zu Pfandl Brot und Butter brachten. Und Resi hatte ihr sogar einmal heimlich eine Nachricht von Sepp zugesteckt. Doch die beiden schienen mit ihr auch keinen Kontakt mehr haben zu wollen, ansonsten hätten sie sie bestimmt auf die Ungereimtheiten in der Geschichte von Freidl angesprochen. Ihr Vater hatte ebenfalls nach der Anhörung des Jägers nie wieder mit ihr über den Vorfall geredet. Wenn er in der Gutsverwaltung in Mürzzuschlag tätig war, verzog er sich in seine Kanzlei und hielt die Tür geschlossen. Noch einmal tief aufseufzend begann Lisl zu arbeiten.

Kaum eine Stunde nach Dienstbeginn stand ein großer Mann, um die 60 Jahre alt, schlank, mit grauem Bart und grauen Haaren, vor ihrem Schreibtisch. Mit »Mein Name ist Fritz Ulbrich aus Graz. Ich habe vorübergehend die Leitung der Gendarmerie in Mürzzuschlag übernommen«, stellte er sich bei ihr vor und bat sie höflich, zu ihrem Vater vorgelassen zu werden. Sie warf einen neugierigen Blick auf den Mann, der im Gegensatz zu Fladinger eine richtige Respektsperson zu sein schien. Sie wollte ihn gerade zur Kanzlei des Vaters bringen, als sie plötzlich vom Gang ein Geräusch hörte. Rasch ging sie um Ulbrich herum und schaute nach. Tatsächlich, da ging jemand gerade zur Haustür hinaus. War das womöglich der Revierjäger Freidl?

Schnell ging Lisl wieder am verblüfften Ulbrich vorbei zum Fenster und schaute in den Hof hinaus. Da stand tatsächlich Johann Freidl, aber vor dem Stallgebäude. Er diskutierte heftig mit einem rothaarigen Mann, der mit dem Rücken zu ihr stand. Der Revierjäger konnte also vorhin nicht im Gang gewesen sein, er wäre in der kurzen Zeit nicht bis zum Stall gekommen. Trotzdem wurde ihr beim Anblick des Jägers sofort richtiggehend übel. Lisl hatte einen solchen Hass auf diesen Mann, der ihren Liebsten erstochen hatte. Die tiefe Abscheu war ihrem Gesicht so deutlich abzulesen, dass sogar Ulbrich es bemerkte. Der Kommandant kam näher, um zu sehen, wem ihr zorniger Blick gegolten hatte. Er sah aber nur mehr die Rücken von zwei Männern, die gerade dabei waren, den Hof zu verlassen.

Als Lisl den Kommandanten Ulbrich nun zum Vater führen wollte, warf sie aus alter Gewohnheit einen prüfenden Blick zum Schlüsselbrett. Sie runzelte ihre Stirn, zog die Augen zu einem schmalen Spalt zusammen und lief zur Nische am Gang. Am unteren letzten Haken, den Lisl zu ihrem Entsetzen gestern früh leer vorgefunden hatte – der Vater hatte wegen dieser Schlamperei getobt –, hing nämlich jetzt wieder ein Schlüssel samt schwerem Anhänger in Form eines eisernen Tannenzapfens. Verwirrt griff sie nach dem Schlüssel mit der Nummer 8. Sie wusste, dass sich dieser auch heute früh noch nicht an seinem Platz befunden hatte. »Seit wann ist denn der Schlüssel wieder da?«, murmelte sie. Ulbrich stand inzwischen neben ihr vor dem Schlüsselbrett und fragte: »Ist das der Schlüssel des kaiserlichen Forsthauses?«

»Ja, und der war heute in der Früh ganz sicher noch nicht an seinem Platz«, antwortete Lisl. »Sehr interessant«, meinte Ulbrich und ergänzte: »Danke, das passt ja alles gut zusammen. Aber kann ich jetzt bitte mit dem Gutsherrn sprechen?«

Kaum hatte Lisl die Tür zur Kanzlei des Vaters aufgemacht und der Kommandant das Zimmer betreten, ertönte schon die zornige Stimme ihres Vaters. Durch die wieder geschlossene Tür konnte sie hören, dass es um den Einbruch in Mürzsteg und wohl auch um den aktuellen oben im kaiserlichen Forsthaus ging, von dem der Förster Benedikt gestern Nachmittag dem Vater berichtet hatte. »Und? Hat sich schon jemand auf diesen Schwachsinn in der Zeitung gemeldet?«, warf der Gutsherr dem Gendarmerie-Kommandanten wütend entgegen. Dieser antwortete genauso laut, nur knapper: »Nein, bis jetzt noch nicht!«

»Ein Dummkopf müsste er sein«, schrie ihn der Gutsherr an. »Der treibt sich ja noch immer in meinem Revier herum und lacht die Gendarmerie aus.« Darauf war es ruhiger geworden, und aus der Kanzlei hörte man kaum mehr laute Worte. Lisl versuchte, an der Tür zu lauschen, sie konnte aber nur noch Bruchstücke des Gespräches vernehmen. Anscheinend erwähnte Ulbrich einen bevorstehenden Krieg, und ihr Vater äußerte die Befürchtung, dass es dadurch noch mehr Wilderer geben würde. Daraufhin kamen die Männer generell aufs Wildern zu sprechen. Worum genau es dann ging, konnte sie nur schwer heraushören – es ging wohl um den Mord an Ulbrichs Vorgänger. Und was war mit dem Mord an Sepp? Wer interessierte sich dafür? Mit schwerem Herzen ging Lisl zu ihrem Schreibtisch zurück.

Erst nach einer langen Weile öffnete sich die Tür zur Kanzlei ihres Vaters wieder. Ein Blick auf die Uhr zeigte Lisl, dass die Unterhaltung fast eine Stunde gedauert hatte. Eine unübliche Zeitspanne, was ihren Vater betraf. Ansonsten dauerten seine Besprechungen oft nur wenige Minuten. Der Vater begleitete Ulbrich sogar zu ihr ins Büro.

Zum Abschied reichte er dem Kommandanten betont freundlich die Hand. Dieser sagte abschließend: »Herr Rabenhofer, ich kümmere mich jetzt persönlich um diese Geschichte.« Ihr Vater nickte und antwortete ihm mit einem prüfenden Blick: »Das wird gut sein. Und ich selbst werde mit dem Revierjäger Freidl reden.« Dann bedeutete er Lisl, den Kommandanten aus Graz zur Tür zu begleiten. »Danke, ich komme schon selbst zurecht«, meinte dieser freundlich. Noch während er zur Haustür unterwegs war, flüsterte der Vater ihr hinter vorgehaltener Hand zu:

»Das war dieser Ulbrich, der vor zehn Jahren den Mörder von der Pretul überführt hat. Schon damals war der Fladinger unfähig.« Lisl nickte nur, und der Vater kehrte in seine Kanzlei zurück.

Nach einem weiteren prüfenden Blick zum Schlüsselbrett im Hausgang überlegte Lisl krampfhaft: »Wer war das vorhin denn tatsächlich im Gang? Der Revierjäger Freidl war es nicht. Aber mit wem hat er da im Hof gesprochen? Hat dieser andere vielleicht den Schlüssel zurückgebracht und jemandem gegeben?« Sie ging hinaus auf den Hof und blickte sich nach dem Hofwärter um. Bei ihm erkundigte sie sich, wer sich denn alles zu Dienstbeginn in Begleitung des Revierjägers Freidl befunden habe. Der Mann brauchte nicht lange zu überlegen: »Zwei unserer jungen Forstadjunkte, aber die sind gleich in Richtung Wald weitergegangen, weil sie dort beim Vermessen helfen sollen.«

»Und war noch wer da?«, hakte Lisl nach.

»Ja, sein Vater, der Oberjäger Freidl natürlich.«

»Und sonst war niemand dabei?«, bohrte sie weiter.

»Ach ja, der ältere Sohn vom Mitterhofbauer war auch bei ihm.«

Lisl bedankte sich, meinte aber kopfschüttelnd: »Dass der so einfach hier auftaucht, ist schon eigenartig, was hatte der denn da zu suchen? Zu meinem Vater wollte er ja nicht, sonst wäre er ins Büro gekommen.«

»Warum er da war, weiß ich nicht, aber auf jeden Fall sind der junge Freidl und der Sohn vom Mitterhofbauer schon seit längerer Zeit die besten Freunde«, meinte der Mann mit großer Gelassenheit.

Lisl schaute zuerst verwirrt, dann stemmte sie ihre Hände in die Hüften und dachte laut nach: »Hat nicht der Oberjäger Freidl voriges Jahr den älteren von den beiden Söhnen des Mitterhofbauern beim Wildern in unserem Revier erkannt? Oder täusche ich mich da?« Sie runzelte die Stirn und dachte nach. »Und das war doch noch dazu zur Schonzeit, oder?«

»Ja, stimmt. Jetzt, wo Sie es sagen, erinnere ich mich« meinte der Mann und nickte ihr zu. »Aber einen Tag später hat der Oberjäger seinen Verdacht zurückgenommen und zum Gutsherrn gesagt, dass er sich getäuscht habe und es der ältere Sohn des Kreuzbauern gewesen sein muss«, fiel ihm ein.

Lisl konnte sich nicht vorstellen, wie jemand ihren hochgewachsenen Sepp mit dem untersetzten Sohn vom Mitterhofbauer verwechseln hätte können. »Und das hat ihm der Gutsherr abgenommen?«, wollte sie daher verwundert wissen. Sie kannte ihren Vater, der war doch sonst nicht so leichtgläubig.

»Ja, gnädiges Fräulein. Ich bin selbst dabeigestanden«, kam es als Antwort wie aus der Pistole geschossen. Lisl schüttelte verärgert ihren in der Zwischenzeit vor Zorn hochrot angelaufenen Kopf. Das waren also die »sicheren Beweise« ihres Vaters damals gewesen.

Wütend fauchte sie: »Diese Dreckskerle! Die stecken doch alle unter einer Decke. Und mein Vater nimmt es für bare Münze, was ihm dieses verlogene Freidlpack erzählt.« Der Mann schluckte und warf ihr einen fragenden Blick zu. Er wusste nicht, was er zu ihren groben Worten sagen sollte. Er murmelte etwas Unverständliches und wollte sich zurückziehen.

Lisl ärgerte sich über sich selbst und auch darüber, dass sie damals so dumm gewesen war zu denken, dass sie den letzten Brief ihres geliebten Sepp aus Furcht vor ihrem

Vater in der Kanzlei in der Eile verlegt hätte. Sie fasste sich entsetzt an den Kopf. »Der ist mir gestohlen worden«, rief sie laut aus. Sie erschrak und biss sich auf die Lippe, weil sie den letzten Gedanken vor dem Hofwächter laut ausgesprochen hatte.

»Fräulein Lisl, was wollen Sie mir damit sagen?«, fragte der besorgt. Eine Weile blieb sie still, während sie überlegte, was sie antworten sollte. Ab sofort musste sie sich hüten, auch nur ein einziges Wort von ihren Überlegungen preiszugeben. Nur gut, dass ihr rasch eine passende Antwort in den Sinn kam: »Der gute Glauben an die Menschheit ist mir soeben gestohlen worden. Sie haben mir dabei sehr geholfen, vielen Dank.« Der Mann schaute sie verwirrt an, dann verabschiedete er sich und wandte sich wieder seiner Arbeit zu.

Lisl wusste, dass ihr Denken jetzt vorerst einmal Ruhe benötigt hätte, um wieder in Ordnung zu kommen. Nur diese Ruhe hatte sie nicht, denn sie musste unbedingt zum Kreuzbauerhof, um endlich mit Resi oder Karl über die ganze Geschichte zu sprechen. Es war ihr sogar egal, was ihr Vater sagen würde, wenn er von ihrem Besuch beim Kreuzbauerhof erfahren würde.

Auf jeden Fall wollte sie den Oberjäger Freidl und seinen Sohn von nun an ganz streng im Auge behalten, genau wie ihre Uhr, die bereits 9 Uhr anzeigte. Dem Kommandanten Ulbrich würde sie auch bald einmal einen Besuch abstatten und mit ihm reden. Es gab viel zu tun für sie, also rief sie noch einmal den Hofwärter und trug ihm auf, dem Stallburschen zu sagen, dass er auf der Stelle ihr Pferd zum Ausreiten satteln und zum Eingang bringen sollte. Es dauerte keine zehn Minuten, bis sie komplett umgezogen auf ihrem Pferd saß und den Gutshof verließ.

An ihrem Vater schienen die Gespräche im Hof vorbei-gegangen zu sein. Das Traben des Pferdes war im Lärm des benachbarten Eisenwerkes untergegangen. Erst als er in ihrer Kanzlei nach Lisl Ausschau hielt, weil er ihr einen Brief diktieren wollte, fiel ihm ihre unangekündigte Abwesenheit auf. Verärgert trat er in den Hausgang und vor die offen stehende Eingangstür, um einen suchenden Blick ins Freie zu werfen. Dort befand sich noch immer der Hofwärter mit dem Stallburschen. Sie führten offensicht-lich eine angeregte Diskussion. Als die lautstarke Stimme des aufgebrachten Gutsherrn sie unterbrach, erschraken die beiden Männer. »Haben die Herren vielleicht meine Tochter irgendwo gesehen?«, wollte er von ihnen wis-sen, und sie warfen ihm einen verwunderten Blick zu. Es war bekannt, dass ihr strenger Gutsherr sonst über jeden Schritt und Tritt, der am Hof gemacht wurde, informiert war. »Davongeritten ist sie«, meinte der Stallbursche dann, und der Hofwärter murmelte vor sich hin: »Und wie. Wie bei einem Pferderennen.«

»Ja sind wir denn eine Durchzugsstation am Bahnhof? Die Kanzleitür hat sie jetzt auch schon wieder unversperrt lassen«, schimpfte Rabenhofer ärgerlich und hob dabei drohend seine Hand. Die beiden Männer zuckten einge-schüchtert die Schultern. Sie kannten ihn nur zu gut. Er war ein Mann strenger Regeln und Grundsätze. Das Ver-sperren der Kanzleitüren beim Verlassen des Gutshofes gehörte genauso dazu wie das vorherige pflichtbewusste Abmelden. Der Gutsherr, nun richtig in Rage gekommen, stampfte mit dem Fuß in den Boden und machte sich auf den Weg zurück in seine Kanzlei. Er war schon fast im Haus, als er sich mit Schwung nochmals umdrehte und dem Hofwärter zuschrie: »Und du! Sag dem jungen Freidl, er soll augenblicklich in meine Kanzlei kommen.« Seine Stimme hatte einen harten Klang, und sein Gesicht war noch mehr gerötet als sonst. Der Hofwärter überlegte kurz und sagte dann kleinlaut: »Der Johann ist mit dem Sohn vom Mitterhofbauer zur Gemeinde hinübergegangen und wird bestimmt gleich wieder da sein.«

Der Rabenhofer schien kurz vor dem Explodieren zu sein. Der rüpelhafte Hofsohn stand dem Gutsherrn nämlich überhaupt nicht zu Gesicht. Außerdem war der Jäger ohne Abmeldung während der Dienstzeit in den Ort gegangen. »Dann schick mir sofort den alten Oberjäger Freidl her, und wenn der Revierjäger zurückkommt, kann er gleich seine Sachen packen. Ach, vergiss es wieder. Ich kann's auch dem alten Freidl selbst sagen, dass sein Sohn wegmuss von hier.«

Mit diesem Auftritt ließ sich endgültig nicht mehr verheimlichen, dass es am Gutshof gerade größere Probleme gab. Vom Einbruch ins Jagdschloss bis zur blamablen Hofjagd und zur Verwüstung im k. u. k. Forsthaus auf der Ganzalm gab es genügend Grund für hämisches Getuschel unter den Bediensteten. Es fragten sich alle, natürlich auch der Gutsherr selbst, wie es sein konnte, dass sowohl bei der Hintertür des Jagdschlosses als auch bei der Eingangstür zum Forsthaus keine Anzeichen von gewaltsamer Öffnung nachgewiesen werden konnte. Anfangs dachte Rabenhofer, dass es ein raffinierter, ortskundiger Eindringling mit einem nachgemachten Schlüssel gewesen sein musste. Doch dann hatte er andere Informationen erhalten.

Als ihm gestern in der Früh seine Tochter Lisl, die doch stets mit strengem Blick über die Schlüssel wachte und wissen sollte, wer einen davon hatte, mitteilte, dass der

Schlüssel vom Forsthaus nicht am Haken sei, hatte er sich zunächst nur über diese Schlamperei maßlos geärgert. Aber dann hatte am Nachmittag der Förster Benedikt ihm vom Einbruch berichtet und fest beteuert, das Forsthaus ganz sicher abgesperrt zu haben. Die Tür sei auch bei seiner Heimkunft wieder versperrt gewesen. Und jetzt hing doch tatsächlich dieser Schlüssel wieder harmlos an seinem Platz, das hatte er beim Zurückgehen vom Hof bemerkt. Der Einbrecher war also tatsächlich jemand vom Gutshof, der Zugang zu den Schlüsseln hatte? Er war sich inzwischen sogar sicher, die Person zu kennen. Das würde ein böses Nachspiel haben.

Lisl kam erst am frühen Nachmittag auf den Gutshof zurück. Sie hatte am Kreuzbauerhof nur Resi angetroffen. Karl war gerade beim Weggehen, alle anderen waren auf dem Feld. Nach dem Gespräch mit der Schwester ihres toten Geliebten fühlte sie sich niedergeschlagen und verkroch sich in ihrer Kanzlei. Rabenhofers anfängliche Aufregung und der Ärger über ihre nicht angekündigte Abwesenheit am Gut waren inzwischen verpufft und einem größeren Zorn gewichen.

Der Oberjäger Freidl, den er zu sich zitiert hatte, um ihn vom Hinauswurf seines Sohnes zu informieren, hatte ihm nämlich stattdessen mitgeteilt, dass sich sein Sohn, der Revierjäger, gemeinsam mit dem Hofsohn vom Mitterhofbauer freiwillig zum Militärdienst gemeldet hatte. Beide beabsichtigten, noch am selben Tag mit dem Zug abzureisen. Rabenhofer schäumte vor Wut über die Frechheit, ihn nicht zuvor darüber informiert zu haben und stattdessen vor vollendete Tatsachen zu stellen.

Da sich zu dieser Zeit die Kriegsbegeisterung in Mürzzuschlag, mit Ausnahme von Pfandl und ein paar weiteren

Fanatikern, noch in Grenzen hielt, nahmen die beiden Männer vorerst nur den Zug bis nach Graz, um sich den dortigen Freiwilligen anzuschließen. Aus den Tageszeitungen wussten die Kampffreudigen nämlich, dass in den Städten mit ihrer bürgerlichen, teils deutschnational gesinnten Bevölkerung wesentlich mehr Kriegsbegeisterung herrschte als am Land. Außerdem hatte der Oberjäger Alois Freidl in der Früh am Fenster des Gutsherrn gelauscht, als ihm der Kommandant Ulbrich von den Kriegsplänen berichtete und auch davon, dass die Grazer Truppenkörper mit den restlichen der Steiermark zum 3. Korps zusammengefasst werden sollten. Der gut informierte Gendarm plauderte weiter aus, dass bereits an einem bevorstehenden Befehlsbereich von der Steiermark aus über Kärnten, Krain, Triest, Istrien, Görz und Gradisca gearbeitet wurde.

Rabenhofer musste dem Kommandanten strenge Verschwiegenheit darüber zusagen, dass Graz ein militärisches Zentrum mit wichtigen Kommandostellen, Kasernen und Einrichtungen der k. u. k. Armee werden sollte. Ulbrich war bereits vor seiner temporären Versetzung nach Mürzzuschlag darüber informiert worden, dass schon bald am Grazer Thalerhof statt einem bereits vorhandenen Exerzierfeld ein erstes Flugfeld errichtet werden sollte. Der Oberjäger Freidl hatte daraufhin nichts Besseres zu tun, als seinem Sohn diese geheimen Informationen weiterzugeben. Er hatte ihm nämlich vorher schon geraten, sich freiwillig zu melden. »Seit dem Tod vom Kreuzbauersohn meiden dich doch sogar deine Freunde. Und sonst wirst du auch bald große Probleme bekommen. Wenn du aber erst als Held zurückkommst, kräht kein Hahn mehr danach, und der gute Ruf unseres Namens ist wiederhergestellt. Also auf nach Graz!«

Der junge Revierjäger Freidl gab seine Informationen aus erster Hand nicht ohne Hintergedanken an den Sohn des Mitterhofbauern weiter. Johann hatte nämlich insgeheim große Angst und wollte daher den anderen anstiften mitzumachen, damit er nicht allein ins Ungewisse ziehen musste. »Du wirst sehen, bei deiner Rückkehr werden sie dir alle um den Hals fallen, und du wirst dann der gern gesehene tapfere Schwiegersohn des Kreuzbauern«, meinte er. »Und du der des reichen Rabenhofer«, antworte ihm der Sohn des Mitterhofbauern und lachte laut auf. »Die alten Dummköpfe werden uns dankbar sein, wenn wir ihre Töchter überhaupt noch zum Traualtar führen wollen«, fügte er hinzu.

Schon nach zwei Krügel Bier waren sich die beiden einig und stolz auf ihre Entscheidung. Dem geächteten Jäger und dem vom Vater verstoßenen Bauernsohn kam der freiwillige Militärdienst tatsächlich wie gerufen. Gemeinsam wollten sie unter den Ersten sein, um einerseits damit eine bessere Stellung bei der Rekrutierung zu erreichen und andererseits als die großen Helden vom Mürztal nach dem Kampf gegen den Feind stolz und erhobenen Hauptes von der Front zurückzukehren. So manch Kriegsbegeisterter, der vom Entschluss der beiden gehört hatte, beglückwünschte sie auf ihrem Weg zum Bahnhof mit hochgezogenen Augenbrauen zu ihrer Entscheidung, doch schien den meisten die Abreise doch übereilt zu sein. »Ich warte lieber noch ab, wie sich die Situation weiterentwickelt«, bekamen sie nicht nur einmal zu hören.

Eine Woche später, am 25. Juli 1914, wurde in Österreich teilmobilisiert, und am 27. Juli marschierten bereits über 1000 einberufene Männer freudig singend zum Bahnhof, um zu ihren Regimentern zu gelangen. Die patriotische Begeisterung schlug nun auch in Mürzzuschlag hohe Wellen. Das Kaiserlied war selten vorher so oft aus euphorischen Kehlen erklungen. Der Fahrtantritt in Richtung Front galt für die jungen Männer als Abenteuer. Einen Tag darauf erfolgte vom Kaiser die offizielle Kriegserklärung Österreich-Ungarns an Serbien.

Im *Mürzzuschlager Kurblatt* fanden sich zahlreiche Artikel, die vom Heldenmut der Männer berichteten, und Gedichte, in denen sich Krieg und Sieg wacker reimten. Die Masse der Mürztaler Bevölkerung sah den Kampf, der sicher nicht länger als ein paar Monate dauern würde, als Notwendigkeit. Man schloss sich den lauten Meinungsmachern an, denn das große Übel, der Feind, musste vernichtet werden. Der Entschluss der Monarchie, mithilfe von Waffen wieder Ruhe zu schaffen, fand bald auch in der ländlichen Bevölkerung lebhaften Widerhall.

Am Kreuzbauerhof beobachtete der Bauer das Treiben mit Bestürzung. Resi fehlten überhaupt die Worte darüber, wer sich alles plötzlich voll begeisterter Kriegslust zeigte. Es hatte doch erst ihr Bruder durch eine Waffe sein Leben verloren und auch der Kommandant Birnstingl seines. Es gab jedoch im Ort etliche Zweifler wie Böhm, die Wirtin Maria Pfandl und auch den Gendarmen Fladinger. Diese Warner vor den Folgen eines Kriegsausbruchs hatten vor der begeisterten Kampfeslust der jungen Männer mehr Angst als Respekt. Sie blieben jedoch mit ihrer Kritik ungehört, denn die Begeisterung für einen Feldzug, der in wenigen Wochen vorbei sein sollte, überwog. Die Aufregung um das Für und Wider eines etwaigen Angriffs auf Serbien brachte die Leute auch gegeneinander auf.

Fladinger meinte zum Bürgermeister, als der ihn nach seiner Meinung fragte: »Wenn der Pfandl für etwas Feuer und Flamme ist, dann kann es nichts Gutes sein«, und warnte vor einem Krieg. Er befürchtete, dass er bald allein als alter Ordnungshüter dastehen würde, wenn früher oder später sämtliche jungen Leute zum Militär einrücken mussten. »Wahrscheinlich werden sie die alten Gendarmen bitten müssen, wieder in den Dienst zu treten«, äußerte sich Fladinger betroffen. »Zittern Sie schon um Ihren Ruhestand, Fladinger?«, fragte ihn Hopfer daraufhin.

Rabenhofer dagegen vertrat öffentlich die Auffassung, dass es in einer Schlacht wie bei der Hofjagd zugehen müsse, bei der das Wild in einer Hetzjagd in die Enge getrieben wird. »Es sind halt jetzt nicht die Auerhähne, sondern die Serben! Der Kaiser wird schon wissen, was er tut.« Anfangs führte er noch mit dem Eisenwerkbesitzer Gespräche, wie er auch aus dieser unerwarteten Situation für sich mehr Kapital herausschlagen könnte. Als er jedoch mit Schrecken bemerkte, wie ein junger Mitarbeiter nach dem anderen mit der Nachricht von seiner bevorstehenden Einberufung bei Lisl in der Kanzlei auftauchte, wurde ihm rasch klar, dass er mit den alten Holzknechten und dem Oberjäger Freidl nicht weit kommen würde.

Aber jetzt, Mitte Juli, konnte sich noch niemand vorstellen, dass es bald kaum mehr junge Männer im Ort geben würde. Auch der Wirt Pfandl plante zuversichtlich an seinem *Alpenhotel* weiter und sah sich bereits mit einem bengalischen Feuer hoch über dem Mürztal sein fulminantes Haus eröffnen.

# 9 Fatale Entscheidungen

Pfandl machte es dem Mond nach, dessen matte Sichel gerade vom frühmorgendlichen Himmel verschwand, und schlich sich leise aus dem ehelichen Schlafzimmer. Nun stand er in sich gekehrt vor seinem Wirtshaus und hielt die Ausgabe des *Grazer Tagblattes* vom 6. August 1914 in der Hand. Er war gestern nicht dazu gekommen, sie so gründlich, wie es seine Art war, zu studieren. Er seufzte. Abermals ging es nur um die Truppen im Feindesland und Sensationsmeldungen, welcher Feind in Bedrängnis geraten war und wer von den eigenen Truppen mit letzter Kraft einem Anschlag entkommen konnte. Der Bruch zwischen Frankreich und Österreich wurde ebenso erwähnt wie die Bezichtigung Englands der Lüge und die Siegesbeute der Deutschen.

Pfandl schüttelte irritiert den Kopf. Von den großen Herausforderungen, vor denen auch die Daheimgebliebenen standen, fand sich kein Wort in der Zeitung, außer, dass weiterhin kräftig an das *Rote Kreuz* gespendet werden sollte. Wie sich die mittlerweile im Regen stehen gelassene Bevölkerung auf einen länger andauernden Krieg vorbereiten müsste, wurde ebenfalls nicht erwähnt. Dagegen wurde von Büchertischen und zahlreichen Buchspenden berichtet, was ihn zum Nachdenken veranlasste. Sollte er als Obmann der *Rosegger-Gesellschaft* im Wirtshaus einen Verkaufsstand von Roseggers Büchern zugunsten der Soldaten an der Front einrichten? Dazu müsste er etliche Bücher auftreiben und zuvor Rosegger um seine werte Meinung bitten. Dies alles schien ihm im Anbetracht des wahrscheinlich geringen Ertrages als zu mühsam.

Pfandl blätterte weiter und las mit hochgezogener Braue einen der nächsten Artikel. Unter der Überschrift »In ernster Zeit« wurde berichtet, dass sich bereits einige Dichter und Schriftsteller wie Ludwig Ganghofer, Richard Dehmel, Ludwig Thoma sowie Hugo von Hofmannsthal oder der Prager Schriftsteller Franz Werfel als Soldaten zum Kriegsdienst gemeldet hatten. Anfangs irritierte ihn diese Nachricht. Er dachte nach und biss sich auf die Lippen. Bei genauerer Überlegung fand er diese Idee gar nicht so absurd. Wahrscheinlich wollten diese Männer die Kriegsstimmung an vorderster Front selbst erleben, danach ihre Erfahrungen schreibend abbilden und sich mit ihren Werken als Propheten einer neuen Zeit etablieren. Er musste an Rosegger denken. Dass sich sein ansonsten in allen Dingen so kritischer Freund noch gar nicht öffentlich zum Krieg geäußert hatte, weder negativ noch positiv, das gab ihm zu denken. Der Dichter hielt ja auch sonst mit seiner Meinung nie hinter dem Berg und wusste sehr wohl, welchen Einfluss er mit seinen teilweise dunklen Prophezeiungen hatte. Pfandl wusste zwar nicht, ob Rosegger sich womöglich noch immer wegen seiner Lungenkrankheit auf Kur befand, aber er beschloss bei sich: »Egal. Wie auch immer, ich werde Rosegger von diesem Artikel berichten.«

Daraufhin faltete er die Zeitung energisch zusammen. Er würde Rosegger den Artikel heute noch schicken und im Anschluss daran ein Gedicht über die Heimatfront verfassen. Ich werde den Text schon so formulieren, dass er von der Zeitung in Graz abgedruckt wird, dachte er mit einem leichten Lächeln und drehte sich um. Der Leere der

Wiener Straße um diese Zeit schenkte er dabei keine Aufmerksamkeit, sie war ihm bereits zur Alltäglichkeit geworden. Nur zweimal am Tag herrschte in Richtung Bahnhof reges Treiben, nämlich dann, wenn ein Zug die vielen Stellungspflichtigen an ihren Bestimmungsort brachte. Nahezu jeden Tag erreichten Stellungsaufforderungen Familien im Ort. Bis zu drei Männer mussten die Angehörigen manchmal gleichzeitig zum Bahnhof begleiten, um sie in den Kampf ziehen zu sehen. Familienväter, die fleißig in der Fabrik ihre schwere Arbeit verrichtet hatten, ließen ihre Frauen und Kinder zurück.

»Von wegen, unser Kaiser wird schon wissen, was er tut«, hatte Fladinger gestern mürrisch von sich gegeben, nachdem er Pfandl lang und breit seine Bedenken zur Lage der Nation mitgeteilt hatte. »Ich hab es immer gewusst, mit den Fremden hat man nur Scherereien. Diese Franzosen sprechen nicht einmal unsere Sprache, aber sie drehen uns das Wort im Mund um. Ich sage Ihnen, Pfandl, das wird ein langer und schlimmer Krieg, ich spüre das«, hatte er abschließend geseufzt.

Wie es der Zufall wollte, begegnete der Wirt gleich darauf dem Bürgermeister Hopfer. Der zeigte mit erhobener Hand zur leeren Straße und meinte: »Werter Pfandl, schauen Sie sich nur um. Sie werden erkennen, dass es mit Ihrem Fremdenverkehr in nächster Zeit noch schwieriger wird. Der Industrie gilt die Zukunft. Sie wird alles, was unser Militär benötigt, produzieren und liefern.« Hatte Hopfer womöglich zu Recht auf die Industrie gesetzt, und sollte man Fladingers Vorahnung ernst nehmen? Pfandl dachte über die Aussagen der beiden Männer nach, denen er ungern sein Gehör schenkte und am liebsten aus dem Weg ging. Er fühlte sich kurz beklommen, dann schüttelte er den Kopf und dachte zuversichtlich: Was soll mir denn daheim schon passieren?

Im *Grazer Tagblatt* vom 3. August war gerade erst sein euphorischer Bericht über die Sommerfrische in Mürzzuschlag abgedruckt worden. Sobald es eine erste Aufnahme von seinem neu errichteten *Bärenkogelhaus* gab, würde er darüber ebenfalls einen Bericht für die Presse verfassen. Er hatte schließlich einen gefinkelten Plan ausgeheckt und würde es den beiden Schwarzmalern in Mürzzuschlag schon noch beweisen, dass am Ende der Fremdenverkehr siegte.

Leider musste er den beiden jedoch in bestimmten Punkten zustimmen. Das Geschäftstreiben war tatsächlich von Tag zu Tag mehr ins Stocken geraten und letztendlich komplett eingebrochen. In sein Wirtshaus begaben sich, wenn überhaupt, nur mehr die alten Männer und zogen dabei lange Gesichter. Nach maximal zwei Krügeln Bier verließen sie die Wirtsstube, nicht ohne zuvor die Zeitungsberichte zu studieren, miteinander laut zu diskutieren und schlussendlich in Streit zu geraten.

Er wollte sich gerade zurück ins Haus begeben, da trat seine Frau Maria vor die Tür, um nach ihrem Gatten zu schauen. Sie streifte sich die Schütze glatt, warf einen prüfenden Blick auf die Zeitung in seiner Hand und las die in großen Lettern abgedruckte Überschrift »Viel Feind, viel Ehr«. Sie meinte daraufhin verärgert: »Was soll denn dieser ganze Unsinn mit der ›Ehr‹ in einem elenden Krieg? Fühlt sich der Kaiser jetzt nach über 60 Jahren Regentschaft plötzlich von aller Welt verfolgt? Der Mann hat sich doch im Amt längst verbraucht. Du siehst ja, seine Anteilnahme am Geschehen ist nur mehr ein formaler Akt. Ihm geht doch schon längst die Luft aus. Denke nur an die Absage zur letzten Hofjagd!«

»Was hat denn bitte jetzt das eine mit dem anderen zu tun?«, warf Pfandl verwirrt ein und verdrehte die Augen.

Maria stieß mit ihrem linken Arm in seine Richtung: »Also wirklich, Erwin, sei mir nicht böse, das musst du doch auch bemerkt haben. Die Macht des alten Kaisers ist wie ein Schattenbild und schon seit vielen Jahren nur mehr symbolisch. Da gibt es irgendein Familienessen in Bad Ischl, und daraufhin wird uns erklärt, dass der Kaiser die Ehre seiner Monarchie retten will. Und jetzt müssen junge Männer im Namen dieser Ehre am Schlachtfeld ihr Leben lassen. Was für ein bemitleidenswerter alter Mann und was für eine bemitleidenswerte Welt ist das denn? Man munkelt, dass er sogar selbst an die Front will, um das Gewehr in die Hand zu nehmen. Will er dann anstatt auf Auerhähne und Gamsböcke auf seine Feinde schießen? Glaubt er vielleicht, dass das das Gleiche ist? Und wo bleibt da die Ehre? Wenn ich diesen Presse-Schwachsinn lese, wird mir übel.«

Ihr Mann war erstaunt, so aufmüpfig kannte er sie nicht. Er warf ihr einen strengen Blick zu und zog die Taschenuhr aus seiner Weste: »Schon 8 Uhr, ich habe zu tun, Maria.« Bei ihrer aufgebrachten Verfassung wollte er auf keinen Fall mehr weiterdiskutieren und sich lieber auf den Weg zum Tischlermeister machen. Davor aber musste er noch bei Böhm vorbeischauen, um ihm von seinem neuen Plan zu erzählen.

»Ich habe auch zu tun«, antwortete sie und strich über ihre weiße Schürze. Im nächsten Moment riss sie ihm die Zeitung aus der Hand und fügte mit zornigem Blick hinzu: »Wir beide haben sowieso noch ein ernstes Wort miteinander zu reden.« Schon wollte sich seine Gattin umdrehen, da fügte sie noch schnippisch hinzu: »Und, dass du es weißt, deine Vorstellung, aus dem *Bärenkogelhaus* ein *Weltkriegshaus* zu machen, gefällt mir überhaupt nicht. Untersteh' dich. Solltest du das tun, hast du zuerst einen Krieg mit mir.«

»Na und? Was willst du dagegen unternehmen?«, fragte er kurz verunsichert, er dachte nämlich gleichzeitig sorgenvoll an den womöglich noch stärker werdenden Einbruch des Fremdenverkehrs. Doch dann verkündete er wieder siegessicher: »Das Haus mit seinem Wartturm wird für Ehre und Ruhm stehen, exakt so, wie es hier in der Zeitung steht. Die Leute werden von überallher kommen und es sehen wollen.« Er tippte mit dem Finger auf die Überschrift der Zeitung. »Wartturm?«, wiederholte sie und zog die Augenbrauen hoch. Sie hoffte, sich verhört zu haben.

Pfandl blickte in den Himmel und begann zu philosophieren: »Ja, das ist mir vor ein paar Tagen eingefallen. Genauso wird der Turm heißen. Die Innenwände werden den Besuchern das große Erleben der Gegenwart vor Augen führen, ebenso wie die mit Medaillen behangene Aussichtsveranda. Und den großen Vorraum soll ein Doppelrelief unseres Kaisers und des Kaisers Wilhelm II. schmücken, das von Weitem zu sehen sein wird. Für die Wandtäfelung der Kriegsstube arbeitet der Tischlermeister bereits an dem Bildnis unserer hervorragenden Heerführer. Im ganzen Haus bringe ich die Schlachtenbilder an, welche die unvergänglichen Ruhmestaten unserer Armee verherrlichen. Mein *Weltkriegshaus* soll uns und unseren Nachkommen die großen geschichtlichen Tage im Rahmen einer einzigartigen Atmosphäre lebendig machen, Maria.«

»Erwin!«, rief sie entsetzt aus. »Bist du von allen guten Geistern verlassen? Wenn du diesen ›Schwankturm‹ nicht sofort abtragen lässt, wird es auf kurz oder lang gar kein

*Bärenkogelhaus* mehr geben. Abgesehen davon werde ich mit Sicherheit nicht in einem *Weltkriegshaus* als Wirtin in einer Kriegsstube stehen. In einem Krieg gibt es doch immer nur Verlierer.«

Ihr Gatte blickte noch immer mit großen Augen versonnen in den Himmel und träumte offensichtlich von der großen Zukunft seines *Weltkriegshauses* mit dem einmaligen Wartturm. Als sie in dem Moment Böhm recht flott zu seinem Atelier eilen sah, erinnerte sie sich wieder an die Idee mit der Wahrsagerin. »Ich war gestern bei einer gewissen Madame Sybilla, während du unterwegs warst. Sie hat mir nicht nur meine Zukunft vorausgesagt, sondern auch geflüstert, was uns allen demnächst bevorsteht.«

»Was wird sie schon gesehen haben? Unseren Sieg über die Serben natürlich.« Pfandl lachte laut auf, allerdings wirkte sein Lachen ein wenig künstlich. »Da täuschst du dich gewaltig, mein Lieber. Sie hat nicht nur dein *Weltkriegshaus*, sondern die ganze Welt in Flammen gesehen«, antwortete seine Frau mit einem ernsten Ton und führte einen Zipfel ihrer weißen Schürze zu den Augen.

Pfandl fiel dazu nur ein, dass er sein *Weltkriegshaus* tatsächlich mit einem bengalischen Höhenfeuer einweihen könnte, und warf Böhm einen Hilfe suchenden Blick zu. Nur der Fotograf konnte ihn jetzt noch aus dieser unangenehmen Diskussion mit seiner Gattin retten. Er deutete mit der Hand, dass sich sein Freund doch zu ihnen gesellen möge. Der winkte jedoch ab. Er hatte schon von Weitem das lautstarke Streitgespräch des Ehepaares vernommen und meinte: »Heute bin ich leider in Eile, werter Pfandl. Ich erwarte den jungen Kreuzbauersohn.«

Der Wirt erinnerte ihn umgehend an sein Versprechen: »Und vergiss nicht die Aufnahme von meinem *Weltkriegs-*

*haus* heute Nachmittag. In den nächsten Tagen gebe ich den Bericht zur offiziellen Eröffnung an die Presse.«

Böhm seufzte. Er hörte Pfandls Bezeichnung »Weltkriegshaus« das erste Mal und wunderte sich über diesen seiner Meinung nach unpassenden Namen. »Ja, ich bin auch froh, wenn das endlich erledigt ist«, antwortete er daher nur knapp und verschwand im Hof.

»Mach das wirklich so schnell wie möglich, werter Freund Böhm. Vor allem, solange dieser Turm noch steht. Wer weiß, was in ein paar Tagen ist. Es wäre doch schade, wenn es von Erwins *Alpenhotel* nicht eine einzige Aufnahme geben würde«, rief ihm Maria Pfandl nach. Ihre Betonung lag auf *Alpenhotel*. Dann verschwand sie im Wirtshaus mit der Absicht, sofort nach Pfandls Weggang dem Fotografen mit einer Tasse Kaffee in sein Atelier zu folgen.

Pünktlich um 9 Uhr traf Karl bei Böhm ein. Pfandls Gattin hielt ihm die Haustür auf und meinte freundlich: »Der Fotograf wartet bereits auf dich, Karl. Ihr könnt gleich mit den Proben beginnen.« Der junge Bauernsohn sollte nicht zu spüren bekommen, dass sie so wütend war wie schon lange nicht mehr. Ihr Gatte hatte sie regelrecht zum Explodieren gebracht.

»Was meinen Sie mit Proben? Ich dachte, wir gehen heute hinauf zum *Bärenkogelhaus*«, meinte Karl. Maria Pfandl lächelte ihn weiterhin an: »Schon vergessen, junger Mann? Zuerst wird Madame Sybilla geprobt. Die alte Wahrsagerin ist im Moment wichtiger als diese Fotoaufnahmen von einem *Weltkriegshaus*.« Sie steckte ihm 20 Kronen in die Westentasche und zwinkerte ihm zu, bevor sie das Atelier verließ.

»*Weltkriegshaus*, was bedeutet das?«, fragte er verwirrt. Erst als Böhm ihm kurz über Pfandls neue Namensschöpfung berichtete, verstand Karl, dass die Wirtin das *Alpen-hotel* gemeint hatte. »Wenn wir deine Sybilla gleich beim ersten Mal hinkriegen, zeige ich dir, wie man aus den Negativen auf den Glasplatten wunderschöne Bilder zaubert«, versprach Böhm.

Karl überlegte sich, was er als Wahrsagerin Sybilla dem Wirt erzählen könnte. Sie einigten sich darauf, dass es nur um den hohen Turm gehen sollte, nicht um die obskuren Weltkriegsvorstellungen. Vor dem ersten Versuch zog sich Karl um und trug die alten Damenkleider, die Frau Pfandl heimlich in einem Wäschekorb gebracht hatte. Unter dem Kopftuch blitzten Karls blonde Haare verräterisch hervor. Böhm holte daraufhin die zerzauste schwarze Perücke seiner Tochter, die sie bei der Aufführung in der Au getragen hatte. Frau Pfandl hatte auch ein kleines Büchlein über die Fähigkeit des Hellsehens mitgebracht, schließlich sollte das Ganze möglichst realistisch wirken.

Dem Buch nach war es beim Wahrsagen wichtig, das Talent der Vorhersage sparsam einzusetzen. Auf keinen Fall durften die getätigten Aussagen jemanden zur Verzweiflung bringen. Das Vorausgesagte sollte nie jemanden wegen des zu erwartenden Unglücks womöglich in den Selbstmord treiben. Hier hatte Böhm bei Pfandls Selbstbewusstsein allerdings keine Bedenken. Der Fotograf überflog kurz das Kapitel über die Tarotkarten, dann dachte er nach, runzelte die Stirn und meinte: »Das lassen wir lieber, das klingt mir zu kompliziert.«

»Steht in dem klugen Buch auch etwas über die Möglichkeit, einen Blick in die Vergangenheit zu werfen, also zu erfahren, was einmal war?«, fragte Karl nachdenklich. Böhm blätterte das Werk aufmerksam durch. »Nein, hier gibt nur einen kurzen und möglichst einfachen Überblick über das Hellsehen. Also darüber, was sich im Moment oder in der Zukunft ereignen könnte. Weshalb fragst du? Die Vergangenheit ist doch ohnedies eindeutig.«

»Nicht in jedem Fall, Herr Böhm. Denken Sie doch an den Tod von meinem Bruder oben am Kaisersteig. Niemand außer dem Jäger Freidl weiß, wie es sich tatsächlich zugetragen hat, und ich glaube seiner Version nicht.« Für einen Augenblick trat Stille ein. Böhm wusste nun, was Karl mit seiner Frage gemeint hatte.

»Da hast du recht Karl, es wäre vielen geholfen, wenn man nachträglich die Wahrheit über Unerklärliches herauslesen könnte«, meinte Böhm nachdenklich.

Jetzt schlug er eine Seite im Buch auf, auf der verschiedene Mittel beschrieben wurden, durch die Wahrsager ihren Blick in die Zukunft richten konnten. Karl sollte sich zwischen dem Blick in den Kaffeesatz oder auf die in der Tasse zurückgebliebenen Teeblätter entscheiden. Zufällig hatte Frau Pfandl ihre leere Kaffeetasse stehen gelassen, und so schien Karl die Entscheidung im ersten Moment leicht. Nach dem ersten Betrachten des dunklen Satzes begann er zu lachen. Er konnte einfach nur Schwarz sehen.

Deshalb entschieden sie sich für die Variante mit den eingetrockneten Teeblättern. Die Prophezeiung erfolgte dabei anhand der verbliebenen weißen Bereiche am Tassenboden und der Form der Teeblätter. Je dunkler die Blätter, desto böser die Wahrsagung. Die Teetasse mit den getrockneten Blättern musste genau in Richtung der Person, die den Tee getrunken hatte, platziert werden. Böhm hatte sich die Hellseherei leichter vorgestellt, aber zum Glück zeigte sich Karl nicht nur sehr talentiert, sondern erwies sich auch als richtiger Kräuterexperte.

Von Frau Pfandl, die inzwischen wiedergekommen war, erfuhren sie, dass ihr Mann zwar lieber Kaffee trank, aber gelegentlich eine große Tasse Pfefferminztee vor dem Schlafengehen zu sich nahm, wenn ihm unwohl war. Und das kam in letzter Zeit öfters vor. »Am einfachsten wäre es wohl, aus seinem Bierkrug zu lesen«, scherzte sie lachend, als sie ihr über die bisherigen Überlegungen berichteten. »Wegen dem Tee am Vortag brauchen sich die Herren keine Gedanken zu machen. Und ich besorge zur Sicherheit auch eine große Kerze für die Sitzung«, meinte sie.

»Der passende Tag muss noch ausgesucht werden«, warf Böhm ein. Da ihr die Zeiteinteilung ihres Mannes im Moment nicht besonders nachvollziehbar erschien, bat die Wirtin den Fotografen, ihn selbst oben am Bärenkogel zu fragen, wann er das nächste Mal vorhatte, im Wirtshaus Sperrstunde zu machen. Sie würde dann für den darauffolgenden Tag Madame Sybilla ankündigen.

Nachdem Karl zur Probe die Wahrsagerin einmal in voller Kostümierung gespielt hatte – Maria Pfandl gab den Wirt – war diese hellauf begeistert. »Du machst das großartig, mir ist zwischendurch richtig das Gruseln gekommen.« Allen dreien war klar, dass die Zeit drängte und die Vorstellung daher besser nicht am Bärenkogel, sondern so schnell wie möglich im *Rosegger-Stüberl* stattfinden sollte. Karl stimmte dem Ort gerne zu, hatte er bisher doch immer nur von dem bekannten Dichterstüberl gehört. Das *Bärenkogelhaus* war ihm bekannt, es war mit seinem Turm bis ins Tal herab sichtbar und auch vom Kreuzbauerhof aus gut zu sehen.

»Ich glaube, es kann nichts mehr schiefgehen, du hast viele gute Ideen und ein Talent für das Schauspielen. So, wie du Frau Pfandl überzeugt hast, wird es dir auch mit ihrem

Gatten gelingen«, meinte Böhm zuversichtlich. Maria Pfandl verabschiedete sich zufrieden, und Karl schlüpfte rasch aus seinem Sybilla-Kostüm. »Ich verstecke das alles für dich bis zu deinem großen Auftritt. Und jetzt kann es losgehen mit der Entwicklungs-Zauberei«, schmunzelte Böhm. »Schau, hier hebe ich die entwickelten Glasplatten mit den Porträts, die im Atelier entstanden sind, auf.« Er deutete auf ein Regal mit vielen Schachteln, holte eine davon heraus und stellte sie vorsichtig auf den Tisch. »Siehst du, die Schachteln sind alle nach Datum geordnet. So kann ich leichter die richtige Platte finden, falls jemand einen neuen Abzug davon haben will.« Er zog eine der Glasplatten aus der Verpackung und hielt sie gegen das Licht: »Hier ist eine wundervolle Aufnahme von Lisl Rabenhofer, die ich vor ein paar Monaten hier im Atelier machen durfte.«

»Was für ein Zufall!«, meinte Karl, und Böhm runzelte die Stirn. »Wie meinst du das?«, fragte er.

»Ich war heute Morgen schon beim Gehen, als Lisl auf ihrem Pferd zu uns auf den Hof geritten kam. Ich hatte keine Zeit mehr für sie und habe die Resi gerufen. Ist das nicht eigenartig? Ich habe die Lisl heute das erste Mal seit langer Zeit wieder gesehen, und jetzt sehe ich sie gleich ein zweites Mal hier auf einem Bild.«

»Oftmals sind es tatsächlich reine Zufälle«, antwortete Böhm und überlegte, was die Tochter vom Rabenhofer zum Besuch beim Kreuzbauerhof bewogen haben könnte. Er wusste, dass ihr Vater und der Bauer nicht gut aufeinander zu sprechen waren. Um vom Thema abzulenken, bat er Karl in die Dunkelkammer. Auch deshalb, weil er nicht weiter darüber nachdenken wollte, weshalb die Rabenhofertochter damals beim Schauspiel in der Au so desinteressiert dagesessen hatte.

Karl nahm vorsichtig die Glasplatte selbst in die Hand und hielt sie gegen das Licht. »Das soll die Lisl Rabenhofer sein?«, fragte er enttäuscht. »Ich kann überhaupt nichts erkennen, da ist so viel schwarz auf diesem Bild.«

»Das liegt daran, dass auf der Glasplatte das Negativ ist. Das bedeutet, dass alles, was in Wirklichkeit hell ist, hier dunkel ist und umgekehrt. Erst beim Umkopieren entsteht dann das Positiv, und dann wirst du die Lisl sofort erkennen, das verspreche ich dir.«

Jetzt schaltete Böhm das Deckenlicht aus und hantierte in Ruhe und Gelassenheit bei Rotlicht mit der empfindlichen Glasplatte. Sorgfältig holte er ein Stück Fotopapier aus der lichtdichten Verpackung. »Das darfst du nur bei Rotlicht machen, Karl, sonst sind alle Papiere aus der Schachtel kaputt, und das ist ein großer Schaden.« Dann zeigte er ihm, wie die Glasplatte mithilfe eines Rahmens richtig auf dem Papier positioniert wurde.

»Achtung, jetzt wird belichtet.«. Böhm knipste eine kleine Lampe an, die genau oberhalb des Rahmens auf einem Ständer befestigt war. Er schaute konzentriert auf seine Uhr, zählte dabei leise und schaltete das Licht wieder aus. »Das müsste passen. Siehst du, man sieht noch gar nichts auf dem Papier. Aber jetzt schau gut zu!« Böhm nahm das Blatt vorsichtig mit einer Metallzange und legte es in eine kleine Wanne mit einer Flüssigkeit. Karl traute seinen Augen nicht, als wie von Zauberhand langsam das Bild von Lisl auftauchte. »Jetzt ist die Fotografie fertig entwickelt«, sagte Böhm nach einer kurzen Weile. »Es muss kurz abgeschwemmt werden, und dann kommt es in den Fixierer, damit es sich nicht mehr verändert.« Anschließend legte er das Bild in eine große Wanne mit Wasser. »Hier muss es jetzt mindestens 20 Minuten bleiben, bis alle Chemikalien herausgewaschen sind.« Karl war hell-auf begeistert, er verglich das Ergebnis auf dem Papier mit dem Negativ, und seine Augen strahlten vor Freude.

Böhm, der bei dem jungen Mann eine große Begeiste-rung zur Bilderherstellung bemerkte, bot ihm an, es selbst einmal zu versuchen. Karl griff in die Schachtel und zog vorsichtig eine andere Glasplatte heraus. Böhm blickte mit Spannung auf das Negativ und meinte belustigt: »Und du hast dich für einen Mann entschieden. Es ist der schnei-dige Förster vom Gut Rabenhofer. Schau her, der Bene-dikt.« Karl stand wie gebannt da und konnte den Blick nicht vom Negativ lassen, bis ihn Böhm ermahnte: »Wenn wir heute noch auf den Bärenkogel wollen, sollten wir uns mit dem Entwickeln beeilen.«

Mit hochroten Wangen hatte Karl eine gute halbe Stunde später die zum Abschluss noch in einer heißen Presse getrocknete fertige Fotografie in der Hand und war begeistert. Da fiel ihm etwas ein: »Wie schade, dass es von meinem Bruder Sepp keine Aufnahme gibt«, meinte er nachdenklich. Böhm fühlte sich durch seine Worte berührt und legte dem jungen Mann den Arm um die Schulter. Er sah, dass Karl mit wässrigen Augen Benedikts Abbild fixierte. Der Fotograf hatte natürlich keine Ahnung, dass Karl diesen Mann von Herzen liebte und begehrte.

»Bevor Pfandl umsonst am Bärenkogel wartet, schenke ich dir dieses Bild zum Andenken, an dem du dich gar nicht sattsehen kannst, Karl. Es ist dein erstes Meister-stück, behalte es für dich!«

»Wirklich? Da freue ich mich sehr darüber«, strahlte der junge Mann.

»Oder möchtest du lieber die Aufnahme von der hüb-schen Tochter des Gutsherrn?«, zwinkerte der Fotograf ihm zu. »Nein. Wenn schon, dann möchte ich die von mir selbst entwickelte Fotografie.«

Böhm lachte auf und erfreute sich an Karls strahlenden Augen. Er packte das Bild von Benedikt in ein weißes Papier und überreichte es ihm feierlich. »Hier ist dein erster Lohn. Versprich mir dafür, dass du als weissagende Sybilla den Pfandl davon überzeugen wirst, dass der Turm abgetragen werden muss.«

»Abgemacht!«, meinte Karl und reichte ihm selbstbewusst die Hand. Rasch steckte er das Bild von Benedikt in seine Brusttasche. Nun hatte er ein weiteres geheimes Erinnerungsstück an seinen Liebsten.

Da sie die Gerätschaften für die Aufnahmen am Bärenkogel bereits gestern eingepackt hatten, schauten sie noch kurz bei Maria Pfandl vorbei. Sie hatte es sich nicht nehmen lassen, die beiden Männer auf ein gutes Gulasch mit Knödel einzuladen. Obwohl das Essen im *Gasthof zur Post* sehr fein geschmeckt hatte, schlug Karl dann auf der Straße der Anblick der jungen Männer, die voll Optimismus auf dem Weg zum Bahnhof waren, auf den Magen. Es herrschte ein aufgeregtes Durcheinander, denn aus Begeisterung, bald ihr Vaterland pflichtbewusst und ehrenhaft verteidigen zu können, wirkten die Männer schier außer sich vor Vorfreude. Es wurde musiziert, gesungen und gelacht. Karl blieb bei diesem Anblick fast der Verstand stehen, so irritierte ihn die für ihn unverständliche Euphorie der Menschen. Benedikt und der Knecht Florian würden wahrscheinlich auch bald einrücken müssen. Er wollte am liebsten gar nicht daran denken.

Auch die Wirtin kam nun vor die Wirtshaustür und rief Böhm zu: »Da geht es ja zu wie auf einem Rummelplatz.« Als ihr aber in der Menge so manch weinende Mutter auffiel, die ihren Sohn zum Bahnhof begleiten musste, lief Maria ein kalter Schauer über den Rücken. Ihr Sohn Tonerl war gerade 15 Jahre alt, und sie konnte sich nichts Schlimmeres vorstellen, als ihn am Bahnhof ins Ungewisse verabschieden zu müssen, weil er an der Front des senilen Kaisers die Monarchie retten müsste. Aus dem Gepolter hörten sie einen Mann laut rufen: »Beeilt euch, Männer! Die Waggons sollen schon so gefüllt sein, dass nur mehr Platz auf den Gängen ist.«

Maria Pfandl, der ebenso wie dem Fotografen Karls erstauntes Entsetzen nicht entgangen war, packte ihn am Arm und gab ihm den Rat: »Einfach nicht hinschauen und weitergehen. Bald seid ihr aus dem Ort draußen, und da schaut die Welt schon wieder ganz anders aus.«

Erst als die beiden Männer am Fuß des Ganzsteins angekommen waren, beruhigte sich der junge Mann endlich. Der Fotograf hatte Karl die ganze Zeit über beobachtet, und seine zitternden Hände waren ihm nicht entgangen. Er zwirbelte seinen Schnurrbart nach oben und versuchte, sich in Karls Situation zu versetzen. Der junge Bauernsohn stand kurz vor seinem 18. Geburtstag, hatte sicher Angst, selbst zum Militär eingezogen zu werden und unlängst erst seinen Bruder verloren. Sorgfältig richtete er Karl den schweren Rucksack gerade. In ihm befanden sich neben dem zusammengeklappten Stativ auch die hölzerne Klappkamera sowie weitere Utensilien. Nur die beschichteten Glasplatten in ihren lichtdichten Halterungen, die trug Böhm vorsichtigerweise selbst in einer Umhängetasche mit sich. Er klopft Karl auf die Schulter. »Ich bin froh darüber, dass du nicht zu diesen kampfbegeisterten Gesichtern gehörst.« Karl lächelte ihm für diese Worte dankbar zu, er musste dabei aber an den kriegsbegeisterten Pfandl denken, zu dem sie auf dem Weg waren.

Karl war erleichtert, dass Böhm ihm nicht böse war, weil er die Apparate selbst ins Tal zurücktragen musste. »Hinunter ist es ja nicht so schwer. Also den Förster Benedikt willst du besuchen? Das ist dann schon der zweite Zufall heute. Du triffst tatsächlich beide Leute, von denen wir die Fotos entwickelt haben, auch in Wirklichkeit.«

Über dem Ganzstein wanderten sie einen kleinen Waldweg weiter zu einem etwas breiteren Weg mit einer Gabelung. Die kleine Holztafel mit der Aufschrift: »Zum Bärenkogelhaus« zeigte nach rechts, und von Weitem konnten sie über den Baumkronen bereits die Umrisse des riesigen Hauses mit dem Aussichtsturm erkennen. Böhm zeigte auf die hohe Felswand, die sich den steilen Weg entlang schlängelte und von Sträuchern und kleinen Waldbäumen überwuchert war. »Wie Pfandl hier seinen Klettersteig bis hinauf zum Haus errichten will, ist mir ein Rätsel. Schau dir diese schroffen Felsen da an.« Karl blieb kurz stehen, atmete durch, schaute dann nach oben und schüttelte den Kopf. »Wahnsinn. Diese Felswand wäre bestimmt eine Abkürzung, geht aber doch sehr steil hinauf.« Böhm lachte: »Ich bin nicht schwindelfrei. Wie sieht es mit dir aus, würdest du da hinaufklettern?« Karl musste nicht lange überlegen. Er erinnerte sich, dass sie schon als Kinder einen Teil des Ganzsteins hinaufgeklettert waren. »Wenn es eine Sicherung oder eine Befestigung gibt, kann ich es mir schon vorstellen. Ich habe keine Höhenangst.«

Nach ein paar Kehren kamen sie an die kleine Waldlichtung, von der aus man das riesige *Bärenkogelhaus* in seiner vollen Größe sehen konnte. Ein leichter Wind wehte von der Pretul herab und brachte die Baumkronen zum

Tanzen. Karl war begeistert vom Haus und der großartigen Aussicht über das ganze Mürztal, während Böhm sich bereits Gedanken machte, wo er am besten das Stativ aufstellen konnte. Er blickte sich nach einem möglichst windstillen, geraden Platz um. In einer kleinen Mulde am Waldrand breitete der Fotograf am Boden eine Decke aus und traf allerlei Vorbereitungen, die Karl neugierig beobachtete. »Von hier aus werde ich für Pfandl die Aufnahme machen«, lächelte ihm Böhm zu und zeigte in die Richtung des Hauses. Er nahm seinem Gehilfen den Rucksack ab, holte vorsichtig die Gerätschaften heraus und legte sie auf die Decke. Im Handumdrehen hatte er das hölzerne Stativ aufgeklappt und auf der richtigen Höhe fixiert. Dann öffnete er die zusammengeklappte Plattenkamera, schob die Objektivwand mit dem Schlitten in die richtige Position und erklärte: »Siehst du, jetzt schaut auch diese Kamera wieder so aus wie die, die ich im Atelier verwende.« Er schraubte die Kamera auf das Stativ und befestigte ein schwarzes Tuch an der hinteren Seite. Nun verschwand sein Kopf hinter diesem Tuch, und er drehte an verschiedenen Schrauben und Ringen, bis er mit dem Ergebnis zufrieden war. »Du kannst auch einmal durchschauen, Karl«, bot er an. »Aber da steht ja alles auf dem Kopf!«, rief dieser erstaunt aus. »Genau, wir sehen jetzt auf der Mattscheibe alles so, wie es dann auch am Negativ sein wird. Also auf dem Kopf stehend und seitenverkehrt. Dann auf dem Papierbild wird natürlich wieder alles so ausschauen, wie es in Wirklichkeit ist.«

Er holte aus seiner Umhängetasche eine der Gelatine-Trockenplatten in ihrer lichtdichten metallenen Schatulle und schob sie in den Kameraschacht. »Und jetzt wird belichtet, also das Bild mithilfe des Lichtes gezeichnet.«

Böhm zog den Schieber aus der Schatulle heraus. Bevor er den Objektivdeckel der Kamera entfernte und die empfindliche Schicht damit den Lichtstrahlen aussetzte, kontrollierte er nochmals das vorhandene Licht. Dann schaute er auf seine Uhr und zählte leise vor sich hin, bevor er den Deckel schloss und den Schieber wieder nach unten schob. »Die Belichtung müsste genau passen«, meinte er zufrieden. »Aber ich mache zur Sicherheit noch eine Aufnahme mit etwas längerer Belichtungszeit.«

Kaum waren die Aufnahmen im Kasten, wie Böhm zu sagen pflegte, hörten sie Pfandl rufen: »Was für eine Freude, meine Herren. Soeben bin ich mit dem Schreiben an die Presse fertig geworden und schon erblicke ich den werten Fotografen und seinen Gehilfen.« Die Männer schauten neugierig in Richtung der Stimme und konnten Pfandl ganz klein oben am Turm erkennen, der ihnen mit der Hand zum Gruße winkte. Im selben Moment kam ein Windstoß und wehte ihm seinen Steirerhut, ohne den man ihn außer Haus praktisch nie antraf, vom Kopf. Der Wind ließ den Hut durch die Luft wirbeln und brachte ihn geradewegs vor ihnen und der Kamera am weichen Waldboden zu liegen. »Wenn das kein Zeichen ist, dass Sybilla Pfandl zu Recht warnen wird?«, flüsterte Karl dem Fotografen zu. Der wandte sich an Karl und meinte: »Jetzt packen wir alles wieder zusammen, und dann können wir den Turm und die großartige Aussicht ganz von oben bewundern.«

Karl stieg das letzte Wegstück mit dem wieder gepackten Rucksack hinauf zum Haus genauso vorsichtig voran, wie er es bereits die ganze Strecke über gemacht hatte. Er war sich seiner Verantwortung bewusst, Böhms Heiligtum mit sich zu tragen. Beide verspürten einen starken Luftzug im Nacken, der Wind wurde mit jedem Schritt, mit dem sie sich dem Haus näherten, kräftiger. Beim Eingang wurden sie bereits ungeduldig erwartet und freudig begrüßt. »Bis wann wird das Foto fertig sein?«, wollte Pfandl von Böhm wissen, der ihm zuerst seinen Hut übergab, bevor er ihm antwortete: »Ich werde mich beeilen, wann bist du denn wieder im Tal zurück?«

»Wahrscheinlich morgen Mittag, spätestens aber am Abend, denn in zwei Tagen erwarte ich am Vormittag schon Gäste im *Rosegger-Stüberl*. Aber jetzt lass mich euch mein Haus zeigen.«

Lange konnten sich Böhm und Karl aber nicht aufhalten, denn der Fotograf wollte möglichst bald wieder im Atelier sein, um die Aufnahmen zu entwickeln. Sie staunten nicht schlecht über die großartige Aussicht vom Turm, der tatsächlich die ganze Zeit durch den Wind leicht ins Schwanken geriet. Nach einer kräftigen Jause im *Jagdstüberl* begann Pfandl begeistert von seinen neuen Plänen zu erzählen. Böhm wollte aber davon heute nichts hören und fragte lediglich, wie Pfandl es sich vorstellte, waghalsige Besucher über die steilen Felsen entlang zum Haus klettern zu lassen. »Ach, werter Böhm, lass das meine Sorge sein! Wie du weißt, habe ich immer eine Idee«, lächelte er dem Fotografen zu und fuhr fort: »Habe ich übrigens schon von meiner neuesten Erfindung erzählt?« Die beiden Männer schauten ihn fragend an.

Pfandl führte sie in den noch nicht fertig ausgebauten Keller und zeigte stolz auf einen etwas größeren Holzschlitten, an dem kleine Räder eines Ziehwagens befestigt waren. »Schaut nur, meine Herren, das ist eine Rodel auf Rädern. Zuerst klettern die mutigsten unter meinen Besuchern über den Klettersteig zu mir herauf, und zur Belohnung dürfen sie dann mit meiner neuen Erfindung den Weg entlang ins Tal fahren.« Karls Augen funkelten vor Begeisterung, und er meinte freudig: »Beides möchte ich sehr gerne ausprobieren.« Pfandl schaute den Fotografen neugierig an: »Und wie schaut es mit dir aus, Böhm?« Der blieb seine Antwort schuldig und meinte mit zwinkerndem Auge zu Karl: »Mein lieber Gehilfe, wenn die Aufnahme in zwei Tagen fertig sein soll, dann müssen wir uns jetzt auf den Heimweg machen.« Er schnallte sich für den Heimweg den Rucksack selbst um, und als sie sich ein kleines Stück vom *Bärenkogelhaus* entfernt hatten, meinte er nüchtern: »Ich denke, es ist immer noch besser, zu Fuß zu gehen, als von Pfandls neuester Erfindung über Stock und Stein geschüttelt und gerüttelt zu werden.«

Karl bedankte sich, dass er so viel Neues hatte lernen dürfen. Er vereinbarte mit Böhm, dass dieser Frau Pfandl bitten würde, morgen Abend ihrem Gatten einen Pfefferminztee ans Bett zu servieren und die leere Tasse mit den Teeblättern aufzuheben.

»Und übermorgen treffen wir uns dann im Atelier, und Sie begleiten Madame Sybilla ins *Rosegger-Stüberl*?«, wollte Karl von Böhm wissen. »Wenn du mich dabeihaben möchtest, natürlich gerne. Ich werde mit der Wirtin alles Notwendige besprechen, und du bist dann übermorgen rechtzeitig bei mir.«

»Abgemacht«, gab ihm Karl zur Antwort und bald war er in Gedanken schon ganz woanders.

Am unteren Wegrand verabschiedete sich Karl vom Fotografen und bog in Richtung des k. u. k. Forsthauses ab. Die ihm heute besonders idyllisch erscheinende Wanderung durch den Wald stimmte Karl heiter und entlockte seiner Kehle ein ausgelassenes Lied.

# 10 Bitterböses Erwachen

Die kleine Taschenuhr zeigte Resi, dass noch ein wenig Zeit war, bevor sie aufstehen musste. Sie fühlte sich von der gestrigen Feldarbeit erschöpft und hatte trotzdem schon länger voll trüber Gedanken wach gelegen. Es war bereits Ende September, und der andauernde Krieg, der bis in das hinterste Eck der Steiermark spürbar war, belastete sie mit jedem Tag mehr und stimmte sie traurig. Sie versuchte, die schrecklichen Gedanken zu verscheuchen, doch es gelang ihr kaum. Allein deshalb nicht, weil sie ständig voller Angst die Verlustlisten in den Zeitungen kontrollierte. Selbst unter den zuvor kriegsfrohen Meinungsbildnern im Ort waren allmählich Zweifel, Zurückhaltung und Ängste aufgekommen. Die zunehmenden Entbehrungen verschiedenster Art und der Mangel an arbeitsfähigen Männern verwandelten das Hinterland auch ohne militärische Aktionen in ein Kriegsgebiet. Es war ihr unverständlich, wie der Tod eines Soldaten in den Zeitungen als »Heldentod« interpretiert und für das Töten von Feinden Auszeichnungen verliehen werden konnten. Abgesehen davon endeten, im Gegensatz zu den anfänglichen Erfolgen, die meisten Kämpfe inzwischen mit einer Niederlage der österreichisch-ungarischen Truppen, und die österreichischen Gesamtverluste lagen schon jetzt bei mehr als 300.000 Mann.

Noch nie zuvor hatte Resi so große Zweifel über das von den Zeitungen an die Bevölkerung Weitergegebene gehabt. An einem Tag wurde der Krieg als Missverständnis bezeichnet und am Tag darauf begeistert gefeiert, weil über 4.000 Serben gefangen genommen werden konnten. Sie verstand die Welt nicht mehr, denn wenn alles ein Missverständnis war, warum ließ man dann die feindlichen Soldaten nicht laufen, sondern machte sie zu Kriegsgefangenen? Den Jubelmeldungen gegenüber standen die Erzählungen der von der Front zurückgekehrten verletzten Soldaten, die von Granateneinschlägen traumatisiert waren und nur vom Kriegselend zu erzählen wussten. Bei jedem kleinsten Geräusch zuckten diese armen Männer zusammen und fingen am ganzen Körper zu zittern an. Selbst Resi erschrak nach diesen Erzählungen bei jedem lauten Geräusch am Hof, das ihr nicht vertraut war. Es kam ihr sogar vor, dass sie nicht einmal mehr in der Nähe des Waldes Ruhe finden konnte. Sie kannte die ruhigen Wälder schon ihr ganzes Leben lang, doch in letzter Zeit kamen sie ihr wie eine dunkle Woge vor, die nichts Vertrautes an sich hatte. Seit Tagen lärmte und krachte es nämlich im Forst des Rabenhofer so, dass sie das Rauschen des kleinen Waldbaches nicht mehr hören konnte und ihr das verschreckte Wild leidtat.

Resi hatte genug vom Nachdenken am frühen Samstagmorgen. Sie öffnete ihr Kammerfenster und warf den gewohnten Blick zum Himmel. Über den weiten Bergwäldern lag ein grauer Schleier, der ihre Stimmung zusätzlich niederdrückte. Es näherte sich mit Krawall ein Holzfuhrwerk, um unweit des Bauernhofs Holz zu schleifen und zu verladen. In den letzten Tagen hatte sie dadurch ein reichhaltiges Repertoire an derben Fuhrmannsflüchen mit anhören müssen. Es handelte sich um die Holzknechte des Rabenhofer, die vom frühen Morgen bis zum Schwinden des Tageslichtes oben im Forst Unmengen von Holz schlägerten und ins Tal brachten. Der raffinierte Gutsherr hatte sich entschlossen, den Wald zu schlägern, weil er im gesamten Mürztal für den Bau von Baracken für die Kriegsgefangenen um gutes Geld Holz liefern wollte. Karl hatte gemeint, das seien also die eigentümlichen Pläne des Rabenhofer mit dem Wald über ihrem Hof gewesen, von denen Benedikt damals nicht Genaueres erfahren hatte. Resi kannte den gierigen Gutsherrn. Der ließ keine Möglichkeit aus, um sein Vermögen zu vermehren, und wollte nun sogar an den Kriegsgefangenen verdienen. Ein abscheulicher Gedanke.

Erst Anfang September war das galizische Infanterieregiment Nummer 58 zu ihnen in das obere Mürztal verlegt worden. Für Ende des Jahres stellte man in Aussicht, die in Notunterkünften befindlichen Soldaten nach Ungarn zu verlegen. Das war aber noch eine lange Zeit, und bis dahin galt es, Tausende Männer in Mürzzuschlag, Ganz und Langenwang einzuquartieren. Dieser Umstand stellte nicht nur logistisch eine Herausforderung dar, auch die Versorgung der Menschen entwickelte sich zu einer enormen Belastung. Die Mürztaler zeigten zwar Zusammenhalt, verstanden jedoch nicht, weshalb sich die unzähligen Soldaten in der Heimat statt an der Front aufhielten, um das Vaterland zu verteidigen.

Die untergebrachten Soldaten belegten Schulgebäude und andere öffentliche Räumlichkeiten. Die Schulen wichen in Gasthäuser, die Bezirkssparkasse oder sogar in Privathäuser aus. Die Frauen, sofern sie nicht anstelle der Männer bereits in den Fabriken hart zu arbeiten hatten, richteten auf dem Bahnhof einen Labdienst ein, der Tag und Nacht die durchreisenden Soldaten mit Tee, Kaffee und Lebensmitteln versorgte. Für die Frauen wuchs die Doppelbelastung durch die Arbeit daheim und die Sorge um die Männer an der Front. Sie zeigten dabei aber große Stärke und bewiesen, dass sie imstande waren, harte Männerarbeit zu verrichten. Ihnen war scheinbar kein Handgriff zu schwer und keine Belastung zu groß. So manche Frau, die zuvor im Haushalt mehr oder weniger die Dienstmagd gewesen war, erfuhr dadurch eine wichtige Selbstbestätigung und fühlte sich in ihrer Stellung anerkannt.

Resi ging neben der Arbeit am Hof gemeinsam mit den Ehefrauen von Böhm und Pfandl von Haus zu Haus, um für das *Rote Kreuz* milde Gaben und Kleider für notleidende Familien zu sammeln. Einmal in der Woche versorgte Resi die Mitarbeiter des *Roten Kreuzes* am Bahnhof mit Milch, Butter und Brot. Etliche Frauen folgten ihrem Vorbild. Karl und die Magd Luise beschäftigten sich nachts stundenlang damit, altes Zeitungspapier zu schneiden, zu stapeln und zu kleinen Päckchen zu binden, welche schachtelweise den Soldaten an die Front geschickt wurden. Dort tat das Papier bei den Latrinen gute Dienste. Etliche Mürztaler spendeten einen Teil ihres Geldes dem *Roten Kreuz*. Diese Einnahmen fehlten wiederum den Gewerbetreibenden und Wirtsleuten, deren Geschäfte und Gaststuben wie leer gefegt waren.

Den schrecklichen Erzählungen der Heimkehrer standen zahlreiche verherrlichende Darstellungen in den Zeitungen über Siege und Ehrungen, die den tapferen Soldaten an der Front zuteilwurden, gegenüber. Auf die erste Kriegsbegeisterung folgte bei den meisten Menschen ein bitterböses Erwachen, als sie erkennen mussten, dass vor Wintereinbruch kein Ende der Kämpfe in Aussicht war. In den Zeitungen war kaum mehr etwas anderes als das

Wort »Krieg« zu lesen. Tagtäglich verschlimmerte sich die Situation an der Front und auch für die Zurückgebliebenen in der Heimat. Als sich in den Listen der Zeitungen über Gefallene und Verwundete immer mehr bekannte Namen fanden, versiegte die Euphorie rasch bis auf ein paar wenige Ausnahmen. Schlagartig wurde den Menschen bewusst, dass der Krieg furchtbar viele Tote mit sich brachte, die auch identifiziert und beerdigt werden mussten. Die heimgekehrten Verwundeten wiesen oft schreckliche Verletzungen auf und kamen mit teilweise stark entstellten Körpern und fehlenden Gliedmaßen zurück in die Heimat. Not und Elend verschlimmerten sich von Tag zu Tag.

Die Leute am Kreuzbauerhof hatten dem Kriegsfanatismus von Anfang an nichts abgewinnen können. Seit Generationen kämpfte die Familie Gruber gegen Neider und Gegner, die ihnen das Leben schwer machen wollten. Angefangen von dem großen Gutsherrn, der sie vom Land vertreiben wollte, über die rücksichtslosen Hofjagdgesellschaften bis hin zu den Aufsichtsjägern, die die Männer vom Hof ständig der Wilderei bezichtigten und sie überführen und einsperren lassen wollten.

Resi betrat leise die Küche. Sie staunte, dass ihr Vater bereits mit der Zeitung vom Vortag am Tisch Platz genommen hatte. Sie setzte sich zu ihm und schaute bestürzt auf die Spalte mit dem Aufruf zu der im Oktober stattfindenden Musterung der Landsturmpflichtigen der Stellungsjahrgänge 1912, 1913 und 1914. Die Aufforderung betraf also die in den Jahren 1892, 1893 und 1894 geborenen Männer. Sie hatte große Angst um ihren 1896 geborenen Bruder Karl, aber der war zum Glück noch zu jung. Sie atmete kurz auf, seufzte jedoch gleich wieder bei dem Gedanken an den jungen Knecht Florian und den Förster Benedikt vom Rabenhofer-Gut. Beide waren als Landsturmpflichtige bereits eingerückt und fehlten ihr.

Als Benedikt vor drei Wochen mit der traurigen Nachricht und der Einrückungsaufforderung bei ihnen am Hof vorbeigekommen war, hielt er für den Garten am Kreuzbauerhof einen blühenden Rosenstock in seiner Hand. Ihr Bruder Karl schenkte ihm seinen kleinen Spaten als Abschiedsgeschenk und meinte: »Der wird dir einen guten Dienst im Schützengraben leisten.« Resi hatte ihn auf die Idee gebracht, als sie erwähnte, dass man von einem regelrechten Grabenkrieg sprach und die Soldaten zu ihrem eigenen Schutz vor dem Feind tiefe Gräben aushoben, um sich zu schützen und von dort aus zu verteidigen. Karl, der sich zu ihrem Erstaunen inzwischen zu einem tüchtigen Helfer im Stall und auf dem Feld entwickelt hatte, pflanzte den Rosenstock von Benedikt am sonnigsten Fleck im Hof, dem oberen Rand des Gartens.

Der Knecht Florian erhielt am selben Tag die Aufforderung zum Militär und reiste mit dem gleichen Zug wie Benedikt ins Ungewisse. Zu Resis Verwunderung hatte Karl sie ausdrücklich gebeten, gemeinsam mit ihm den Förster und den Knecht zum Bahnhof zu begleiten. Anfang August, als er mit Herrn Böhm und Frau Pfandl die lauten Massen begeistert zum Bahnhof marschieren sah, hatte ihm dieser Anblick einen Schock versetzt. Nun befand er sich in derselben Situation, allerdings ohne jegliche Freude, sondern mit Tränen in den Augen. Von diesem Tag an packte Karl bereits von frühmorgens am Bauernhof mit an, um sich von seiner Angst um Benedikt abzulenken. Zur Freude seines Vaters war ihm dabei kein Handgriff zu schwer. Tagsüber arbeitete er stundenlang auf dem

Acker und grub Erdäpfel aus. Anstatt um die Mittagszeit eine Pause einzulegen, kümmerte er sich um das Vieh auf der Weide. In der freien Natur konnte er die notwendige Kraft für seine unermüdliche Arbeit finden.

Karl mied es, in den Ort zu gehen, und fand keine Zeit mehr, Böhm zu helfen. Er wollte sich auch nicht mit seiner Schwester über den grausamen Krieg unterhalten, wenn sie von der Arbeit beim *Roten Kreuz* am Bahnhof zurückkehrte. Resi zeigte sich trotz ihrer zunehmenden Müdigkeit noch stärker, als sie es ohnedies schon immer gewesen war. Sie interessierte sich intensiv für das Tagesgeschehen und nutzte jede Gelegenheit, sich über die Kriegsereignisse zu informieren. Unter der Rubrik »Tagesberichte« befanden sich auch dieses Mal wieder zahlreiche Anzeigen mit dem Hinweis: »Auf dem Felde der Ehre gefallen.« Betroffen starrte sie auf die Meldung eines »braven Soldaten und tapferen Vaterlandsverteidigers beim k. u. k. Grazer Schützenregiment«, der an den Folgen eines Wundstarrkrampfes nach einem Schuss in das Rückgrat nahe dem Herzen im Lazarett verstorben war. Es handelte sich um Fritz, den älteren Sohn des Mitterhofbauern. Ein derart furchtbares Schicksal hatte Resi ihm bei allem Groll über seinen letzten Auftritt bei ihnen wirklich nicht gewünscht.

Sie erzählte es Karl, und auch er war bestürzt. Er erinnerte sich, wie der Hofsohn damals bei ihnen im Streit das Gewehr verrissen und ziellos in den Wald hineingeschossen hatte. Auch der Gedanke an die Blutkugel tauchte kurz auf. »So ein Blödsinn, der Fritz vom Mitterhofbauer hat sich doch nicht mit dem Teufel eingelassen, wie sollte es also eine Blutkugel gewesen sein.« Ganz schnell schob er den dummen Gedanken weg. »Der Herrgott sei seiner Seele gnädig«, sagte er darauf voller Inbrunst und bekreuzigte sich.

Zum Glück fand Resi keine weiteren bekannten Namen und blätterte zur Liste der Verwundeten. Dort entdeckte sie einen bekannten Namen: »Der Soldat des k. u. k. Grazer Schützenregiments, Johann Freidl, der einen Tag lang vermisst wurde, befindet sich laut drahtlicher Meldung nach einem Angriff verletzt im Lazarett. Der tapfere Soldat wird in den nächsten Tagen bis zur vollständigen Genesung in häusliche Pflege nach Mürzzuschlag gebracht, wo er sich auf seinen Wiedereinsatz an der Front vorbereiten kann.«

Sie ahnte, dass Lisl Rabenhofer, mit der sie seit ihrem letzten Besuch am Kreuzbauerhof wieder Kontakt pflegte, darüber bereits informiert war. Lisl erzählte ihr damals im Vertrauen, dass sie sich am Tag seiner Ermordung mit ihrem Bruder Sepp oben bei der Hütte verabredet hatte. Er hatte gehofft, wegen der Theateraufführung in der Au ungestört mit Lisl sein zu können. Es kam jedoch nicht zum Treffen am Kaisersteig, da ihr Vater darauf bestanden hatte, dass sie sich an seiner Seite das Rosegger-Drama ansehen musste. Sie bereute zutiefst, sich nicht durchgesetzt zu haben, und kam seither nicht mehr mit sich ins Reine. Lisl meinte ursprünglich, diesen Brief von Sepp in der Aufregung verlegt zu haben, doch dann war ihr eingefallen, dass sie am Vortag ihr Büro unverschlossen verlassen hatte und sich jemand an ihrer Post vergriffen haben musste. Inzwischen war sie sich sicher, dass ihr die Nachricht von Sepp schlichtweg aus einer Schachtel in der Schreibtischschublade gestohlen worden war. Da sich Lisl ihr gegenüber so aufrichtig zeigte, berichtete auch Resi vom Fund des Gewehres von Sepp und zeigte ihr seine Aufzeichnungen, die belegten, dass er schon eine Weile nicht mehr gewildert hatte. Lisl hatte sogar gewusst, dass

Sepp hin und wieder im Wald ihres Vaters auf Pirsch gewesen war. Sie fand aber, dass es auf die paar Tiere weniger für die hohen Herrschaften nicht ankäme. Sie war sogar ein wenig stolz auf ihren verwegenen Geliebten gewesen.

Die Rabenhofer-Tochter war mittlerweile ausgebildete Rot-Kreuz-Helferin und arbeitete zusätzlich stundenweise am Bahnhof. Sie kümmerte sich um die Soldaten, die auf der Durchreise krank wurden oder verletzt von der Front nach Hause gekommen waren. Sie erzählte Resi gerne von neuen Vorkommnissen am Bahnhof. Auch mit anderen Frauen, mit denen sie zuvor kaum Kontakt hatte, kam Resi durch die tragischen Geschehnisse ins Gespräch. So auch mit der Wirtin Maria Pfandl.

Mit dem Buckelkorb auf dem Weg zu den Bauern in der näheren Umgebung, um Gaben zu sammeln, kamen sich Resi und Frau Pfandl näher. An einem herrlichen Herbstabend saßen die beiden Frauen nebeneinander bei der Weggabelung zum Ganzstein auf einer Bank, um eine kurze Pause einzulegen. Die Wirtin wollte Resi mit einer netten Erzählung aufheitern: »Resi, ich möchte dich zu deinem Bruder Karl beglückwünschen. Er sieht dir ja nicht nur wie aus dem Gesicht geschnitten ähnlich, sondern hat auch ein großartiges Talent zum Theaterspielen.« Resi musste kurz auflachen und war über das Lob erfreut. »Da haben Sie recht, Frau Pfandl. Mir hat er in seiner Rolle als Förster in der Au ebenfalls sehr gut gefallen. Aber das ist schon länger her, und ich denke gar nicht gerne an diesen furchtbaren Tag zurück«, antwortete sie dann bedrückt.

»Das kann ich sehr gut verstehen, Resi«, meinte die Wirtin und legte ihr tröstend den Arm um die Schulter. Sie wollte die leidige Sache nicht von Neuem aufrollen. Daher erzählte sie unaufgefordert weiter: »Ich meinte vorhin nicht die Aufführung in der Au, sondern eine andere, durchaus amüsantere Geschichte.« Resi hatte zwar davon gehört, dass Maria Pfandls Erzählungen gerne sehr ausführlich und teilweise ein wenig übertrieben sein konnten, sie wollte aber keinesfalls unhöflich sein. Frau Pfandl unterstützte sie nun schon seit vielen Tagen beim Sammeln, und darüber war sie sehr froh, vor allem, weil Frau Böhm bereits seit einer Woche das Bett hüten musste und deshalb ausfiel.

»Wie du bestimmt weißt, hat unser neues *Alpenhotel* oben am Bärenkogel diesen schrecklich hohen Aussichtsturm. Stell dir nur vor, wie dieser Turm bereits beim geringsten Windzug schwankt und in allen Fugen knarrt. Ich habe es einmal am eigenen Leib miterlebt, vor Angst um mein Leben gezittert und befürchtet, dass der Turm über uns allen zusammenbricht. Ich habe daraufhin meinen Mann vergebens gebeten, den Turm schnellstens wieder abtragen zu lassen. Er hat sich von nichts und niemandem überzeugen lassen. Tage später hatten dein Bruder Karl, der Fotograf Böhm und ich gemeinsam die Idee, mithilfe übersinnlicher Fähigkeiten meinen Mann zur Einsicht zu bringen.«

Maria Pfandl lachte verschmitzt und erzählte weiter: »Und da kam dann dein Bruder als Wahrsagerin Madame Sybilla ins Spiel.« Resi sah sie skeptisch an.

»Genau, Resi, und was für eine hervorragende Sybilla er abgegeben hat. Dein Bruder hatte sich auf seine Rolle dermaßen gut vorbereitet und an jedes kleine Detail gedacht. Selbst ich und Böhm hätten ihn in seiner Verkleidung nicht wiedererkannt, wären wir nicht eingeweiht gewesen. Mein Mann bemerkte den Schwindel schon gar nicht. Abgesehen davon hatte er von dem ständigen Wind oben beim Aussichtsturm einen starken Schnupfen und tränende Augen, das ist uns genau recht gekommen.«

»Das müssen Sie mir jetzt schon etwas näher erklären, Frau Pfandl. Wie hat der Karl Ihrem Mann, der eh so skeptisch sein kann, so eine heikle Sache einreden können?«

»Ganz einfach, lass mich die Geschichte zu Ende erzählen. So viel Zeit muss jetzt sein.«

»Das stimmt, jetzt haben Sie mich richtig neugierig gemacht.«

»Madame Sybilla, also dein Bruder, hat meinem Gatten die Zukunft seines *Alpenhotels* aus dem dunklen Teesatz eines von ihm am Vortag getrunkenen Pfefferminztees bei uns im *Rosegger-Stüberl* vorhergesagt. Die Wahrsagerin saß dabei am kleineren Tisch des Dichtererkers, an dem lediglich eine große Kerze Licht gab. Stell dir nun Madame Sybilla mit der Teetasse vor. Sie trug ein kariertes Kopftuch meiner Mutter, schöne alte Kleider und eine schwarze Perücke sowie eine kleine runde Brille. Mein leicht nervöser Gatte erkannte in den dunklen eingetrockneten Pfefferminzblättern nach dem Hinweis von Madame Sybilla tatsächlich das Haus oben am Bärenkogel. Je mehr er die Tasse in der Hand hin und her schwenkte, umso mehr wackelte das obere Teeblatt, in dem uns die Wahrsagerin den Turm des Hauses deutete. Erwin schaute skeptisch auf den Tassenboden, als Sybilla über die hellen und dunklen Bereiche in der Tasse erzählte. Die dunklen, also die gefährlichen, überwogen natürlich, dafür hatte ich schon gesorgt. Es war aber reiner Zufall, dass zufällig ein Blatt wie das spitze Dach des Turmes aussah, was Karl sofort auszunützen wusste. Eines hat das andere ergeben. Plötzlich konnte mein Erwin sein Niesen nicht zurückhalten, und dabei flog genau dieses Teeblatt aus der Tasse. Sybilla deutete das Wegfliegen des Blattes großartig als die bösen Geister der *Wilden Jagd*, die alles mit sich reißen, was ihnen im Wege steht. Sie empfahl meinem Gatten, so rasch wie möglich den Turm abtragen zu lassen, bevor dies stattdessen ein gewaltiger Sturm übernehme und das ganze Haus am Kogel zusammenstürzen ließe«, meinte Frau Pfandl.

»Und was hat Ihr Gatte zu diesem Spektakel gesagt?«, wollte Resi gespannt wissen. »Er war schon sehr erschrocken darüber. Auch deshalb, weil der Tischlermeister bereits zuvor gemeint hatte, dass sich der Turm nicht noch stärker befestigen ließe und er ja einsehen musste, dass dieser beim kleinsten Windstoß zu wackeln begann.«

»Da hat mein Bruder also tatsächlich seine Rolle überzeugend gespielt. Das freut mich, Frau Pfandl.« Resi genoss einen Moment lang die Ablenkung und lächelte vor sich hin.

»Obwohl sich mein Gatte zuerst nicht von Madame Sybilla überzeugen lassen wollte, gab es noch einen interessanten Vorfall. Als er nämlich nach der Weissagung, die ihm natürlich nicht gefallen hat, verärgert den Rest der eingetrockneten Teeblätter aus der Tasse nahm und in die Flamme der Kerze legte, passierte etwas Eigenartiges. Sein Gesicht wurde kreidebleich, und er begann zu zittern. Wir blickten gebannt in die immer größer werdende Flamme der Kerze, bis die Teeblätter abgebrannt waren. Wir erschraken alle über seine starke Reaktion und befürchteten, zu weit gegangen zu sein. Böhm fragte meinen Mann, was denn plötzlich in ihm vorgehe, und leerte rasch ein Glas Wasser über die Flamme, um sie zu löschen.

Mein Gatte antwortete ihm mit großen Augen: »Himmelvater, hilf mir, jetzt ist mein *Weltkriegshaus* verbrannt.« Zur Verstärkung ihrer Warnungen hatte Madame Sybilla, die tatsächlich an alles gedacht hatte, nämlich auch die Zeitung mit der Titelüberschrift: »Die Flammenzeichen rauchen, die Welt brennt« auf den Tisch gelegt, und das hat ihm wohl den Rest gegeben. Er sackte auf seinem Stuhl zusammen. Bei dem Trubel brachte ich deinen Bruder schnell zur Tür hinaus, und der gute Böhm kümmerte sich um Erwin. Zum Glück hat er sich nach einem kräftigen Schluck Schnaps schnell erholt, und als er nach der Wahrsagerin fragte, meinte ich: »Du hast sie sehr erschreckt. Sie hatte das Feuer am Bärenkogel auch vorhergesehen, wollte dich jedoch damit verschonen. Aber sie lässt dir noch einmal ausrichten, den Turm rasch entfernen zu lassen, bevor ein großes Unglück passiert.«

»Das ist ja eine aufregende Geschichte«, meinte Resi voll Stolz auf ihren Bruder. Sie würde Karl unbedingt zu Hause darauf ansprechen und ihm die Komplimente ausrichten. »Jetzt sollten wir weitergehen«, lächelte Frau Pfandl, und rasch machten sich die beiden Frauen auf den Weg in den Ort, um die gesammelten Gaben beim *Roten Kreuz* abzugeben.

In der Bahnhofsgegend herrschte weiterhin das reinste Durcheinander. Aus der Vorhalle, wo sich die Notbetten für die verwundeten Soldaten befanden, die mit dem Zug frisch angekommen waren, hörte man Stöhnen und laute Schreie. Je nach Schwere ihrer Verletzung wurden die Männer am Bahnhof notversorgt und anschließend in das eigens dafür eingerichtete Reservespital in einer Privatvilla gebracht. Einige von den »jungen Helden«, wie sie in den Zeitungen genannt wurden, erlagen allerdings teils noch im Zug oder am Bahnhof ihren Verletzungen.

Die zwei Frauen brachten die Spenden zur Annahmestelle, und Frau Pfandl verabschiedete sich, um im Wirtshaus Suppe für die Helfer zu kochen. In dem Moment, als Resi die Halle verlassen wollte, griff eine Hand nach ihr. Resi drehte sich um und erschrak. Es war Lisl mit völlig verstörtem, kreidebleichem Gesicht, die sie bat zu bleiben. »Resi, ich muss dir dringend etwas erzählen«, stammelte sie, und so suchten sie sich einen weniger lauten Platz hinter dem Bahnhofsgebäude.

Erst als Lisls Beruhigungszigarette so weit heruntergebrannt war, dass sie sich kaum noch zwischen den Fingern halten ließ, begann sie zu erzählen. »Heute früh ist ein Soldat mit einem Granatsplitter im Bauch hier angekommen. Sie konnten ihn im Lazarett zwar operieren, ich denke aber, dass er keine Überlebenschancen hat. Seine Uniform war nur unzureichend gereinigt, und er schämte sich für seinen Gestank. Nachdem wir ihn von der verschmutzen Uniform befreit und gewaschen hatten, bedankte er sich mit Tränen in den Augen bei uns. Dann erzählte er mir nicht nur von dem Lärm, den Schreien und den Schüssen, sondern auch von seinen verletzten Kameraden, denen das Blut aus dem Körper spritzte. Ich versuchte, ihn zu beruhigen, und musste dabei meine eigenen Tränen verbergen.

An seiner Legitimationskapsel erkannte ich, dass er vom selben Grazer Schützenregiment kam, in dem auch Freidl und der Fritz vom Mitterhofbauer kämpften. Unter Stöhnen erzählte er schwer atmend, dass sie bei einer Angriffswelle, die Stunden andauerte, versuchten, die Köpfe so gut es ging unten zu halten und sich nicht aus dem Schützengraben zu bewegen. Nur sein Kamerad Freidl wollte sich nicht an die Regeln halten, sondern unbedingt wenigstens einige von den Angreifern erschießen. Sie versuchten, ihn zurückzuhalten, damit dem Feind ihre genaue

Stellung nicht verraten wurde. Doch vergeblich. Der Soldat erzählte, er würde Freidls Gesichtsausdruck nie wieder vergessen, als der seinen Kopf weit aus dem Graben streckte und wie ein Verrückter drauflos feuerte. Danach kroch er aber kurz vor dem Gegenangriff feige davon und war plötzlich verschwunden.«

Resi starrte Lisl mit aufgerissenen Augen an und konnte nicht glauben, was sie hörte. Aber die Rabenhofertochter erzählte weiter: »Die Antwort des Feindes auf den Beschuss ließ natürlich nicht lange auf sich warten. Einige Kameraden mussten sofort ihr Leben lassen, als die Granaten in die Rückwand der Schützengräben einschlugen und jeden Schutzwinkel in seine Bestandteile zerfetzten. Da hatten die gegnerischen Scharfschützen dann leichte Ziele. Ein anderer Kamerad, der Sohn des Mitterhofbauern, wurde dabei schwer verletzt und ins Lazarett gebracht. Ihm konnte aber nicht mehr geholfen werden und er verstarb bald darauf. Vom Soldaten Freidl war stundenlang nichts zu sehen. Erst viel später wurde er von Sanitätern, am Bein verletzt, ins Lazarett gebracht. Dort rühmte er sich seiner angeblichen Heldentat und erzählte, was für ein großes Bedürfnis es ihm sei, den Feind zu vernichten. Nach seinen Kameraden im Schützengraben habe er nicht einmal gefragt.«

Lisl ergänzte, dass daraufhin ein anderer Soldat, der gerade auf seinen Anschlusszug wartete und noch einmal nach seinem schwer verwundeten Kameraden sehen wollte, erzählte, ihm sei der Freidl aus Mürzzuschlag bereits bei dessen Ankunft in Graz sehr aggressiv vorgekommen. Er hätte stolz damit geprahlt, im Töten von Menschen geübt zu sein. Beim Transport an die Front seien dann einige Dinge von Kameraden spurlos verschwunden, später sei es auch zu Unregelmäßigkeiten beim Verteilen von Hilfspaketen gekommen. Er habe es aber immer wieder geschafft, den Verdacht auf andere zu lenken. Er vermute, dass der Soldat Freidl sich sicher selbst in das Bein geschossen habe, um von der Front wegzukommen, und bezeichnete ihn als den Teufel persönlich.

Resi wusste anfangs gar nicht, was sie darauf sagen sollte. Nachdem sie sich etwas gefasst hatte, fiel sie Lisl um den Hals. Dann fragte sie: »Hast du den Soldaten gefragt, ob er seine Aussage vor Gericht wiederholen würde?« Die schaute sie mit großen Augen an und verneinte erschrocken. Die beiden Frauen gingen sofort zur Bahnhofshalle, um noch einmal mit dem Verletzten zu sprechen. Sein Kamerad war bereits abgefahren, und der junge Mann lag, von Schmerzen gequält, vor ihnen und starrte sie verzweifelt an. Resi nahm vorsichtig seine Hand und versuchte, ihn zu beruhigen. Lisl gab ihm etwas Wasser zu trinken und fuhr ihm behutsam mit einem feuchten Tuch über die heiße Stirn. Beide Frauen wussten, dass sie ihn mit ihren Fragen nicht weiter aufregen durften. Nur wenige Augenblicke später war der junge Mann, nicht älter als Sepp, wegen seiner inneren Blutungen in eine Ohnmacht gefallen, aus der er nicht mehr aufwachen sollte. Die beiden Frauen wollten den armen Mann in seinem letzten Kampf nicht allein lassen und blieben noch lange in der Halle. Dann verließen sie mit gesenktem Kopf den Bahnhof, und Resi sagte leise zu Lisl, dass sie in der Zeitung von der Heimkehr Freidls gelesen hätte. Lisl nickte zustimmend, bevor sie in der Bahnhofstraße auf Frau Pfandl mit einem Leiterwagen voll großer Kochtöpfe trafen.

»Ach, Frau Pfandl, bevor Ihr Gatte sich weiterhin Gedanken zu seinem *Weltkriegshaus* macht und nur den

Zeitungsberichten Glauben schenkt, sollte er sich vor Ort am Bahnhof ein Bild über das Elend dieses Krieges machen«, konnte sich Resi nicht verkneifen zu sagen. Maria Pfandl sah den Gesichtern der beiden Frauen die Erschöpfung und Verzweiflung an und stimmte ihnen zu: »Das habe ich ihm schon mehrmals gesagt. Wie schon so oft hat er stattdessen an den alten Rosegger einen Brief geschrieben und ihn um seine Meinung gebeten. Auf Böhm und mich hört er ja nicht mehr.«

Zu Hause am Kreuzbauerhof erwartete sie die Magd voll Freude: »Resi, heute ist endlich Post von der Ostfront gekommen. Der Nachbarjunge hat gleich zwei Briefe gebracht.« Als sie sich bei Karl nach den Briefen erkundigte, übergab er ihr einen Brief von Florian und meinte, dass der zweite Brief bloß irgendeine Propaganda gewesen sei. Das Papier habe er bereits geschnitten und mit weiterem Papier zu einem Stapel verarbeitet. Resi hob die Achseln und meinte lakonisch: »Dann gehört es eh dorthin.« Sie vermutete, dass es diese Aussage war, die Karl zum Lächeln brachte. Tatsächlich war die Ursache seiner Freude aber Benedikts Brief von der Ostfront, der an ihn gerichtet gewesen war. Davon durfte er weder seiner Schwester noch irgendjemand anderem erzählen und bewahrte den Brief, der mit den Zeilen endete: »Mein nächster Brief lässt bestimmt nicht lange auf sich warten. So schließe ich für heute mit vielen tausend Grüßen und bestem Dank für alles.«

Karl war bewusst, dass es nie dazu kommen durfte, dass Benedikts Feldpost in falsche Hände geriet. Er legte sich einen Plan zurecht, stets am Hof zu sein, wenn der Postbote eintreffen würde, und freute sich über die lang ersehnte erste Nachricht seines Liebsten.

Als Maria Pfandl Stunden später mit den leeren Töpfen in das Wirtshaus zurückgekehrt war, stand ihr Mann gut gelaunt in der leeren Gaststube. In einer Hand hielt er eine Zigarette und in der anderen einen bereits geöffneten Brief. Roseggers Handschrift war unverkennbar, und sie sah sofort, dass es sich um die Antwort von seinem verehrten Freund handeln musste, auf die er schon mit Spannung, wenn auch mit etwas Bedenken gewartet hatte. Doch was war plötzlich geschehen? Irgendetwas musste passiert sein. Denn zu ihrem Erstaunen wirkte Erwin weder schlecht gelaunt noch über Roseggers Zeilen verärgert, wie es seit Jahresbeginn immer wieder der Fall gewesen war. Im Gegenteil, er machte einen entspannten, sogar hoch erfreuten Eindruck auf sie. Er lächelte freundlich, während er Zeile für Zeile mehrmals las. Sein Groll über den alten, in vielen Dingen ihm gegenüber oft ungnädigen Dichter schien mit diesem Brief wie weggewischt. Ihr Mann hielt ihr freudig den Bogen mit den Worten entgegen: »Hier, lies doch selbst, Maria! Endlich gibt mir Rosegger in jeder Hinsicht recht. Auch was den Krieg betrifft. Und in keiner einzigen Zeile finde ich Kritik.«

Sie traute ihren Ohren nicht und sah ihn mit großen Augen an. »Rosegger will mich sogar am Kogel besuchen. Ist das nicht wunderbar, Maria?«, fügte er hinzu und hielt ihr den Brief hin. Sie zog die Augenbrauen hoch und wollte bereits die Gaststube wieder verlassen. So wie es aussah, war sein monatelanger Groll auf den Dichter tatsächlich durch diese wenigen Zeilen vergessen. Wie sehr hatte sie es genossen, dass zwischen den beiden Herren einmal Funkstille geherrscht hatte. Der Dichter schien aber tatsächlich bis an sein Lebensende zwischen ihnen beiden zu stehen. Das hört wohl nie auf, dämmerte es ihr, und so nahm sie den Brief entgegen. Es interessierte sie nun tatsächlich, was Rosegger ihrem Mann denn »so Wunderbares« mitzuteilen hatte.

*Lieber Freund!*

*Der Schulmeister ist besorgt. Des Krieges wegen hast du schon recht, ich möchte deine Äußerung nur noch steigern. Die Guten macht der Krieg noch besser, die Schlechten noch schlechter. Die Tapferen macht er zu Helden, die Dulder zu Heiligen, die Haderlumpen verdammt er zur Verworfenheit. So ist es ein Richteramt, das der Krieg vollführt. Ich habe es jetzt freilich besser als du. Ich lebe in massiver Zelle und muss nicht verkehren mit dem Paß. So kann ich den Krieg, so tief er auch in meine Verhältnisse furcht, ruhig währen lassen. Auf der Welt ist's einmal nicht anders. Für mich ist Hauptsache, dass wir diesen Krieg nicht ungerecht führen. Wären wir im Unrecht, es wäre nicht zu ertragen, man müsste verzweifeln. Ich zähle wohl schon die Wochen, da mich wieder die stilleren Fluren des Oberlandes umgeben werden. In den reinen Lüften auf der Kogelfahrt wird uns hoffentlich kein Kriegsbazillus belästigen. Die Herbheit der Natur liebe ich; ihr Sonnenschein kommt mir manchmal vor wie Heuchelei. Aber dieser Krieg zeigt, um wie viel höher wir stehen als die ringsum. Und dieses Bewusstsein ist die letzte Habe, wenn's gar wird mit einem.*

*Dein alter Rosegger*

Bereits während des Lesens ärgerte sie sich maßlos. Ihr Gatte, der sie schon eine ganze Weile erwartungsvoll beobachtet hatte, wandte enttäuscht seinen Blick von ihr ab. Keiner von ihnen sagte etwas, dann fasste sie ihn am Arm, reichte ihm den Brief zurück und meinte aufgebracht: »Geh doch auf deinen Bärenkogel und träum dort oben weiter. Wenn du nur endlich aufwachen würdest, Erwin, dann könntest du heute zum Bahnhof gehen, wo sich die Realität des Krieges abspielt. Oder du meldest dich freiwillig zur Gendarmerie, dort fehlen ebenfalls die Männer. Das ist nämlich auch ein Grund, warum die Leute zu plündern beginnen. Wenn dir das nicht passt, dann greif gerne dem Rabenhofer unter die Arme. Der Gutsherr beklagt sich, keine Jäger mehr zu haben und dass deshalb überall gewildert wird. Oder du fährst zum alten Schulmeister nach Krieglach und hältst ihm die Hand, während ihr euch vor dem Kriegsbazillus versteckt. Aber am besten wird es sein, Erwin, wenn du dich in deinem *Weltkriegshaus* versteckst, denn alles andere interessiert dich ja nicht«, meinte sie schroff. Pfandl streifte ihren Arm ab, und sie holte tief Luft. Ihn schien ihr Aufbrausen aber nicht aus der Ruhe zu bringen. Er fuhr sich mit der Hand durchs Haar und lachte einen Moment lang in sich hinein. »Rosegger hatte schon recht damit, dass die Frauen an den Herd gehören«, murmelte er leise vor sich hin. Als sie begriff, was er gerade gesagt hatte, drehte sie sich erbost um und warf ihm die Tür vor der Nase zu, noch bevor er sie beschwichtigen konnte.

Bei Maria hatte Roseggers Brief wieder einmal das Fass zum Überlaufen gebracht. Sie musste unbedingt mit jemand Vernünftigem darüber reden und rannte zum benachbarten Atelier. Als sie dort am Eingang die Fotografien von Rosegger mit ihrem Gatten sah, verdrehte sie die Augen. Beim Anblick des Fotos vom *Bärenkogelhaus* sagte sie dann zu Böhm: »Der schreckliche Turm da oben muss weg, und zwar schnell. Und dann wäre das einzig Richtige, was mein Mann aus diesem Haus da oben am Kogel noch machen könnte: ein Genesungsheim für verletzte Soldaten.«

Böhm versuchte, sie zu beruhigen und gab ihr recht, doch meinte er bedrückt: »Ich denke, davon will dein Gatte mit Sicherheit auch nichts wissen.« Böhm wusste, wovon er sprach. Denn während ihrer Abwesenheit hatte ihm Pfandl schon davon berichtet, wer ihm den Klettersteig über die Felsen hin zum *Bärenkogelhaus* bauen würde. Nur davon wollte er der aufgebrachten Wirtin auf keinen Fall erzählen. Denn ihr war es zuzutrauen, dass Madame Sybilla nochmals auftreten musste. Und das Theater wollte er sich lieber ersparen.

# 11 Grausame Erkenntnisse

Es roch nach Spätherbst. Der Wald hüllte sich oft tagelang in Nebel, er trug ihn wie einen grauen Schleier, den die mittägliche Herbstsonne nur mit mattem Schein zu durchdringen vermochte. »Wie wird das noch alles enden?«, fragte sich der Kreuzbauer und befürchtete, dass er auf diese Frage keine Antwort bekommen würde. Er beschloss daher, dass es an der Zeit war, selbst zu handeln. Lange hatte er auf den richtigen Moment gewartet, der schien ihm nun gekommen. Zum ersten Mal seit dem Tod seines älteren Sohnes ging er in seinem Wald bis hin zur Futterstelle, wo die kleine Holzbank stand, welche Sepp für seinen jüngeren Bruder Karl einst errichtet hatte. Dort sah er sich um, setzte sich und dachte über vieles nach, auch über das eigene Leben und seine Feinde, den Gutsherrn Rabenhofer sowie den Oberjäger Freidl. Sein Sohn war tot, gestorben durch die Hand des Sohnes eines seiner Feinde. Wäre ohne diese Feindschaft der Sepp womöglich noch am Leben?

Unwillkürlich kam ihm dabei das Bild des kleinen Fuchses in Erinnerung, den er gestern tot am Weg zum Feld aufgefunden hatte. »Wer wohl der Feind dieses kleinen Tieres gewesen ist?«, hatte er sich gedacht und den Jungfuchs neben einem Haselstrauch vergraben. »Schade um so ein frisches junges Leben.« Er erinnerte sich zurück an die Erzählung seines jüngeren Sohnes, als der noch als kleiner Bub die Schule besuchte. Mit leuchtenden Augen hatte er ihm und der Magd Luise über die Bedeutung der Tiere im Wald berichtet und dass er darüber in einem Schulbuch gelesen habe.

Karl hatte von seinem Lieblingstier erzählt, dem schlauen Fuchs, von dem die Lehrerin eine Geschichte erzählt hatte, wie der sich durch seine Schlauheit einen leckeren Bissen als Belohnung verdiente. »Meine Belohnung ist ein Krügel Most nach der Arbeit«, hatte er ihn damals beim Mittagstisch ausgelacht und von der Magd vor den Kindern wegen dieser dummen Antwort eine saftige Rüge erhalten. »Bauer, das hat der Bub doch gerade in der Schule gelernt. Wie soll er den Unterricht ernst nehmen, wenn du dich darüber lustig machst?« Verärgert hatte er das Krügel Most noch schnell, wie er es früher immer tat, in einem Zug ausgetrunken, sich umgedreht und ohne zu antworten die Stube verlassen. Er hatte sich von Luise nicht nur angegriffen, sondern bloßgestellt gefühlt, und mit den Kindern und der Magd tagelang nicht gesprochen. Gekränkt war er allen aus dem Weg gegangen und hatte den Beleidigten gespielt. Wie gern würde er die Zeit zurückdrehen und vieles anders machen. Dann hätte er sich und den Kindern vielleicht einigen Kummer erspart. Aber es nützte nichts, er war ebenso gewesen und nicht mehr zu ändern.

Jetzt saß er einsam auf der von Sepp liebevoll gezimmerten Bank und starrte in den Himmel. Er beobachtete den aufsteigenden Nebel. Dabei spürte er nicht nur, wie schnell die Zeit vergangen war, sondern auch, dass er selbst durch die Umstände innerhalb kurzer Zeit alt und schwächlich geworden war. Sogar ein Krügel Most bereitete ihm keine Freude mehr. Es bedrückte ihn, dass sein Sohn Karl nur wenig mit ihm sprach und ihm von sich aus eigentlich gar nichts erzählte. Und Resi, ja, um Resi machte er sich große Sorgen. Sie schien den Tod ihres Bruders nicht verwinden zu können. Er kannte seine tüchtige Tochter und wusste, sie konnte es nur schwer ertragen, dass Sepps Tod ungesühnt bleiben sollte und er zudem als Mörder des Kommandanten Birnstingl galt.

Er hörte dem leisen Rauschen des Waldes zu und betrachtete einen kleinen, kräftigen saftig grünen Tannenbaum, der ihn an seinen Sohn erinnerte. Nichts konnte den Sepp zurückbringen, und Vergangenes sollte man besser ruhen lassen, das war ihm bewusst. Aber es war höchste Zeit, ihm wenigstens ein gebührendes Andenken zu setzen. Sein Sohn war kein Gendarmenmörder, das wusste er ganz genau. Daher fasste er den festen Plan, für ihn oben bei der kleinen Hütte am Kaisersteig ein schönes Marterl zu errichten. Früher einmal hätte er gesagt: »Herrgott hilf mir«, doch spürte er tief im Herzen, dass er sich selbst helfen musste. So wie es seine Vorfahren am Bauernhof immer schon praktiziert hatten, um ihr Überleben zu sichern.

Entschlossen kehrte er zurück und suchte sofort den Altknecht im Sägeschuppen auf. Er brauchte seine Hilfe bei der Errichtung des Marterls, denn der Winter stand schon kurz bevor. Ungelenk zeichnete er mit einem Bleistift auf ein Stück Papier, wie er es sich vorstellte: Es müsste ein großer Stein mit einer Gedenktafel und einem großen schwarzen Eisenkreuz darauf sein. Die Zeit eilte, denn in den Bergen zeigte sich oftmals schon im Oktober Raureif. Ein vorzeitiger Kälteeinbruch würde sein Vorhaben bis ins Frühjahr hinauszögern. Der Bauer wollte aber nicht mehr warten, auch nicht darauf, dass der junge Knecht Florian vom Kriegseinsatz zurückkam. Er zweifelte an einem baldigen Kriegsende, versuchte aber, sich bei Resi und den anderen am Hof seine Zweifel nicht anmerken zu lassen. Er wollte deren Hoffnungen nicht schmälern. Den Stein für das Marterl würde er die nächsten Tage mit Resi und Karl gemeinsam oben bei der Felswand aussuchen. Somit stand nur noch ein Besuch beim Steinmetz und beim Schmied an. Davor müsste er bei der Bank vorbeischauen, um Geld vom Sparbuch abzuheben.

Er machte sich auf den Weg. Im Ort unten fiel ihm auf, dass die jungen Männer verschwunden waren. Er hörte auch nirgends Kinder lachen oder irgendwo Musik. Der alte Bäcker berichtete ihm, dass er aufgrund des Personalmangels und wegen der zunehmenden Lebensmittelknappheit sein Sortiment stark reduzieren musste. »Aus den Kaisersemmeln ist nun Kriegsbrot geworden«, erklärte er. Er hatte dem Kreuzbauern auch sonst nichts Gutes zu erzählen. Früher war der Bäcker stets zu Scherzen aufgelegt und gut gelaunt gewesen, aber heute hatte er kein einziges Mal gelacht.

Auf der Wiener Straße begegneten dem Hias fast nur Frauen, die sich größtenteils auf ihrem Weg in die Fabrik befanden. Sie mussten dort ihre kriegsverpflichteten Männer ersetzen. Gelegentlich traf er auf alte Leute, die zum Zeitungsstand gingen, um noch ein Exemplar der neuesten Ausgabe zu bekommen. Nur in Bahnhofsnähe befand sich ein Knäuel von Menschen, und dazwischen hörte er das laute Läuten der Bahnhofsglocke. Sie klang schrill, wie eine Warnung, bloß nicht näherzukommen. Denn jeder abgehende Truppentransport konnte zu Elend und Tod führen. Die Menschen auf dem Weg zum Bahnhof machten lange, finstere Gesichter. Die einst begehrte Fahrt mit der Eisenbahn hatte längst ihren Glanz verloren, das konnte er an den Augen der Leute erkennen. Bei dieser deprimierenden Stimmung im Ort verstärkte sich seine Befürchtung, dass sie alle sich noch viel mehr den Bedürfnissen der Front unterordnen würden müssen. Wie hatte es bloß so weit kommen können? Er verstand die Welt nicht mehr. Er wünschte, nicht in den Ort gegangen zu sein, doch es war nun einmal notwendig gewesen, um das Marterl für Sepp aufstellen zu können. Der Tod seines Sohnes war durch den Krieg und die vielen Verluste, die er bereits mit sich gebracht hatte, sogar für viele seiner ehemaligen Freunde völlig in den Hintergrund getreten. Umso wichtiger war es ihm, mit diesem Marterl eine dauernde Erinnerung an ihn zu schaffen.

Als er am Zeitungsstand vorbeikam, musste er an die bemitleidenswerten Väter und Mütter denken, die womöglich noch heute beim ängstlichen Durchforsten der Listen mit den Namen der Verwundeten und Gefallenen vom Schicksal eines Sohnes erfahren würden. Zugunsten der Kriegspropaganda wurden in den Zeitungen inzwischen nicht nur Durchhaltegeschichten, sondern auch Zeichnungen und Heldensprüche abgedruckt. Die aktuellen Ausgaben wurden den Verkäufern aus der Hand gerissen und hektisch durchgeblättert, um all die Hiobsbotschaften zeitnah erfahren zu können. Die Presse erlebte einen Aufschwung und richtete dabei ihre Berichterstattung nach den Vorgaben der Minister aus. Auf jeder Seite drehte es sich zwar um den Krieg, doch die Nachrichten nahmen eine eigenartige, teilweise unreale Gestalt an. Der Kreuzbauer konnte nur den Kopf darüber schütteln. Bei vielen Aufrufen an die Daheimgebliebenen ging es lediglich darum, die materielle Basis für den Krieg zu sichern und die benötigten Mittel an der Front zur Verfügung zu stellen. Kriegspropaganda, nur Kriegspropaganda wohin

man sah. Auch der Wirt Pfandl, selbst vom Krieg natürlich nur am Rand betroffen, ließ über die Eröffnung seines neuen Hotels, dem »Weltkriegshaus am Bärenkogel«,
wie er es voller Begeisterung genannt hatte, in gewohnt
überschwänglicher Art und Weise samt Foto berichten,
als gäbe es nichts Wichtigeres. »Wen interessiert schon ein
*Weltkriegshaus*, wenn der Weltkrieg tobt?«, fragte sich der
Bauer beim Lesen kopfschüttelnd.

Die größte Angst entstand bei den meisten mit dem
Umblättern zu den aktuellen Tagesnachrichten. Diese ent-
hielten nämlich die Namen derer, die aufgrund der Einberufung ins Ungewisse abgereist, dort schwer verwundet
worden waren oder gar den Tod gefunden hatten. Dass
es beim Einrücken damals ein Abschied für immer gewesen war, erfuhren die Hinterbliebenen entweder per Brief
oder eben aus der Zeitung in der Gefallenenauflistung.
Den übrigen Eltern, Frauen und Kindern blieb lediglich
die vage Hoffnung, dass ihre wehrpflichtigen Angehörigen, die den Tod als ständigen Begleiter hatten, eines
Tages wieder nach Hause kommen würden. Wie konnten
diese dummen Leute im Dorf nur annehmen, dass sich mit
einem Krieg alle Probleme beseitigen ließen?, ging dem
Kreuzbauer durch den Kopf.

Am Bankschalter hatte er seine Not, wenigstens das
Mindeste ausbezahlt zu bekommen. Die Geldentwer-
tung nahm so einen rapiden Verlauf, dass man kaum noch
100 Kronen abheben konnte. In unmittelbarer Nähe tobte
der Rabenhofer im Büro des Bankdirektors. Der Bauer
erkannte dessen Stimme sofort. Der Gutsherr drohte lautstark, sämtliche Konten aufzulösen. Mit den Worten »Der
senile Kaiser verpulvert gerade mein ganzes Geld mit diesem Krieg« verließ er hochroten Kopfes die Sparkasse. Er,

der sein ganzes Vermögen dort deponiert hatte, wusste natürlich, dass es zu nichts Gutem führen konnte, als die Notenbank begann, Tag und Nacht Unmengen von Geld zu drucken. Die Großhandelspreise stiegen von Tag zu Tag und inzwischen ins Unermessliche. Geld, das früher für Investitionen genutzt wurde, floss nun ausschließlich in den Rüstungssektor. Einige Leute, die der Kreuzbauer getroffen hatte, erzählten ihm, dass im Eisenwerk händeringend nach Arbeitskräften gesucht wurde, und auch, dass das Wildern stark zugenommen habe. Von Plünderungen wurde ihm berichtet, zum Glück beschränkte sich dieses Problem derzeit nur auf die Städte. Er überlegte sich, ob sie womöglich bei der nächsten Erdäpfelernte den Acker in der Nacht bewachen müssten. Aber daran wollte er jetzt lieber gar nicht denken.

Nach Erledigung seiner Geschäfte endlich wieder zu Hause angekommen, machte sich der Bauer sogleich voller Eifer daran, den Text für die Gedenktafel zu verfassen. Als er nach dem Nachtmahl allen Hofbewohnern von seinem Plan berichtete, gab es zwar einige Tränen wegen der schmerzlichen Erinnerung, aber vor allem große Freude und Begeisterung über das Vorhaben.

Am nächsten Tag traf er frühmorgens Resi in der Küche noch allein an. Sie bereitete das Essen vor und machte dabei im Gegensatz zu gestern Abend einen müden und traurigen Eindruck. Tatsächlich konnte Resi letzte Nacht wieder einmal schlecht einschlafen und war später durch einen eigenartigen Traum aus dem Schlaf gerissen worden. Zum ersten Mal hatte sie vom Förster Benedikt geträumt. Karl und sie waren gerade gemeinsam im Gemüsegarten, um nach dem Rechten zu sehen. Da stand Benedikt in seiner Militäruniform am Gartentor und meinte in seiner ruhigen und besonnenen Art: »Ich bin hier, um mich für dein Geschenk zu bedanken.« Karl fragte ihn mit einem Lächeln: »Benedikt, meinst du den kleinen Spaten, den ich dir beim Einrücken mitgegeben haben?« Der Förster kam näher und schüttelte dabei den Kopf: »Nein. Den Spaten meine ich nicht. Ich möchte mich für die schöne Zeit, die ich mit dir gemeinsam verbringen durfte, bedanken.« Karl schien sofort verstanden zu haben, was Benedikt ihm sagen wollte. Resi dagegen war klar, dass Benedikt nicht sie damit gemeint hatte. Der Förster hob seine Hand zum Gruß, und wie von einem hellen Sonnenstrahl geblendet, konnte sie nur mehr seine Umrisse sehen. Das Licht strahlte, bis er ganz aus dem Garten verschwunden war. Mit Tränen in den Augen war sie aufgewacht.

Resi konnte den Traum nur dahingehend deuten, dass Benedikt lediglich zu Karl und nicht zu ihnen beiden oder gar zu ihr gekommen war. Sie war enttäuscht, und zugleich drückten sie Schuldgefühle. Jetzt bereute sie von ganzem Herzen, den liebenswerten Förster am Hof immer nur abgewimmelt zu haben. Sie hatte damals keine Zeit für ihn aufbringen wollen und nur den grässlichen Revierjäger Johann Freidl im Kopf gehabt. Absichtlich hatte sie sich bei Benedikt so oft verleugnen lassen und Karl vorgeschickt. Der Gedanke, dass sie dem Förster, der stets freundlich zu ihr gewesen war, Unrecht getan hatte, wurde ihr durch diesen Traum bewusst und belastete sie nun sehr. Und um dies wieder gutmachen zu können, dazu müsste Benedikt erst von der Front zurückkehren, und das konnte lange dauern. Deshalb nahm sie sich vor, so schnell wie möglich wenigstens einen Brief zu schreiben und ihn um Verzeihung für ihr unmögliches Verhalten zu bitten. Schluchzend steckte sie nach diesem

Vorsatz ihren Kopf unter die Bettdecke und konnte eine ganze Weile nicht mehr einschlafen.

Der Vater stellte fest, dass seine Tochter heute niedergeschlagen war. Um sie abzulenken, setzte er sich zu ihr, damit sie gemeinsam in Ruhe die Zeitung lesen konnten. Beide sahen sie mit Schrecken, dass die Liste der Gefallenen und Verwundeten schon wieder wesentlich länger war als am Tag zuvor. Bei all dem Elend verlor der Kreuzbauer immer mehr den Glauben an einen barmherzigen Herrgott, an dessen Existenz er bereits nach dem Tode seines Sohnes stark gezweifelt hatte.

Resi verließ mit gesenktem Kopf die Küche, um nach der Magd zu sehen, und er grübelte weiter vor der Zeitung vor sich hin. Wenige Minuten später vernahm er laute Frauenstimmen vorm Hauseingang. Er vermutete, dass es sich um Resi und Luise handelte, die sich über die Arbeit anscheinend sehr lange unterhielten. Fragend warf er einen Blick auf die Uhr. Die beiden Frauen haben sich heut viel zu erzählen, dachte er bei sich und wollte gerade aufstehen, als sich die Tür öffnete.

Sofort erkannte er am Gesichtsausdruck seiner Tochter, dass etwas Schlimmes passiert sein musste. Sie weinte und sagte schluchzend: »Die Lisl war gerade bei uns am Hof.« Der Bauer holte tief Luft. Die Tränen in Resis Augen hinderten ihn zu fragen, was die Tochter seines Widersachers auf seinem Hof zu tun hatte und worüber sie beide sich so lange unterhalten hatten. Noch bevor er Resi fragen konnte, meinte sie mit tränenerstickter Stimme: »Ich kann es gar nicht fassen, Vater. Der Förster Benedikt ist gefallen.«

Ihr Vater wurde kreidebleich, bekreuzigte sich nur knapp und warf einen strengen Blick zum Herrgottswinkel. »Per Telegramm wurde der Gutshof gerade darüber informiert, und morgen wird sein Name bereits auf der Gefallenenliste stehen. Lisl wollte uns die traurige Nachricht jedoch persönlich überbringen, bevor wir es aus der Zeitung erfahren«, fügte sie erschüttert hinzu. Die Tochter des Gutsherrn hatte ihr auch berichtet, dass der Oberjäger Freidl seinen verwundeten Sohn unlängst am Bahnhof in Mürzzuschlag abgeholt hatte. Doch davon wollte Resi ihrem Vater nichts erzählen, um sich selbst und ihn nicht noch mehr aufzuregen. Der Tod von Benedikt hatte sie beide zutiefst getroffen.

Ihren Bruder Karl suchte sie sofort danach in seiner Kammer auf, um mit ihm für den Förster zu beten. Karl hatte die schreckliche Nachricht mit Entsetzen vernommen und war zutiefst unglücklich. Er bat sie innigst, ihn allein zu lassen. Sein Schluchzen war im ganzen Haus zu vernehmen. Es dauerte keine Stunde, bis alle noch am Hof Verbliebenen in der Stube zusammengekommen waren. Resi hatte die Leute am Hof aufgerufen, für die neu Gefallenen, zu denen leider auch der junge Förster gehörte, ein Vaterunser zu beten. Die Magd zündete eine Friedenskerze an. Karl brachte kein Wort heraus, er war wie von Sinnen und musste unentwegt an die schönen Stunden mit Benedikt denken. Es wurde ihm bewusst, wie wichtig es ist, Zeit füreinander aufzubringen, und war trotz seines tiefen Schmerzes froh über jede gemeinsam mit Benedikt verbrachte Minute.

Zusammen mit der Magd verließ er nach dem Gebet die Stube, um in den Garten zu gehen. Er grub den Rosenstock von Benedikt sorgsam aus und pflanzte ihn am Grabe seines Bruders vor dem Holzkreuz ein. Jetzt musste Karl nicht nur erkennen, dass Benedikt damals im Forsthaus recht gehabt hatte, als er zu ihm sagte, dass sie kein gemeinsames Glück finden würden. Er erkannte auch, dass ihre Liebe für immer ein großes Geheimnis bleiben musste. Sein letztes und schönstes Geheimnis, Benedikts Foto, verwahrte er gemeinsam mit seinem einzigen Brief an ihn in einem Geheimfach des Kastens, wo sich auch das Sterbebildchen seiner Mutter, die er nie kennenlernen durfte, befand. In der Hoffnung, beide einmal im Himmel am Tage des Jüngsten Gerichts zu sehen, versuchte er, stark zu bleiben und nicht aufzugeben.

Lisl war in der Zwischenzeit zum Gutshof zurückgekehrt. Ihre Gemütsverfassung war am Boden und ihre Gedanken mit Wehmut beim liebenswerten Förster Benedikt. Warum trifft es immer die Guten?, schoss ihr durch den Kopf.

Unmittelbar nach ihrer Rückkehr war der Oberjäger Freidl aufgetaucht, um ihrem Vater einen Besuch abzustatten. Der eigenartigen Reaktion des Jägers nach dürfte er nicht damit gerechnet haben, dass sie schon wieder zurück sein würde. Er hatte ihr Weggehen sicher ausspioniert, denn es war Lisl nicht verborgen geblieben, dass der Oberjäger sich auffallend oft in der Nähe von Büro und Kanzlei aufhielt. Nervös an seiner Hosennaht reibend bat er sie jetzt, ihren Vater in einem dringenden Fall sprechen zu dürfen. Lisl wusste, dass ihr Vater unangemeldete Besucher am Vormittag verabscheute. Sie suchte ihn daher mit Unbehagen in der Kanzlei auf und kündigte den Oberjäger an.

Aber im Gegenteil, fast so, als hätte der Gutsherr den Alois Freidl erwartet, forderte er ihn auf, rasch einzutreten. Sie lauschte an der Tür und hörte, dass der Vater des Revierjägers den Gutsherrn dringend bat, seinem Sohn noch eine Chance zu geben. Er berichtete davon, dass er ihn vom Zug abgeholt habe, seine Verletzung aber nicht schwer gewesen sei und er jetzt bereits fast genesen zu Hause sitze. Dass er aber wegen der grausamen Kriegserinnerungen nachts so oft verzweifelt laut aufschrie, dass keiner von ihnen im Haus mehr Ruhe finden konnte. Richtig traumatisiert wäre sein tapferer Sohn, erzählte der Oberjäger, und dass er unbedingt eine sinnvolle Beschäftigung brauche.

Lisl erinnerte sich, dass sie Johann Freidl am Bahnhof lediglich deshalb erkannt hatte, weil er sich in Begleitung seines Vaters befand. Sie hatte gerade um diese Zeit in der Halle verletzte Soldaten versorgt. Abgemagert war er, sein Blick war zu Boden gerichtet, er schien insgesamt in keinem guten Zustand zu sein. Mit dem linken Fuß humpelte er ein wenig, kam jedoch ohne fremde Hilfe recht gut vorwärts. Beide Männer strebten damals sofort in Richtung Ausgang, ohne sich auch nur umzusehen. Für Lisl hatte es den Anschein, dass sie am liebsten unerkannt geblieben wären. Wahrscheinlich war die Ankunft des Revierjägers in Soldatenkleidung bei dem Tumult am Gelände tatsächlich kaum jemandem aufgefallen, auch wenn seine Rückkehr in der Zeitung angekündigt worden war.

Lisl horchte gespannt weiter. »Kannst du mir bitte helfen? Johann braucht Arbeit. Nur bis zu seiner vollständigen Genesung, dann wird er ohnedies an die Front zurückkehren. Und für Kontrollgänge ist er jetzt schon gut einzusetzen«, meinte der Oberjäger. Er wusste natürlich, dass ihrem Vater die notwendigen Jäger fehlten, um im Revier auf Kontrollgänge zu gehen, weil die meisten von ihnen an der Front waren.

»Dein Sohn hat sich ohne mein Einverständnis freiwillig zum Militär gemeldet. Was geht mich jetzt seine Rückkehr an?«, wollte ihr Vater abwehrend wissen. »Die Familie Freidl stellt seit Generationen die Jäger für den Gutshof, und noch nie hat es Schwierigkeiten gegeben«, hielt der Oberjäger dagegen. Und als ihm der Gutsherr vorwarf, dass ihn sein Sohn in letzter Zeit schwer enttäuscht hätte, erwiderte er: »Ich weiß, woran du denkst. Aber ich werde schon noch beweisen, dass es der Kreuzbauer-Sepp war, der im Jagdschloss Mürzsteg eingebrochen hat. Er hatte Zugang zum Schlüssel.«

»Und was ist mit dem kaiserlichen Forsthaus oben? Da war doch dieser Wilderer längst tot?« Es folgte eine kurze Stille. Der Oberjäger Freidl hatte jedoch schnell eine Antwort parat: »Da bist du schon selbst dem Förster auf den Leim gegangen. Der schlaue Fuchs hat nämlich diesen Einbruch nur vorgetäuscht. Frag doch deine Tochter, der Zweitschlüssel befand sich immer am Schlüsselbrett.« Lisl erschrak kurz, denn der Schlüssel war tatsächlich am Brett gewesen. Allerdings nicht von Dienstbeginn an, erst eine Weile später. Am Abend davor und auch noch in der Früh, als sie in die Gutsverwaltung gekommen war, hatte der Schlüssel noch gefehlt. »Und warum sollte der Benedikt den Einbruch nur vorgetäuscht haben?«, wollte Rabenhofer vom Oberjäger jetzt wissen. Abermals Stille. »Weil er mit den Kreuzbauern oben, diesen Wilderern, unter einer Decke steckt«, antwortete der nach einem kurzen Zögern.

Anscheinend war es mit dem Wort »Wilderer« gelungen, ihren Vater zu manipulieren, denn er änderte daraufhin seine Meinung. Er entschied, dass Johann Freidl ab sofort bis zum erneuten Einrücktermin wieder in den Rabenhofer-Wäldern unterwegs sein durfte, jedoch nur unter zwei strengen Bedingungen. »Meinetwegen soll er Kontrollgänge machen, aber nur mit ungeladenem Gewehr, das reicht zur Abschreckung. Und er soll es ja nicht wagen, sich davor oder danach hier am Gutshof blicken zu lassen«, sagte der Gutsherr abschließend.

Schnell ging Lisl zu ihrem Schreibtisch zurück. Sie verspürte einen grenzenlosen Zorn. Wie konnte ihr Vater jemanden einstellen, der sein Vertrauen so stark missbraucht und noch dazu jemanden umgebracht hatte? Jeden anderen Menschen hätte er sofort des Gutshofes verwiesen. Sie musste an Sepp denken, den der Vater damals regelrecht vom Hof gejagt hatte. Und das, weil der Oberjäger und sein Sohn gegen Sepp intrigiert und ihr Vater alles für bare Münze gehalten hatte. Jetzt versuchten sie, dem Sepp sogar den Einbruch anzuhängen. Und statt Empörung über diese Hinterhältigkeit zeigte ihr Vater plötzlich Verständnis für die Bitte des Oberjägers und stellte seinen Sohn wieder ein. Es schüttelte sie vor Empörung.

Nachdem Alois Freidl mit einem zufriedenen Grinsen an ihr vorbeigegangen war, stürmte sie wütend zum Vater in die Kanzlei. Sie wollte ihm berichten, was sie gestern über den Revierjäger und sein Verhalten an der Front erfahren hatte. Außerdem sollte er wissen, dass der Förster gestern gefallen war. Doch ihr Vater winkte mit zorniger Miene streng ab, als er seine aufgeregte Tochter erblickte, und steckte den Kopf in seine Unterlagen. Kopfschüttelnd stand sie noch einen Moment schweigend vor ihm. Wie konnte ihr Vater einerseits so uneinsichtig und streng, aber andererseits gerade den Jägern Freidl gegenüber so nachsichtig sein? Und was konnte sie dagegen unternehmen? Heute Abend würde sie versuchen, noch einmal mit dem Vater zu sprechen. Und wenn er sich dann noch immer stur stellte, würde sie ihm androhen, den Gutshof zu verlassen. Sie hatte von einem neu errichteten Lazarett in Leoben in der Zeitung gelesen, und lieber wollte sie dorthin gehen, als mit einem Mörder – und inzwischen war sie sich ganz sicher, dass der Revierjäger Freidl ein gemeiner Mörder war – am Gutshof zu arbeiten.

Lisl wollte sich bereits umdrehen, da nahm eine andere Idee in ihrem Kopf Gestalt an: sich am Revierjäger Freidl rächen für das, was er ihr und Sepp angetan hatte. Und wenn sie aus ihm die Wahrheit rausprügeln müsste, er würde ihr nicht entkommen. Sie erschrak, als ihr Vater in diesem Moment vom Schreibtisch aufschaute. Hatte er ihre Gedanken gelesen? Aber nein. Mit finsterer Miene streckte er ihr einen Umschlag hin und forderte sie schroff auf, damit sofort zur Sparkasse zu gehen. »Hier. Bring das dem Bankdirektor, bevor noch mein ganzes Geld verloren ist.« Lisl machte also gute Miene zum bösen Spiel und nickte nur kurz, sie wollte für ihren ermordeten Sepp die Haltung bewahren.

Jeden Tag stand ihr sein schönes Gesicht, in dem sich jede Emotion so deutlich wie ein Schriftzug abgezeichnet hatte, vor Augen. Die Erinnerung an ihre gemeinsame Zeit mit den geheimen Treffen wirbelte immer wieder an die Oberfläche. Hätte ich doch nur damals schon alles für ihn aufgegeben, dachte sie verzweifelt. Sie verspürte gleichzeitig einen tiefen Hass gegen den Mörder ihres Geliebten. Es war höchste Zeit, ihn zur Rede zu stellen und mit ihm abzurechnen, bevor er an die Front zurückmusste. Denn das konnte womöglich schnell passieren.

Als sie von der Bank zurückkam und dem Vater die Unterlagen zurückgab, verlor sie kein Wort über den Förster Benedikt. Dann soll er es eben aus der Zeitung erfahren. Ich will jetzt kein Wort mit ihm reden, dachte sie sich und verließ schnell die Kanzlei. Auf dem Weg zu ihrem Büro fiel ihr ein, dass sie in ihrer Aufregung wieder einmal die Tür nicht abgeschlossen hatte. Auf ihrem Schreibtisch stach ihr sofort der kleine weiße Briefumschlag ins Auge, auf den sie fassungslos blickte. Schaute der nicht genauso aus wie der letzte Brief, den ihr Sepp zukommen hatte lassen, und den sie so lange verzweifelt gesucht hatte?

Sie griff danach, öffnete hastig den schlampig zugeklebten Umschlag und nestelte nervös den Zettel hervor. Natürlich war es der Brief von damals. Sie machte große Augen und fasste sich fragend an die Stirn. Wie kam dieser Brief hierher, und wer hatte ihn gebracht? Das Datum 2. Mai war durchgestrichen und darüber stand gekritzelt: »Heute«. Uhrzeit und Treffpunkt standen genauso da, wie Sepp es einst für sie notiert hatte. Lisl war entsetzt über diese Aufforderung.

Ihr schwirrten viele Gedanken im Kopf herum. Wer hatte diesen Brief tatsächlich die ganze Zeit gehabt und musste daher von ihrem geheimen Treffpunkt damals gewusst haben? Anfangs vermutete sie, die Nachricht vor Aufregung verlegt zu haben. Später verdächtigte sie den Revierjäger Freidl, dass er den Brief aus ihrem unversperrten Büro gestohlen hatte. Somit hätte er den genauen Treffpunkt gekannt, und während sie mit ihrem Vater bei der Veranstaltung in der Au wie auf Nadeln gesessen hatte, konnte er sich nach oben zum Kaisersteig geschlichen, dort ihrem Sepp aufgelauert und ihn als Wilderer gestellt haben. Dass aber Sepp tatsächlich vor seinem Treffen mit ihr ein Rehkitz geschossen haben sollte, schien ihr unvorstellbar. Doch die Kommission des Bezirksgerichts hatte der Aussage des Revierjägers, in Notwehr gehandelt zu haben, Glauben geschenkt. Nur er selbst wusste, wie sich die Morde an Birnstingl und an Sepp tatsächlich zugetragen hatten. Sie musste es selbst herausfinden.

Nur: Wen würde sie treffen? Wer hatte diesen Brief auf ihren Schreibtisch gelegt? Der Revierjäger Freidl konnte es nicht gewesen sein, der durfte doch den Gutshof nicht mehr betreten. Also wer wollte jetzt nach all der Zeit mit ihr drüber reden? Auch wenn ihr davor graute, sich mit dem wahrscheinlichen Mörder ihres Geliebten zu treffen, es wäre ihre einzige Chance, Licht ins Dunkel zu bringen, und auch die beste Möglichkeit, den Tod ihres Geliebten zu rächen. In ihrem Kopf rotierten die Gedanken. Der Oberjäger könnte es gewesen sein oder der Hofwärter oder vielleicht sogar der Stallbursche, der den Revierjäger beim Gespräch mit dem Sohn des Mitterhofbauern belauscht hatte. Aber welche Motive hätten diese Männer gehabt? Das machte doch alles keinen Sinn. Fragen über Fragen, die Lisl nicht zu beantworten wusste. Sie beschloss, so schnell wie möglich mit Resi darüber zu reden. Sepps Schwester sollte erfahren, dass Johann Freidl wieder im Revier unterwegs sein könnte. Aber vor allem sollte Resi unbedingt von diesem Brief und dem geplanten Treffen am Kaisersteig wissen. Deshalb begab sie sich erneut auf den Weg zum Kreuzbauerhof.

Auf dem Gendarmerieposten saß Ulbrich dem Gemeindegendarmen Fladinger gegenüber, studierte die schriftlichen Unterlagen des Kommandanten Birnstingl, die er gestern zufällig in einem Schrank gefunden hatte, und machte ein verkniffenes Gesicht. Fladinger hatte es tatsächlich nicht der Mühe wert befunden, ihm zu sagen, dass es dieses Büchlein mit den Notizen des ermordeten Kommandanten überhaupt gab. Ulbrich hatte getobt und

Fladinger sich nur gerechtfertigt, er sei ja nicht danach gefragt worden. Während der Bezirksgendarm aus Graz versuchte, sich in die handschriftlichen Notizen seines Vorgängers einzulesen, blätterte sein Gegenüber gemütlich das *Grazer Volksblatt* durch. Fladingers Desinteresse an seiner Arbeit erzürnte seinen Vorgesetzten von Tag zu Tag mehr. Er schüttelte erbost den Kopf beim Anblick des sich heute schwer leidend gebenden Gemeindegendarmen. Beim letzten Rundgang hatte er sich den Knöchel verstaucht und hinkte etwas, außerdem hätte er sich zusätzlich beim Wachdienst in der Bahnhofshalle erkältet. Ulbrich schien nun tatsächlich der einzige einsatzfähige Gendarm in Mürzzuschlag zu sein. Die beiden jungen Kollegen waren zum Kriegsdienst einberufen worden. Dabei hatte er gerade in den Unterlagen eine brisante Information gefunden, die sich mit seinen eigenen Ermittlungsergebnissen zu decken schien.

Der alte Gemeindegendarm hatte die störende Angewohnheit, die Zeitung nicht nur leise vor sich hin flüsternd zu lesen, sondern dazwischen auch laute Kommentare abzugeben, die sein Gegenüber beim Nachdenken und Kombinieren hatten aufschrecken lassen. Fladinger las gerade eine Seite, auf der sich eine ganze Spalte mit der Überschrift »Ein Hilferuf von Peter Rosegger« befand, und begann leise vor sich hinzumurmeln: »Vor wenigen Wochen sind sie, unsere Soldaten, jauchzend fortgezogen, und begeistert haben wir ihnen nachgejubelt. Und schon kommen sie zurück, kommen in langen Eisenbahnzügen, Tausende und Tausende …« Er zog verärgert seine Brauen hoch und schaute zu Ulbrich, der so tat, als hätte er Fladingers Vorlesen überhört. »So ein Schwachsinn. Was ist nur in den alten Rosegger gefahren? Der sitzt im gemachten Nest und schreit um Hilfe«, kritisierte Fladinger lautstark nach diesen ersten Zeilen und hielt Ulbrich die Zeitung hin. Der hob den Kopf, griff hastig danach und las den vollständigen Artikel. »Das darf doch nicht wahr sein, Fladinger! Lesen Sie doch den kompletten Bericht und regen Sie sich nicht gleich nach dem ersten Absatz auf, wenn Sie nicht wissen, worum es geht. Hier handelt es sich doch nicht um einen persönlichen Hilferuf, sondern um einen Aufruf Roseggers, für das *Rote Kreuz* zu spenden.« Er war sich sicher, dass der Gemeindegendarm bei seiner Arbeit genauso oberflächlich und ungenau vorging. »Mein Gott, Fladinger!«, seufzte er verzweifelt auf. Dabei ärgerte er sich, wie viel Zeit er schon hier in Mürzzuschlag verbracht hatte, um Fladingers Unfähigkeit zu kompensieren. Zwangsläufig musste er dabei auch an den Mord auf der Pretul denken.

Der alte Gendarm kratzte sich verlegen am Hinterkopf und wollte den Artikel nun gemächlich zu Ende lesen. Er schrak aber sogleich beim lautstarken Klopfen an der Tür zusammen. Der Oberjäger Freidl trat schweren Schrittes ein und meinte: »Grüß Gott, verehrte Herren! Mich schickt der Gutsherr Rabenhofer.«

»Worum geht es?«, wollte Ulbrich von ihm wissen, er wirkte etwas verärgert über diesen Besuch. Der Oberjäger hatte ihn nämlich zuletzt, als er bei ihm zu Hause war und nachfragte, ob sein verwundeter Sohn bereits auf Heimaturlaub sei, nicht einlassen wollen und ihm empfohlen, sich doch an den Gutsherrn zu wenden.

»Rabenhofer hat mir aufgetragen, für ihn nachzufragen, wie es mit den Ermittlungen zu den Einbrüchen im Jagdschloss und im Forsthaus steht, und was Sie gedenken zu unternehmen«, erwiderte Alois Freidl.

»Und deshalb schickt der Gutsherr jetzt Sie?«, fragte Ulbrich barsch nach, bevor er knapp antwortete: »Nein, es hat sich niemand auf den Zeitungsartikel gemeldet, und ja, wie Sie sich denken können, ist es im Moment sehr schwierig mit weiteren Befragungen, wo alle Männer an der Front sind. Somit gibt es keine neuen Erkenntnisse, und das habe ich unlängst Ihrem Vorgesetzten selbst berichtet.«

»Schon gut, Herr Kommandant. Ich werde es so ausrichten.«

»Gibt es sonst noch Vorkommnisse, die zur Aufklärung beitragen könnten und die Sie mir berichten können?«, fragte Ulbrich seinerseits nun den Oberjäger, der deswegen offensichtlich irritiert war. »Nein. Nur, der Gutsherr lässt auch nachfragen, ob Sie wohl schon oben beim Kreuzbauerhof waren, um nach dem Diebesgut zu suchen.«

»Ja natürlich. Fragen Sie Ihren Vorgesetzten, ob er von uns denkt, dass wir hier die ganze Zeit untätig herumsitzen. Der Gemeindegendarm Fladinger hat sich bereits vor längerer Zeit die Kammer sowie die Holzhütte des Wilderers angesehen und nichts Verdächtiges gefunden. Nicht wahr, Herr Gemeindegendarm?«

Ulbrich schaute Fladinger an und wartete auf seine Bestätigung. Der versuchte, seinen Kopf hinter der Zeitung zu verstecken. Ihm stieg nämlich der Schweiß auf die Stirn. Einige Male hatte sich der Kommandant schon über seine Nachlässigkeit aufgeregt, und nun musste er zugeben, dass er nicht bei der Hütte des Wilderers gewesen war, um sie zu kontrollieren. Er zögerte und legte die Zeitung weg, bevor er verlegen antwortete: »Das stimmt. Die Kammer des Wilderers habe ich durchsucht und weder Diebesgut noch Verdächtiges zum unerlaubten Jagen gefunden …

aber für die Hütte oben am Kaisersteig, da war noch keine Zeit.« Als Ausrede fügte er hinzu: »Sie wissen ja, meine Herren, der Krieg, ja, der schreckliche Krieg ist uns allen dazwischengekommen.«

Der Oberjäger wollte gerade mit einem boshaften Grinsen antworten, da kam ihm der Kommandant zuvor: »Ach ja, der Krieg, Herr Oberjäger. Ich habe gehört, dass Ihr verletzter Sohn zwischenzeitlich von der Front zurück ist, und hätte daher gerne mit ihm persönlich gesprochen.« Dass es mit Fladinger wegen seines Versäumnisses noch ein Nachspiel geben würde, lag auf der Hand.

Daraufhin errötete der Oberjäger. Es war offensichtlich, dass der Kommandant in dieser Sache hartnäckig bleiben würde. Gar nicht mehr so selbstbewusst meinte er: »Es ist nur, Herr Kommandant ... es geht meinem schwer verletzten Sohn nicht gut. Kommen Sie doch in ein paar Tagen vorbei.«

»Das werde ich mit Sicherheit tun«, erwiderte Ulbrich mit erhobenem Zeigefinger und der nachdrücklichen Betonung auf »ich«.

Nachdem der Oberjäger mit einem verkniffenen Lächeln und einem mulmigen Gefühl den Gendarmerieposten verlassen hatte, erteilte Ulbrich maßlos verärgert Fladinger den Befehl, sich die nächsten Tage trotz Erkältung und verstauchtem Bein nicht mehr bei ihm am Posten einzufinden, sondern sich umgehend zum Bahnhof zu begeben, um die Situation dort zu überwachen. »Glauben Sie mir, Fladinger, ich komme persönlich vorbei und werde mich vergewissern, ob Sie auch tatsächlich dort sind.« Sprachlos starrte Fladinger den Kommandanten an, er musste erst verarbeiten, was ihm soeben befohlen worden war, dann erhob er sich stumm vom Tisch.

Ulbrich überlegte, ob dieser Besuch des Oberjägers tatsächlich im Auftrag des Gutsherrn geschehen war. Das würde er bei nächster Gelegenheit überprüfen. Er hatte einen bösen Verdacht und wollte sich nicht mehr länger an der Nase herumführen lassen. »Wenn da nicht die Alarmglocken läuten«, flüsterte er dieses Mal vor sich hin. Dann wandte er sich wieder dem Studium der Unterlagen zu. Fladinger war bereits nach nebenan gehumpelt, um sich zu adjustieren.

Johann Freidl wartete auf seinen Vater, der eine gefühlte Ewigkeit im Ort unterwegs gewesen war. Würde der Plan aufgehen, den sich sein Vater überlegt hatte? Eine Sache, die ihm besonders wichtig war, würde er heute auf jeden Fall erledigen müssen, dafür hatte sein Vater sicher schon gesorgt. Nachdem der Oberjäger seinem Sohn nach seiner Rückkehr alles ausführlich berichtet hatte, übergab er Johann einen gefüllten Rucksack und drückte ihm ein entladenes Gewehr in die Hand. Er verabsäumte es nicht, die Taschen seines Sohnes nach Munition zu durchsuchen, und meinte: »Du solltest jetzt bald losgehen. Mit deinem verletzten Knie wird dir der Weg auf den Ganzstein zwar ein wenig beschwerlich werden. Aber wie ich dich kenne, bist du ein tapferer Kämpfer. Du wirst das schaffen, mein Sohn.« Er klopfte ihm dabei auf die Schulter.

Der Oberjäger war zufrieden. Er hatte eine Lösung für alle ihre Probleme gefunden. Alles hatte sich perfekt gefügt, er war einfach schlauer als dieser lästige Gendarm Ulbrich. Er sah Johann noch einen Augenblick lang nach, dann begab er sich hinter das Haus, um noch einige Gegenstände zu vergraben, die ihm sein Sohn gestern übergeben hatte und die niemand zu finden brauchte.

Dem Gutsherrn wollte er morgen erst einen Besuch abstatten, um ihm zu berichten, dass nun alles ganz in seinem Sinne geregelt war, jetzt endgültig Ruhe in die Angelegenheit käme und er es nicht zu bereuen brauche, dass er seinem Sohn nochmals eine Chance gegeben hatte.

# 12 Am Tage des Gerichts

Resi konnte noch immer nicht fassen, dass der junge Förster Benedikt gefallen war. Als Lisl knapp nach dem Mittagessen ein weiteres Mal zum Hof geritten kam, war sie noch völlig außer sich. »Womöglich ist jetzt auch noch dem Knecht Florian etwas zugestoßen«, befürchtete sie. Lisl fand keine Zeit, sie zu beruhigen, sondern berichtete ihr gleich vom Besuch des Oberjägers beim Gutsherrn. Resi traute ihren Ohren nicht, als sie hörte, dass dieser ihren Erzfeind Johann Freidl tatsächlich wieder eingestellt hatte. Jedem war bekannt, wie streng und engstirnig der Gutsherr war und dass er keine Fehler duldete. Warum also hatte er dem Alois Freidl den Gefallen getan, seinen in Ungnade gefallenen Sohn wieder einzustellen? War er so blind und leichtgläubig, oder warum sonst hatte er nicht sofort auch den Oberjäger wegen dieses frechen Ansinnens vom Gutshof verbannt? Gab es vielleicht einen anderen Grund dafür, den sie nicht kannten, dass der alte Freidl einen derart starken Einfluss auf den Rabenhofer hatte?

Danach vertraute Lisl Resi an, dass nach ihrer Rückkehr von der Sparkasse der weiße Briefumschlag von Sepp am Tisch gelegen war. Wer wollte sich da oben mit der Rabenhofertochter treffen? Dass Lisl bereit war, dieses Wagnis einzugehen, weil sie endlich die Wahrheit über das Geschehen am Kaisersteig wissen wollte, beeindruckte Resi. Sie muss den Sepp wirklich sehr geliebt haben, dachte sie mit Tränen in den Augen. Das alles wühlte sie derart auf, dass sie ihren Hass auf den Revierjäger nicht länger verbergen konnte: »Der Freidl hat uns beiden den Sepp genommen, und wer weiß, wem er sonst noch nach dem Leben trachten will. Ich werde dich auf keinen Fall allein zu diesem fragwürdigen Treffen am Kaisersteig gehen lassen. Erstens will ich ebenso die Wahrheit erfahren, und zweitens ist es für dich allein wirklich zu riskant. Bitte vertrau mir und nimm mich mit.« Lisl stimmte ihr dankbar und erleichtert zu, bat Resi jedoch, unabhängig von ihr schon etwas eher zum Kaisersteig zu gehen und sich vorerst versteckt im Hintergrund zu halten. »Vielleicht ist das unsere einzige Chance, endlich die Wahrheit zu erfahren. Und wenn wir zu zweit auftauchen, ist die womöglich dahin. Außerdem soll es nicht den Anschein haben, dass ich zu feige bin, mich allein zu treffen«, meinte sie zu Resi. »Du bist doch alles andere als feige. Ich verstehe dich und verspreche dir, mich erst dann zu zeigen, wenn es zu einer gefährlichen Situation kommen sollte.«

So war Resi eine Zeugin für die heutigen Gespräche und Ereignisse. Es war tragisch genug, dass es damals am 2. Mai keinen einzigen Überlebenden gab, der gegen Johann Freidl aussagen hätte können. Das durfte nicht noch einmal passieren. Lisl verabschiedete sich von Resi mit den Worten: »Wer auch immer dort oben auftaucht, wir müssen endlich die Wahrheit über die Morde am Kaisersteig herausfinden.« Resi hatte bereits einen Plan im Kopf, womit sie den Verfasser der Nachricht überraschen würde. Sollte es der Revierjäger sein, hat er zwar den Angriff im Schützengraben überlebt, aber meine Rache wird er nicht überleben, meinte sie im Stillen.

Der Kreuzbauer, der gerade im Obstgarten war, sah Lisl davonreiten und murmelte: »Mir kommt vor, aus den

beiden werden gar noch Freundinnen.« Er arbeitete unbe-
kümmert weiter und hatte weder Lust und noch Kraft,
sich über solche Dinge aufzuregen. Außerdem: Warum
sollte diese Feindschaft zwischen den beiden Familien
noch weiter auf Kinder und Kindeskinder übergehen und
nur Unheil bringen? Die Magd, der er heute im Obstgarten zur Hand ging, hatte Lisl ebenfalls gesehen und sagte
zum Bauer: »Wenn die beiden nur nichts Unüberlegtes
vorhaben.« Sie kannte Resi und wusste, wie sehr sie den
Revierjäger Freidl dafür hasste, dass er ihren Bruder erstochen hatte. Der Bauer nickte: »Ich hab schon gehört, dass
Sepps Mörder wieder im Land ist. Aber die Resi wird
schon wissen, was sie tun und was sie besser lassen soll.«

»Ja, Bauer. Aber glaub mir, ganz unberechtigt sind meine
Befürchtungen nicht. Hoffentlich begeht sie keine Dumm-
heit.« Der Bauer drehte sich um, er tat so, als hätte er ihre
Bedenken nicht gehört und pflückte fleißig weiter Äpfel.

Resi sah Lisl lange noch nach, bevor sie sich versi-
cherte, dass sich niemand im Hof befand. Erst dann ging
sie behutsam zum Holzstoß und zog Sepps Gewehr heraus. Schnell huschte sie in seine Kammer, schlüpfte in sein
altes Gewand und bemalte ihr Gesicht mit Kohle schwarz.
Fertig war der Wilderer, als den sie sich ausgeben wollte.
Jetzt holte sie aus ihrem Zimmer noch Patronen und einen
Rucksack. Nervös öffnete sie kurz das Fenster, um durch-
zuatmen, und bemerkte dabei, dass es inzwischen draußen
anders roch als in der Früh. Eine große Wolke verdeckte
gerade die Sonne und verdunkelte das Waldstück, wo der
Besitz vom Rabenhofer begann. Es kam ihr vor wie eine
fremde Welt. Nachdem sie sich vergewissert hatte, dass
niemand in der Nähe des Bauernhofes war, schloss sie das
Fenster, stieg vorsichtig die Treppe hinunter und schlich

sich aus dem Haus. Rasch rannte sie über die Felder und verschwand im angrenzenden Wald in Richtung Kaisersteig.

Da der Rabenhofer fast keine Jäger mehr hatte und es ihm generell an Forstpersonal fehlte, auch die Holzschlägerungen waren inzwischen eingestellt worden, machte sie sich keine großen Sorgen, dass ihr jemand begegnen könnte. Lisl und wahrscheinlich auch der Jäger, ob Oberjäger oder Revierjäger, sollte sich bald herausstellen, würden über den Ganzstein aufsteigen. Bevor sie am Kaisersteig in der Nähe von Sepps Hütte angekommen waren, befand sie sich bestimmt schon längst an Ort und Stelle. Im Brief stand 15 Uhr, und jetzt war es noch nicht einmal 14.30 Uhr.

Resi kannte den Weg zu Sepps Hütte gut. Manchmal hielt sie inne, um zu horchen. Fiel da nicht ein Tannenzapfen neben ihr vom Baum? Knackte hinter ihr nicht ein dürrer Zweig? Einmal bewegte sich über dem Hohlweg ein kantiger Schatten schwerfällig auf einen kleinen Felsen zu. Er gehörte zu einem großen Hirsch, der in aller Ruhe äste. Mit einem geschickten Schwung sprang ein Eichhörnchen von einem Ast zum anderen. Resi mochte den Wald und seine Tiere, sie hatte keine Angst und fürchtete sich auch nicht, unterwegs auf jemand Bösen zu treffen. Im Ort ging zwar das Gerücht um, dass immer mehr Wilderer und sonstige fragwürdige Gestalten unterwegs waren, aber im Notfall hatte sie das Gewehr ihres Bruders mit. Sie war eine gute Schützin und beherrschte die Schießtechnik, obwohl sie selbst nie auf die Pirsch gegangen war.

Am Kaisersteig angekommen erblickte sie von Weitem die Holzhütte neben der großen Tanne. Sie blickte neugierig um sich und ging ein paar Minuten weiter bis zu einer kleinen Lichtung im Rabenhofer-Forst. Am Waldrand versteckte sie sich hinter einem dichten Gebüsch und wartete dort geduldig, sorgfältig darauf bedacht, von niemandem gesehen zu werden. Durch die Blätter spähend konnte sie recht gut die letzten Biegungen des Weges einsehen. Es dauerte nicht lange und ein Jäger kam mit einem Rucksack und einem geschulterten Gewehr recht zügigen Schrittes den Weg herauf. Bereits aus der Ferne sah sie, dass es sich nicht um den korpulenten Oberjäger Freidl handeln konnte. Der Mann humpelte nur leicht und kam flott näher. Von einer angeblich schweren Kriegsverletzung war nicht viel zu sehen. Er machte einen ungepflegten Eindruck auf sie und schien bis auf die Knochen abgemagert. Erschreckt musste sie feststellen, dass nichts mehr von dem feschen jungen Jäger zu erkennen war, in den sie einst so verliebt war. Die kurze Zeit an der Front hatte wohl schnell seine Spuren an ihm hinterlassen. Es war unverwechselbar der Revierjäger Johann Freidl. Zunächst wollte er offenbar zielstrebig hinüber zu Sepps Hütte abbiegen. Doch hielt er an der Gabelung inne, schien kurz zu überlegen und schritt mit scharfem Blick weiter hinauf zur Lichtung. Er nahm mühsam den Rucksack ab, der anscheinend ziemlich schwer war. Sein schmal gewordenes Gesicht war gezeichnet von tiefen Furchen. Auf der Stirn hatte er eine große Narbe. Sie würde sicher für sein ganzes gottloses Leben an ihm haften bleiben, fiel Resi dazu ein und atmete tief durch, um sich zu beruhigen.

Mit einem lauten Seufzer setzte der Revierjäger sich im Schatten eines Baumes auf den Boden und wartete mit dem Gewehr in der Hand. Nach einer Weile zündete er sich eine Zigarette an, blies den Rauch in die Luft und machte den Eindruck, seinen Gedanken nachzuhängen. Dem ganzen Gehabe nach schien er jetzt nur mehr auf Lisl zu warten. Bedenken bereitete ihr lediglich die wahrscheinlich geladene Waffe. Sie hoffte, dass Lisl nicht zu unvorsichtig sein würde. Bei jedem kleinsten Geräusch zuckte der Mann zusammen und schaute mit scharfen Augen kampfbereit in den Wald hinein, so wie er es wohl an der Front gelernt hatte. Und sie war hier sein Feind, das war Resi bewusst. Deshalb durfte sie ihre geplante Rache keinesfalls zu früh ausführen. So lauerte sie voller Hass im nahen Gebüsch und wartete mit Pochen in der Brust, was sich ergeben würde.

Für den Revierjäger dürfte es wohl um etwas Entscheidendes gehen, sonst hätte er Lisl sicher nicht hier treffen wollen. Er musste nach seiner Genesung bestimmt wieder an die Front zurück und wusste, was ihn dort erwartete. Trotz ihrer erzwungenen Untätigkeit rasten Resis Gedanken ebenso wie ihr Herzschlag. Sie konnte sich beim besten Willen nicht mehr vorstellen, dass sie diesen Mann einmal geliebt hatte. Er war inzwischen nur noch der Mörder ihres Bruders.

Sie dachte über das Leben nach und darüber, dass der Tod eines Menschen so lange währte und das Leben so kurz war. Mit dem schrecklichen Verlust ihres Bruders war alles so unbegreiflich anders geworden. Sie grübelte und grübelte, und ihr kam in den Sinn, dass ihr Dasein dadurch zu einem grauen Meer mit schnell dahintreibenden Wogen geworden war. Sie war zwar müde, schlief dennoch nachts schlecht und fühlte sich tagsüber oft nicht richtig wach. Die Zeit verstrich zudem viel zu schnell, wieder ging es auf den Winter zu. Die Bäume begannen bereits ihr buntes Laub zu verlieren, die Blumen ihre Farben, und die Felder wurden kahl und braun. Über ihr schwankten die

Bäume wie Halme im Wind. In der Luft schwebte ein großer Adler, und allerhand kleinere Vögel bereiteten sich auf ihren Flug in den Süden vor.

Eine halbe Stunde war sicher schon vergangen, da hörte sie erneut Schritte aus dem Wald. Schon von Weitem konnte sie Lisl erkennen, die sich näherte. Sie war hübsch gekleidet, wie immer sehr adrett anzusehen und vermittelte einen mutigen Eindruck. Die dürren Zweige am Boden unter ihren Füßen knackten. Sie trat mit einem gefassten Gesichtsausdruck aus dem Wald, direkt auf die Lichtung, so als würde sie auf alles vorbereitet sein. Auch der Jäger sah sie schon von Weitem kommen und hielt sein Gewehr parat. Lisl erkannte zwar seine kampfbereite Stellung, ging aber, ohne sich Angst anmerken zu lassen, weiter. Resi befürchtete, dass der Revierjäger jetzt vielleicht aufspringen und Lisl mit dem Gewehr im Anschlag empfangen würde. Daher richtete sie langsam ihr Gewehr auf ihn und legte den Finger auf den Abzug. Sie spürte dabei ihr Blut heiß über den Nacken in den Kopf steigen. Resi hatte sich offenbar gewaltig getäuscht. Johann Freidl hob nämlich sein Haupt und schaute Lisl mit großen Augen an. Er musterte sie genau von oben bis unten, strahlte dabei und bat sie freundlich, neben ihm Platz zu nehmen. Resi wunderte sich, welche Ruhe und Gelassenheit Lisl noch immer bewahrte. Sie setzte sich mit einem kleinen Abstand neben den Jäger ins Gras und meinte: »Johann, ich muss mit dir reden, weil ich sonst keinen Schlaf mehr finde.« Er holte tief Luft und antwortete: »Ich muss auch mit dir reden, Lisl.«

»Was hast du mir denn so Wichtiges zu sagen und warum gerade hier an diesem Ort?« Er dachte kurz nach, bevor er in einem gewöhnlichen Tonfall zu reden begann:

»Dein Vater hat mehrmals gemeint, ich wäre ein geeigneter Schwiegersohn für ihn. Und jetzt, wo doch der Sepp tot ist, wollte ich dich fragen, ob du mich vielleicht zum Mann nehmen willst?« Resi wollte ihren Ohren nicht trauen. Sie horchte gespannt zu, als Lisl in aller Ruhe antwortete: »Wenn du dich dabei zu benehmen weißt und nicht überreagierst, können wir uns gerne darüber unterhalten.«

Jetzt erst legte der Jäger sein Gewehr, das er immer noch aufrecht in der Hand gehalten hatte, neben sich ins Gras. Dann hob er den Kopf, als würde er Witterung aufnehmen. Seine Augen blitzten unter den zusammengezogenen Brauen hervor, und seine Nasenflügel bebten wie bei einem Hund, der eine Beute in der Nähe spürt. Dass er sie am liebsten sofort zu seiner Frau machen wollte, war nicht zu übersehen. Lisl wusste, dass es ihr nichts nützte, sich über diese unmögliche Frage aufzuregen. Unmöglich allein deshalb, weil ihr Vater, der bereits länger auf der Suche nach der finanzkräftigsten Partie für seine Tochter war, nie an einen Jäger Freidl als Schwiegersohn auch nur denken würde. Aber sie musste mitspielen, sonst würde sie nie erfahren, was mit Sepp und dem Kommandanten Birnstingl damals tatsächlich geschehen war. Mit seiner Frage hatte sie nicht gerechnet. Der Jäger musste übergeschnappt sein, wie konnte er sich nur einbilden, dass sie ihn nach allem, was geschehen war, zum Mann nehmen würde?

Auch Resi war hinter dem Gebüsch wie erstarrt und staunte über seine Frage. Freidls Augen schlossen sich halb, als würde ihn die Sonne blenden, sein krummer Rücken straffte sich, als müsste er sich mit aller Kraft gegen eine erdrückende Last stemmen. Mit bereits schärferem Ton sagte er bestimmt: »Ich werde mich benehmen, solange du tust, was ich von dir verlange.« Ein besorgtes Lächeln erschien auf Lisls Gesicht, und sie versuchte verstohlen, sich ein Stück von ihm zu entfernen, während er sofort nach ihrer Hand fasste. Sein Händedruck war grob, und um seinen Mund lag ein merkwürdiges Lächeln. Es kam ihr so vor, als würde er sich an ihr festklammern wollen.

Lisl atmete kurz erleichtert auf, als er ihre Hand wieder losließ, und meinte mit ernster Miene: »Heute sollten wir offen über alles sprechen und dann für immer darüber schweigen. Es schaudert mich jeden Tag, dass ich nicht weiß, weshalb der Sepp sterben musste.« Sie presste ihre Handflächen fest an den Boden, um das Zittern ihrer Finger zu verbergen.

Freidl reckte seinen hageren Hals aus der Jacke, streckte abermals seinen Rücken durch und begann zu erzählen: »Ich habe von eurem Treffen hier oben erfahren, die schöne Lichtung oberhalb der Hütte kannte ich ja schon von der naiven Resi. Das dumme Mädel hat doch tatsächlich geglaubt, dass ich es auf sie abgesehen hätte. Als dein Vater anordnete, dass du mit ihm zur Aufführung in die Au gehen musst, wusste ich, dass der Sepp ganz allein sein würde. Ich konnte mir einen Plan zurechtlegen, wie ich ihn am besten reinlegen und als Wilderer wegsperren lassen könnte. Ganz so, wie es der Gutsherr nämlich von uns verlangt hat.« Lisl holte tief Luft, als sie das Wort »Gutsherr« vernahm. Ihr Vater hatte doch sicher nicht von »Reinlegen« gesprochen.

Freidl versuchte, seinen Arm um sie zu legen, aber sie rückte ein Stück zur Seite und schaute ihn dabei unverwandt an. Er sprach weiter: »Aber wie du dir denken kannst, war ich eifersüchtig auf ihn. Ist dir denn nie aufgefallen, wie sehr ich dich haben wollte, Lisl? Noch dazu hat mir dein Vater Hoffnungen gemacht. So habe ich dann den Sepp an jenem Nachmittag hier in der Nähe, dort am Rand der Lichtung, aufgespürt und mich leise an ihn herangeschlichen. Er musste beim Warten auf dich eingeschlafen sein, lag friedlich da, und mich überkam bei seinem Anblick ein großer Zorn auf ihn. Es schoss mir durch den Sinn, dass es am besten wäre, ihn gleich ganz aus dem Weg zu räumen. Dann ging alles sehr schnell. Im Schlaf hat er nicht mitbekommen, dass ich ihm zweimal das Messer in die Brust gerammt habe.«

Lisl war bei seiner Erzählung blass geworden, sie rang nach Luft. Dennoch hielt sie sich tapfer. Sie wusste, sie konnte die ganze Wahrheit nur erfahren, wenn sie ihn lange genug hinhalten würde. »Was dann?«, fragte sie aufgebracht mit klopfendem Herzen. »Danach habe ich das Rehkitz geholt, das der Sohn vom Mitterhofbauern am Vormittag für mich geschossen und hinter Sepps Hütte versteckt hatte. Das habe ich neben ihn gelegt, damit es nach Wildern auf frischer Tat aussah.« Für Resi bestätigte sich, dass Fritz mit dem Jäger gemeinsame Sache gemacht hatte. Doch der sprach bereits eifrig weiter: »Anschließend habe ich ordnungsgemäß unten im Ort Meldung beim Gemeindegendarmen gemacht, dass ich einen Wilderer erwischt hatte. Aber weil der Sepp keine Waffe bei sich trug, musste ich mir die Ausrede mit meinem Gewehr einfallen lassen.«

Ungläubig schüttelte Lisl den Kopf. »Warum musste dann der Kommandant Birnstingl sterben, Sepp kann ihn doch nicht erschossen haben?«, fragte sie. »Der Idiot war selbst an seinem Tod schuld. Hätte er den dummen Fladinger raufgeschickt, wäre weiter nichts geschehen, denn der ist ja zu allem zu blöd. Der Birnstingl aber, der hat mir die ganze Sache nicht abnehmen wollen. Wir haben uns

auf meinen Vorschlag hin getrennt und von zwei verschiedenen Seiten der Lichtung angenähert. Ich war selbst-
verständlich schon dort, als er ankam, und erklärte ihm,
ich hätte den Wilderer aus Notwehr erstechen müssen,
weil der mich mit meinem eigenen Gewehr bedroht hätte.
Aber der Kommandant zweifelte sowohl an meiner Aussage mit dem Gewehr als überhaupt an meiner raffiniert
ausgedachten Wilderergeschichte. Er stellte zu meinem
Nachteil rasch fest, dass der Sepp schon länger tot war.
Der Kommandant wurde mir gegenüber laut und behaup-
tete felsenfest, dass ich das alles nur erfunden hätte. Schon
allein deshalb, weil ich den Sepp beseitigen wollte, da er
mir wegen des Einbruchs in das Jagdschloss in Mürzsteg
auf die Schliche gekommen war. Aber das habe ich zu
diesem Zeitpunkt noch gar nicht gewusst, das schwöre
ich dir.«

Lisl verstand nach seinem Geständnis die Welt nicht
mehr. »Was hat denn der Mord mit dem Einbruch im Jagdschloss zu tun?«, wollte sie von ihm wissen. Freidl erklärte
fast beiläufig: »Schau, das ist der Rucksack vom Förster,
den ich ihm aus dem Forsthaus gestohlen habe. Und darin
befindet sich meine Beute des Jagdschlosses. Den Rucksack werde ich, wenn wir beide uns einig geworden sind,
hier in der Hütte verstecken, und dann wird endlich alles
gut werden.« Lisl wurde zornig und wiederholte lautstark:
»Was hat denn der Mord mit dem Einbruch zu tun?«

»Der Sepp hat mich nämlich deshalb in Verdacht gehabt
und mich als Einbrecher dem Birnstingl gemeldet. Davon
wusste ich damals wie gesagt noch nichts und fiel bei dieser
Anschuldigung panikartig aus allen Wolken. Wie konnte
er mir auf die Schliche gekommen sein? Der Kommandant
meinte mit ernster Miene und Gewehr bei Fuß, er müsse

mich nicht nur wegen des Einbruchs, sondern auch wegen dem Mord an dem Kreuzbauersohn sofort verhaften.«

»Und dann?«, fuhr ihn Lisl wütend an.

»Denkst du, ich lass mich mein Leben lang in den Kerker werfen? Daraufhin habe ich den Kommandanten blitzschnell mit meinem Gewehr erschossen. Die Waffe habe ich wieder neben den Sepp gelegt, damit es den Anschein hatte, als wäre er der Mörder. Zu meinem Glück gab es keinen einzigen Zeugen. Über mich selbst erschrocken bin ich zu den anderen hinuntergerannt, die bereits unterwegs auf der Suche nach dem Wilderer waren. Selbst die Gerichtskommission nahm mir meine Geschichte ab. Du siehst, ich bin also ein freier Mann. Unserer Heirat steht nichts mehr im Wege.«

Lisl biss sich auf die Lippen und entrüstete sich: »Du hast damals beide Männer umgebracht?«

»Ja, so ist es«, antwortete er mit gleichgültiger Miene.

»Und jetzt erhoffst du dir von mir, dass ich dich heirate?«, entgegnete sie ihm kopfschüttelnd.

Für einen Moment kehrte Stille ein. Er warf ihr einen eigenartigen Blick zu und drängte sie mit grobem Ton erneut mit seiner Frage. »Wirst du mich jetzt zu deinem Mann nehmen Lisl? Sag endlich ja!« Sie zuckte zurück und konnte diesen Wahnsinn einfach nicht glauben.

»Einen Mörder soll ich heiraten? Bist du denn völlig verrückt geworden?«, warf sie ihm entsetzt an den Kopf. Lisl blickte ihn mit weit aufgerissenen Augen an, er sah die Wut darin. Sofort griff er wieder nach seinem Gewehr und drohte: »Sag besser ja, Lisl! Denn wenn ich dich nicht haben kann, soll dich auch kein anderer bekommen.«

Lisl erschrak und befürchtete, dass er sie tatsächlich auch erschießen wollte, falls sie nicht einwilligte. Aus den

Augenwinkeln heraus sah sie sich hektisch in der Gegend nach Resi um. Sie hatte doch versprochen, ihr beizustehen. Doch Resi war nirgendwo zu sehen. Hatte Freidl sie entdeckt und ihr in seinem Wahn etwas angetan? Im Wald herrschte beunruhigende Stille. Sie versuchte, so gut es ging, sich ihr immer größer werdendes Unbehagen nicht anmerken zu lassen. Nie im Leben würde sie die Frau dieses Ungeheuers werden, lieber stürbe sie hier an Ort und Stelle. In diesem Augenblick fiel ihr die Bedingung des Vaters an den Oberjäger Freidl ein, dass sein Sohn nur mit ungeladenem Gewehr ins Revier gehen durfte. Sie fasste Mut.

»Was bist du nur für ein Unmensch, Johann! Dein Gewehr ist nicht einmal geladen.« Blitzschnell griff er mit beiden Händen nach ihrem Hals und zog ihren Kopf nach vorne ins Gras. Lisl versuchte, sich zu wehren, doch er packte sie nur noch fester und würgte sie. »Ein Mord mehr oder weniger, heute bist du an der Reihe!«, schrie er wütend.

Auf einmal lockerte sich sein Griff. Tapfer stand Resi längst mit dem Gewehr im Anschlag hinter Freidl und drückte es ihm fest in den Rücken. Er ließ erschrocken von seinem Opfer ab und sah aus dem Augenwinkel einen Wilderer mit geschwärztem Gesicht hinter sich stehen. Nach Luft ringend stand Lisl vom Boden auf, schüttelte sich am ganzen Körper und stellte sich an die Seite ihrer Retterin. Selbst sie erschrak im ersten Moment beim Anblick von Resi im Gewand des Wilderers, sie erkannte jedoch ihre blonden Haare unter dem Hut. Lisl dachte, dass Resi jetzt nur mehr abzudrücken brauchte, dann wäre der feige Mörder von Sepp und Birnstingl ihrer beider Rache zum Opfer gefallen. Nicht nur sie, auch Freidl schien in Panik auf den Schuss zu warten. Auf den letzten Abschuss. Vor seinem inneren Auge tauchten die schrecklichsten Kriegsbilder auf. Er begann zu zittern.

Als Lisl erstaunt bemerkte, dass Resi zögerte, ergriff sie das Wort und fragte den Jäger höhnisch, ob er denn wirklich geglaubt hätte, dass sie so dumm sei, allein heraufzukommen. Resi blieb weiterhin stumm, sie wollte sich nicht durch ihre Stimme verraten. Der Jäger sollte der Meinung sein, dass ein bewaffneter Mann hinter ihm stand. »Du wirst jetzt mit uns kommen und dein Geständnis beim Kommandanten Ulbrich vorbringen. Am Gendarmerieposten kannst du dir deine verdiente Strafe abholen!«, rief Lisl dem Jäger mit noch immer blassem Gesicht wütend zu und ballte ihre Hand zur Faust.

Freidl wurde sich seiner ausweglosen Situation immer mehr bewusst. Was war er bloß für ein Dummkopf gewesen? Wie hatte er in seiner Einbildung hoffen können, dass Lisl ihn tatsächlich heiraten würde? Was hatte er sich bloß dabei gedacht? Schließlich behandelte ihn auch der Rabenhofer inzwischen wie einen Aussätzigen und wollte am liebsten gar nichts mehr mit ihm zu tun haben. Der würde keinen Finger für ihn rühren. Er hatte seine Schuldigkeit getan und war für den Gutsherrn zu einem Übel geworden. Der Traum vom Schwiegersohn war längst ausgeträumt, und sein Vater würde ebenfalls endgültig von ihm enttäuscht sein. Er hatte in jeder Hinsicht versagt und stand schwerfällig vom Boden auf. Mühsam wuchtete er sich den schweren Rucksack auf den Rücken und zeigte sich willig, mit den beiden mitzugehen. Die als Wilderer verkleidete Resi ging mit dem Gewehr im Anschlag hinter ihm her und neben ihr Lisl, der noch leicht schwindlig von Freidls Würgegriff war, mit der ungeladenen Waffe des Jägers. Unten vor dem Ganzstein versuchte der Mörder zu entkommen und rannte unverhofft los. Mit dem Gewehr direkt auf ihn gerichtet, erinnerte sich Resi an das Versprechen, das sie und Sepp sich einst gegeben hatten. Egal, was jemals geschehe, sie würden nie auf einen Menschen schießen. Und das konnte sie auch jetzt nicht tun, das war sie ihrem toten Bruder schuldig.

Der feige Mörder stürzte kopflos davon und achtete kaum auf den Weg, zumal ihm die beiden Frauen unentwegt folgten. Im letzten Augenblick erinnerte er sich an einen abgelegenen Hohlweg und nutzte die Gelegenheit, sich dort zu verstecken. Er lauschte hektisch auf die Schritte seiner Verfolger, vernahm keine Schritte mehr und hoffte, sie abgeschüttelt zu haben. Schon wollte er erleichtert aufatmen, als nicht weit über ihm zwei Gestalten auftauchten. Der Wilderer zielte mit dem Gewehr auf ihn. »Diesmal entgehst du deiner Strafe nicht, du feiger Mörder, diesmal wirst du für deine Schandtaten sühnen!«, rief ihm Lisl zu. Durchdrungen von der Notwendigkeit, Lisl, dem Wilderer und seiner Strafe entkommen zu müssen, entwickelte der Revierjäger schier unmögliche Kräfte und rannte um seine Freiheit und um sein Leben. Immer weiter den Wald entlang, über Böschungen und Lichtungen, Richtung Tal. In Höhe des Ganzsteins hastete er den schmalen Weg zum Felsen hin und stürmte in Richtung *Rosegger-Ruh*, ohne auf die Gefahren des Weges zu achten. Er rutschte mit seinen Schuhen am feuchten Boden aus, verfehlte dabei mit der Hand das Absicherungsgeländer und stürzte mit einem gellenden Schrei in die Tiefe.

Der Schrei ließ die beiden Frauen hinter ihm in ihrer Bewegung erstarren. Sie vermuteten sofort, dass der Jäger abgestürzt sein musste. Von der langen Verfolgung gänzlich außer Atem blickten sich die beiden Frauen entsetzt an, eilten weiter Richtung *Rosegger-Ruh* und beugten sich über das Geländer. Tief und steil fielen die Felsen des Ganzsteins ab. Nichts konnte hier bei einem Sturz in die Tiefe Halt bieten. Vom Revierjäger Freidl war nichts mehr zu sehen. Resi bekreuzigte sich. »Der Herrgott sei seiner Seele gnädig«, murmelte sie, aber Lisl schüttelte den Kopf. »Hier hat nicht der Herrgott, sondern der Teufel gerichtet, weil dieser abscheuliche Mensch ohne die geringsten Bedenken und völlig ohne Reue die Hand nach dem Leben unschuldiger Menschen ausgestreckt hat.« Dann warf sie Freidls Gewehr den steilen Felsen hinunter. »Damit hat er den Kommandanten Birnstingl erschossen und den Sepp auch noch als Mörder dastehen lassen. Jetzt soll er es auch mit in sein schauriges Grab nehmen!«, schrie Lisl aufgebracht.

Resi musste sich erst fassen und meinte dann erleichtert: »Dem Herrgott sei Dank, dass du lebst und dir nichts geschehen ist.« Lisl antwortete: »Nicht auszudenken, wenn du nicht da gewesen wärst. Du hast mir das Leben gerettet. Ich weiß gar nicht, was genau vor sich ging, als er mich umbringen wollte. Alles ging so schnell.«

Sie atmete tief durch und meinte leise: »Wir haben zwar Freidls Geständnis und wissen jetzt mit letzter Sicherheit, dass der Sepp kein Mörder ist, können jedoch kein Sterbenswort von dem Erlebten hier erzählen. Niemand würde uns glauben.« Sie zeigte dabei auf Resis Verkleidung. »Und außerdem wird man womöglich noch uns beschuldigen, ihn aus Rache getötet zu haben.« Die Frauen setzten sich und berieten die Situation. Sie kamen zum Entschluss, es dabei zu belassen. Sepp sollte auf keinen Fall weiter als Mörder gelten. Die beiden Frauen hatten im Augenblick noch keine Idee, wie sie das erreichen könnten.

Als Resi auf den Kreuzbauerhof zurückkehrte, lag der zu ihrer Erleichterung wie verlassen da. Der Altknecht, Anna und Karl waren wohl noch bei den Erdäpfeln, Luise und der Bauer im Obstgarten. Die beiden Stallknechte waren inzwischen ebenfalls eingezogen worden. Sie begegnete daher keiner Menschenseele, konnte sich unbemerkt in ihrer Kammer umziehen und begab sich anschließend in die Küche. Vorher schob sie aber noch das Gewehr rasch an seine alte Stelle im Holzstoß zurück. Resi war froh, dass die Erinnerung an ihren Bruder Sepp sie davon abgehalten hatte, ihrem Hass nachzugeben und sich die Hände selbst mit Blut zu beflecken. »Du warst kein Mörder, und ich bin auch nicht zur Mörderin geworden«, flüsterte sie leise und bekreuzigte sich. Ob sie je jemandem von den Ereignissen des heutigen Nachmittags erzählen würde? Vielleicht ihrem Vater oder Karl und auch Luise? Sie wusste es nicht und auch nicht, warum sie in diesem Moment gerade an den Knecht Florian denken musste.

Lisl ging gedankenverloren zum Gutshof zurück und gleich in ihr Büro. Sie wollte mit dem Vater ein ernstes Wort über die Freidl-Jäger reden und hoffte, dass er ihr dieses Mal zuhören würde. Seine Kanzleitür war aber versperrt, drinnen war es ruhig, der Vater schien nicht anwesend zu sein. Der Abend sank langsam über den Gutshof. Als Lisl gerade zum Dienstschluss ihr Büro abschließen wollte, standen der Oberjäger Alois Freidl und der Kommandant Ulbrich vor der Tür und wollten dringend mit dem Gutsherrn reden. »Ich glaube, er ist nicht da«, sagte sie, klopfte aber trotzdem an die Kanzleitür ihres Vaters. »Hier ist die Gendarmerie«, rief sie laut. Und tatsächlich, mit einem leicht verwirrten Blick machte der Vater auf. Es schien ihr, als hätte er geschlafen. Der Gutsherr setzte eine eisige Miene auf, als er die beiden Männer vor sich stehen sah. »Was hat er denn dieses Mal angestellt, der feine Herr Revierjäger?«, fragte er den Oberjäger Freidl mit zornigen Augen. Sein wütender Ton deutete an, dass ihm die ganzen Probleme mit dessen Sohn nun endgültig reichten. Er packte den Oberjäger sogar kurz am Kragen, aber Ulbrich griff ein und zog ihn zurück. Als sich die Lage wieder beruhigt hatte, erzählte der Gendarm dem Gutsherrn mit ernster Miene, dass der Revierjäger am späten Nachmittag von spielenden Kindern am Fuße des Ganzsteins tot aufgefunden worden war. Doch nicht nur das, in dem Rucksack, der im Inneren den Namen des Försters Benedikt eingenäht hatte, befand sich alles Entwendete aus dem Jagdschloss Mürzsteg. Der Revierjäger hatte seine Beute wohl oben am Ganzstein oder womöglich sogar in der Hütte des Kreuzbauern verstecken wollen. Dabei dürfte er aufgrund seiner Gehbehinderung in der Nähe der *Rosegger-Ruh* abgestürzt sein.

Die Miene des Gutsherrn entspannte sich deutlich. Er wollte nun sogar dem Oberjäger zur Bekundung seines Beileids die Hand reichen. »So ein Unglück. Es tut mir aufrichtig leid um deinen Sohn. Zum Glück aber sind nun endlich alle Unklarheiten beseitigt.« Der Oberjäger verweigerte zornig den Handschlag und gab dem Kommandanten mit dem Kopf ein Zeichen. Der sagte darauf: »Nein, Herr Rabenhofer, da muss ich Sie enttäuschen. Es sind noch nicht alle Unklarheiten beseitigt.« Lisls Vater trat einen Schritt zurück und schaute bestürzt drein. »Ich kann Ihnen nicht folgen, Herr Kommandant. Kann etwas Tragischeres geschehen als der tödliche Absturz eines Jägers?«

»Ja«, antwortete der Oberjäger knapp und fügte hinzu: »Ich habe vorhin ein Geständnis abgelegt.«

»Was für ein Geständnis?«, wollte Lisl nun wissen und schaute den Kommandanten fragend an.

Der Oberjäger Freidl nickte ein weiteres Mal, und Ulbrich klärte Lisl auf: »Johann, der Revierjäger, hatte aufgrund seiner jahrelangen Spielsucht hohe Schulden. Um diese abzahlen zu können, verkaufte er das vom Mitterhofbauersohn gewilderte Fleisch an Wirte in Bruck an der Mur, wo er sich ohnehin laufend zum Glücksspiel einfand. Als das Geld trotzdem nicht reichte, besorgte er sich den Schlüssel vom Jagdschloss Mürzsteg und bediente sich am Silber und an weiteren Wertgegenständen, die er jedoch nicht sofort unter die Leute bringen konnte. Ihm fehlte daher immer noch Geld. Der spätere Diebstahl im Forsthaus hat ihm aber auch nicht viel gebracht.«

Rabenhofer schüttelte den Kopf. »Bei uns am Gutshof geht es kriminell zu!«, rief er aus, scheinbar entsetzt über das Gehörte. Darauf erwiderte Ulbrich: »Da muss ich Ihnen recht geben, Herr Rabenhofer. Denn Sie selbst haben von alldem Kenntnis gehabt, weil der Kommandant Birnstingl deswegen zu Ihnen gekommen war und Ihnen seinen begründeten Verdacht mitgeteilt hatte. Das habe ich vor Kurzem seinen Aufzeichnungen entnehmen können. Sie haben diese Information bekommen und daraufhin den beiden Freidl-Jägern ein Angebot gemacht, auf das sie wohl oder übel eingehen mussten.«

»Was für ein Angebot, Vater?«, schrie Lisl laut auf und starrte ihn fassungslos an. Sie glaubte, auf seinen Lippen ein teils wütendes, teils ungläubiges Lächeln zu erkennen. Er blieb stumm, war aber plötzlich ganz blass geworden. Der Oberjäger hob den Kopf, schaute zuerst Lisl an und deutete dann auf den Gutsherrn.

»Weißt du, Lisl, dein Vater machte meinem Sohn sogar Hoffnungen, sein Schwiegersohn werden zu können. Außerdem bot er ihm einen hohen Geldbetrag an, wenn er dem Sepp und dessen Vater, dem Kreuzbauer, eine bittere Lektion erteilen würde. Daraufhin einigten wir uns, dass mein Sohn dafür sorgen sollte, dass man den Sepp Gruber am 2. Mai während der Aufführung in der Au oben am Kaisersteig als Wilderer in den Rabenhofer-Wäldern verhaften würde. Dein ehrenwerter Vater war in den Plan involviert. Nur haben wir alle nicht damit gerechnet, dass mein Sohn in seinem angestachelten Wahn aus Eifersucht den Sepp ersticht und dann noch den Birnstingl erschießt, weil ihm dieser auf die Schliche gekommen war.«

Lisl trommelte außer sich vor Wut an die Brust ihres Vaters und schrie ihn an: »Dann warst du es also, der Sepps Brief aus meiner Kanzlei genommen und uns damit an den Freidl verraten hat?« Der Rabenhofer nickte und erklärte, noch immer ganz selbstgerecht: »Genau, ich hab ihn dem Revierjäger Freidl übergeben. Zum Glück hast du wieder einmal vergessen abzusperren, und so habe ich von deinem liederlichen Verhältnis erfahren. Glaubst du wirklich, ich hätte zugelassen, dass du dir so einen dahergelaufenen Bauernsohn aussuchst, wenn es doch die besten Partien für dich zur Auswahl gibt?«

Jetzt blieb Lisl völlig die Sprache weg, aus Verzweiflung begann sie zu weinen. Ulbrich versuchte, sie zu beruhigen, und der Oberjäger nutzte die Gelegenheit, um sich zu entschuldigen: »Es tut mir alles sehr leid. Als mir klar wurde, was wir damit angerichtet haben, riet ich meinem Sohn, sich freiwillig zum Militär zu melden, damit endlich Ruhe in die Angelegenheit einkehrt. Er hat auch den Sohn vom Mitterhofbauer mitgenommen. Doch dann ist er plötzlich vorzeitig zurückgekommen und hat sich immer eigenartiger verhalten. Ich bekam es mit der Angst zu tun, dass er uns noch durchdrehen würde. Er hätte sich sicher bald verraten. Deswegen holte ich das Diebesgut, das ich bis dahin versteckt gehalten hatte, und verlangte von ihm, dass er es oben beim Ganzstein in der Hütte vom Kreuzbauer verstecken sollte. Ich hatte auf dem Gendarmerieposten erfahren, dass die Hütte noch nicht durchsucht worden war. Somit wären der Sepp und der Förster Benedikt die Schuldigen gewesen. Danach sollte mein Sohn sofort an die Front abreisen. So wären sämtliche Verdächtigungen des Kommandanten Ulbrich entkräftet, und nach dem hoffentlich baldigen Ende des Krieges hätte er ein neues Leben beginnen können. Ob er mich deshalb gebeten hat, dir heute noch verlässlich einen Brief auf den Schreibtisch zu legen, Lisl, weiß ich nicht. Das hat jetzt keine Bedeutung mehr. Denn Johann war wohl gerade dabei, meinen Auftrag auszuführen, als er am Ganzstein verunglückte oder sich womöglich selbst gerichtet hat.«

»Der Teufel hat ihn gerichtet und wird es auch mit euch beiden tun«, schrie Lisl den Oberjäger und ihren Vater an. »Du nennst dich meinen Vater und hast mir mit deiner Gier und deiner Boshaftigkeit meine Liebe und die Freude am Leben genommen. Das werde ich dir nie verzeihen. Ich will nie wieder etwas mit dir und deinem ganzen zusammengerafften Reichtum zu tun haben.« Der Gutsherr senkte den Kopf, um seine Tochter nicht mehr anschauen zu müssen, er konnte die tiefe Verachtung in ihren Augen nicht ertragen. Zudem spürte er, dass es Lisl mit dem Gesagten ernst meinte.

Der Oberjäger nickte kaum merklich und sah der jungen Frau direkt in die Augen, als sie ihm die Frage stellte: »Warum hast du deinen Sohn bei diesen abscheulichen Verbrechen gedeckt?«

»Ich habe es getan, um den Namen Freidl rein zu halten. Du weißt ja, meinem Vater, dem geht die Ehre über alles. Ich hoffe, er wird diese Schande überleben. Aber deshalb muss jetzt alles ans Licht kommen, auch, dass mein Johann nicht der einzig Schuldige ist, sondern dass er zu seinen Taten angestiftet worden ist. Dabei meine ich nicht nur das versprochene Geld. Dein Vater hat nämlich von meinem Sohn als seinem möglichen Schwiegersohn gesprochen. Und ich wollte in meiner Verblendung und Torheit noch dazu glauben, dass dieser gemeine Lügner es ernst gemeint haben könnte. Denn ich hatte immer die Hoffnung, dass aus meinem Sohn vielleicht einmal mehr werden wird. Mehr als aus mir gehorsamem, diensteifrigem Oberjäger. Als sich nun die Gelegenheit bot, dass er es womöglich zum Gutsherrn bringen könnte, tat ich alles, um das zu ermöglichen. Wenigstens er sollte sich von so einem Tyrannen wie dir später nichts mehr anschaffen lassen müssen.« Er zeigte dabei auf den Rabenhofer, dem der Mund bei dieser Rede offengeblieben war.

Lisl blieb ebenfalls die Sprache weg. Wie sie längst vermutet hatte, waren beide Freidl-Jäger an den Verbrechen beteiligt. Der eine war der Täter, der andere hatte ihn gedeckt. Die Ehre des Namens Freidl – um die war es also für den Oberjäger gegangen, und die musste gewahrt bleiben, auch wenn der Sohn spielsüchtig und ein gemeiner Dieb und Mörder war. Was war das bloß für eine Idee von Ehre? Aber das musste der Oberjäger selbst mit seinem Gewissen ausmachen. Und Johann Freidl stand hoffentlich schon vor seinem Richter. Sie wünschte sich, er würde die schlimmsten Qualen der Hölle als Strafe für seine Verbrechen erleiden.

Dass aber ihr Vater an alldem ebenso beteiligt war und damit auch Sepps Blut an den Händen hatte, konnte sie weder verstehen noch verzeihen. Mit seinen Redereien vom Schwiegersohn hatte er Johann Freidl nur anstacheln wollen, Sepp für möglichst lange Zeit von ihr fernzuhalten. Und er hatte sicher auch gleich von Anfang an gewusst, dass Sepp kein Mörder war, ihn trotzdem der Tat beschuldigt und bei der Anhörung verleumdet. Wirklich nur deswegen, um ihn noch als Toten mit allen Mitteln bei ihr schlechtzumachen? Oder auch, um seinem alten Feind, dem Kreuzbauer, noch mehr Leid zuzufügen? Sie war fassungslos, was für ein hinterhältiger Mensch ihr Vater war. Weil es seinen Interessen entgegenkam, hatte er sogar einen Mörder gedeckt, öffentlich belobigt und ihm Geld für seine Tat bezahlt. Das war alles einfach unvorstellbar, und dennoch war es so gewesen. Ihr graute regelrecht vor ihrem Vater, und sie wollte nie wieder etwas mit ihm und seiner grenzenlosen Gier nach Reichtum, Macht und Kontrolle, der er alles unterordnete, zu tun haben. »Du hast mich in der Höhle nicht nur vergessen wie bei der Sage vom Ganzsteinmichl, nein, Vater, du hast mich sogar ganz absichtlich in ein dunkles Loch der Trauer geworfen!«, sagte sie und konnte ihr Schluchzen nicht unterdrücken. Sie würde keine Nacht mehr unter seinem Dach verbringen. Sicher konnte sie heute bei Resi bleiben, und morgen früh würde sie weiter nach Leoben fahren. Dort würde sie im Lazarett als Krankenschwester arbeiten. Damit hätte ihr Leben, das allen Inhalt für sie verloren hatte, wenigstens doch noch einen Sinn.

Ulbrich forderte den Oberjäger und den Gutsherrn dazu auf, ihn zum Gendarmerieposten zu begleiten, damit Vinzenz Rabenhofer dort seine Aussage zu Protokoll geben konnte. Das Geständnis des Oberjägers Freidl war bereits vorher von ihm dort unterzeichnet worden. Danach würde der Kommandant beide Männer zur Anzeige ins Bezirksgericht bringen, wo über alles Weitere entschieden werden würde. Der Oberjäger kündigte zuvor mit sofortiger Wirkung seinen Dienst beim Gutsherrn, der inzwischen wie erloschen auf seinem Stuhl in sich zusammengesunken dasaß. Alois Freidl bat noch um die Erlaubnis, wegen der Beendigung des Arbeitsverhältnisses im Dienstzimmer seine Jägeruniform ablegen zu dürfen. Ulbrich nickte stumm. Einige Minuten später hörte man einen Schuss, typisch für eine Schrotflinte. Dann trat Stille ein, in der man nur den schweren, stoßartigen Atem des Gutsherrn hörte.

# Epilog

Es ist mir wichtig festzustellen, dass es sich bei diesem Roman zwar um auf historischen Eckdaten basierende Geschichten, aber dennoch um Fiktion handelt. Dies gilt für den gesamten Plot, die Verknüpfung der Ereignisse und Figuren ebenso wie für die Zeichnung der Charaktere. Peter Roseggers 70. Geburtstag musste ich aufgrund der notwendigen Einordnung in die Handlung der Geschichte von Juli 1913 in den Mai 1914 verschieben. Folgender realer Charaktere sowie Örtlichkeiten des Romans soll im Nachfolgenden gedacht werden:

*

## Franz Josef Böhm, Fotograf (1874 – 1938)

Der in Wien geborene Franz Josef Böhm war zunächst Wanderschauspieler. 1899 ließ er sich auf Anraten und mit Unterstützung Peter Roseggers und des Postwirts Toni Schruf in Mürzzuschlag als Fotograf nieder. Er wurde bald der einzige Fotograf, von dem sich Peter Rosegger ablichten ließ. Er fotografierte auch Kaiser Franz Joseph I. und seine Gäste während deren Aufenthalten in Mürzsteg. Daneben bannte er im Laufe seines Lebens unzählige Mürztaler Personen, Örtlichkeiten und Begebenheiten auf Papier und hinterließ dadurch einen unbezahlbaren historischen Dokumentations-Schatz. Böhm gründete das

Heimatmuseum in Mürzzuschlag, sammelte Handschriften und blieb vertrauter Freund Peter Roseggers. Wenige Tage nach seinem Tod würdigte ihn die *Alpenländische Wochenschau* in einem Nachruf: »... Zeitlebens blieb er der stille, nach innen schmunzelnde Versonnene, der zur heutigen schnell laufenden Zeit eigentlich so keinen Anschluss mehr hatte, der auch nicht zu erkennen gab, wenn die raue Wirklichkeit doch letzten Endes wehe tat. Still, wie er lebte, starb er ...« Über sein Leben und Wirken veröffentlichte sein Enkelsohn 2009 eine Biografie.

*

## Toni Schruf, Hotelier, Skipionier, Unternehmer (1863 – 1932)

Impuls für die fiktive Figur Erwin Pfandl

Schrufs Name steht noch heute in der Sportgeschichte für die Einführung des Skilaufens in Mitteleuropa. Er organisierte 1904 die Nordischen Spiele in Mürzzuschlag mit Wettbewerben in allen damals gängigen Wintersportarten, die zu einem großen Publikumserfolg wurden. Neben der Liebe zum Sport besaß er eine Leidenschaft für Kunst, Literatur und Kultur und agierte als Förderer und Veranstaltungsgenie. 1926 gründete er in der Nähe seines Alpenhotels am Bärenkogel die *Pretuler Bauernspiele*. Die Naturbühne auf 1.200 Meter Höhe entwickelte sich zur Stätte einer neuen bäuerlich-volkstümlichen Theaterkultur, die Aufführungen wurden von Publikum und Presse begeistert aufgenommen. Toni Schruf kämpfte unter unermüdlichem Einsatz zeitlebens für den Ausbau des Tourismus und gegen die Verbreitung der Industrie im

Mürztal. Als Schriftsteller und Dichter hinterließ er der Nachwelt zahlreiche Schriften. Für sein Wirken wurden ihm der Titel Kommerzialrat und die Ehrenurkunde des Landes Steiermark verliehen. Nach seinem Tod wurden sowohl Straßen als auch die Volksschule in Mürzzuschlag ihm zu Ehren benannt.

*

## Sophie Schruf, Hoteliersgattin (1873 – 1963)

Impuls für die fiktive Figur Maria Pfandl

Schrufs Frau Sophie war eine unermüdliche Wirtin und Hausherrin. Mit ihrem wirtschaftlichen Handeln und dem gewissenhaften Umgang mit Geld war sie ihrem Ehemann eine wichtige Stütze. Sie war trotz aller Verpflichtungen als gesellige Wirtin bekannt, die sich gerne nach getaner Arbeit noch zu den Gästen an den Bürgertisch setzte. Sie war die starke Frau im Hause Schruf und eine liebevolle, wenn auch strenge Mutter von sechs Kindern. Sie wurde nie die Wirtin vom *Bärenkogelhaus*, das bald verpachtet wurde. Sophie überlebte ihren Mann Toni um 31 Jahre.

*

## Peter Rosegger, Schriftsteller (1843 – 1918)

1913 galt Peter Rosegger als aussichtsreicher Anwärter auf den Literaturnobelpreis. International wurde ihm aber die Nähe zur deutschnationalen Agitation vorgeworfen, was das Nobelkomitee davon abhielt, ihm den Preis zu verleihen. Weil er deutsche Schulen in den gemischtsprachigen

Gebieten von Böhmen und Mähren gefördert hatte, versuchten nationalistische Tschechen die Ehrung des 70-jährigen Volksdichters zu verhindern – ein Zeichen des von allen Seiten bereits nationalistisch aufgeheizten Feldes vor Beginn des Ersten Weltkriegs.

Während des Kriegs veröffentlichte der Volksdichter anfangs Aufrufe zur Zeichnung von Kriegsanleihen und verfasste Texte auf Bildpostkarten für die Feldpost. 1916 veröffentlichte er gemeinsam mit seinem Freund Ottokar Kernstock den Gedichtband *Steirischer Waffensegen* mit nationalistischer Kriegslyrik. Rosegger erlebte das Kriegsende nicht mehr, er verstarb am 26. Juni 1918 in seinem Haus in Krieglach.

*

## Alpenhotel am Bärenkogel | Weltkriegshaus | Bärenkogelhaus

Bereits im Jahr 1915 waren die Vorzüge des erschlossenen Bärenkogels als Aussichts- und Zielpunkt für Wanderungen bekannt, und umso gespannter erwartete man die Fertigstellung des bewirtschafteten *Alpenhotels*. Zahlreiche russische Kriegsgefangene wurden dafür eingesetzt, den vom Ganztal heraufführenden Weg zu verbreitern und den Conrad-von-Hötzendorf Felsensteig zum nun *Weltkriegshaus* genannten Hotel zu errichten. 1917 wurde es bereits wieder als *Bärenkogelhaus* bezeichnet. In der Nachkriegszeit wurde zuerst der obere Teil des Turmes (Aussichtsplattform mit Dach) abgetragen und als Nebengebäude verwendet, bevor Jahre später der gesamte Turm beseitigt wurde. Das *Bärenkogelhaus* blieb bis 1972 in Besitz der Familie Schruf und wurde auch als Genesungs- und Erholungsheim für Bergbauarbeiter genutzt. Die Kammer der gewerblichen Wirtschaft Steiermark erwarb das Gebäude und nutzte es als Fortbildungsheim für Seminare und mehrtägige Konferenzen. Nach einem Besitzerwechsel im Jahr 1983 wurde das Haus in der Nacht des 2. März 1986 ein Raub der Flammen. Es brannte bis auf die Grundmauern nieder und wurde anschließend durch einen Neubau mit anfänglichen Unglücksfällen ersetzt. Das neu errichtete *Bärenkogelhaus* wechselte mehrmals die Besitzer und ist derzeit eine Eventlocation auf über 1.200 Meter Höhe unter dem Motto: »Weitblick mit allen Sinnen!«

\*

## Rosegger-Stüberl

In einem der ältesten Gebäude Mürzzuschlags, in der zum *Hotel Post* gehörenden Ratsburg, richtete Toni Schruf 1901 mit dem *Rosegger-Stüberl* eine der bedeutsamsten literaturhistorischen Stätten der damaligen Steiermark ein. Neben zahlreichen gewidmeten Künstlerporträts stellte er Bildnisse und Exponate von Rosegger aus allen Lebensabschnitten aus. 1989 konnte das Stüberl noch rechtzeitig vor dem Verkauf gerettet werden und steht seither unter Denkmalschutz. Die Stadtgemeinde Mürzzuschlag wurde Pächterin des *Rosegger-Stüberls* und Besitzerin des Inventars. Sie ließ den historischen Raum renovieren, und so konnte er am 20. September 1991 als Museum wiedereröffnet werden. Derzeit ist die Gedenkstätte nicht öffentlich zugänglich.

\*

## Rosegger-Ruh am Ganzstein

1908 wurde am Ganzstein, einem mit 871 Meter kleineren Hausberg von Mürzzuschlag, der »Kaiser-Jubiläumsweg« angelegt und finanziell von der Rosegger-Gesellschaft unter dem Obmann Toni Schruf unterstützt. 1927 in »Peter Rosegger-Weg« umbenannt, wurde er 1992 saniert und mit Weg- und Texttafeln versehen. Entlang des drei Kilometer langen Roseggerwegs werden dabei die Wanderer zur Rosegger-Ruh zum Innehalten und Nachdenken eingeladen.

*

## Jagdschloss Mürzsteg

Kaiser Franz Joseph I. weilte regelmäßig zu Jagdaufenthalten in Mürzsteg. Zu Beginn des 20. Jahrhunderts war das Jagdschloss mitunter auch Treffpunkt für politische Verhandlungen. Nach dem Ersten Weltkrieg wurde der Besitz mit dem Habsburgergesetz enteignet und ging 1919 in den Besitz der Republik Österreich über. Seit Ende des Zweiten Weltkrieges ist das stattliche Jagdschloss Sommersitz des jeweils amtierenden österreichischen Bundespräsidenten. Trotz mehrmaliger Renovierungen blieben die offiziellen Räume größtenteils unverändert. Im Jagdschloss Mürzsteg wurden schon zahlreiche ausländische Staatsgäste empfangen.

# Dank

Ich danke der Programmleiterin des Gmeiner Verlags, Claudia Senghaas, dass ich auch meinen dritten regionalen Kriminalroman bei Gmeiner veröffentlichen darf.

Meine großartige Lektorin, Friederike Lenart, hat mich wieder beim Verfassen des Manuskripts begleitet, das war mir eine große Hilfe. Danke für die wertvolle Zusammenarbeit und dein Vertrauen, dass es uns gelingen wird, diese komplizierten Mordfälle zu lösen.

Meinem Partner Thorsten möchte ich danken, dass er mich immer mit allen Kräften bei meinen Buchprojekten unterstützt. Ein besonderer Dank gebührt auch meinen ehrlichen Testlesern.

Aber mein größter Dank gilt Ihnen, liebe Leserinnen und Leser, für Ihr Interesse an diesem Buch. Ich hoffe, es hat Ihnen gefallen. Ich freue mich, dass Sie mit meinen Protagonisten einen Teil Ihrer Zeit verbracht haben.

Franz Preitler

# Franz Preitler
# im Gmeiner-Verlag:

SPANNUNG

GMEINER

WWW.GMEINER-VERLAG.DE
*Wir machen's spannend*

Jutta Leskovar
**Salzbergerbin**
Historischer Roman
304 Seiten, 12,5 x 20,5 cm,
Broschur
ISBN 978-3-8392-0726-0

Zwischen den Bergen herrscht Zwietracht. Während
die Nachkommen von Renis den Großen Salzberg in
Hallstatt nach einem Bergsturz mühsam wieder auf-
gebaut haben, ist Tolans Sohn am Kleinen Salzberg
reich geworden und verhandelt das Salz in weitem
Umkreis.

Renis' Enkelin Kallena lebt im Hügelland am Inn.
Obwohl sie den Zorn auf die Leute vom Kleinen
Salzberg geerbt hat, muss sie den Bruch in ihrer Familie heilen, denn im Westen erwächst eine kriegeri-
sche Macht, die den Frieden im Land bedroht.

GMEINER SPANNUNG

WWW.GMEINER-VERLAG.DE
*Wir machen's spannend*